로크미디어가
유혹하는
재미있는 세상

달빛조각사

달빛 조각사 40

2013년 6월 13일 초판 1쇄 인쇄
2013년 6월 18일 초판 1쇄 발행

지은이 남희성
발행인 이종주

기획 팀 김명국
책임 편집 이세종

발행처 (주)로크미디어
출판등록 2003년 3월 24일
주소 서울시 용산구 원효로97길 46 5층
Tel (02)3273-5135 Fax (02)3273-5134
홈페이지 rokmedia.com E-mail rokmedia@empal.com

ⓒ 남희성, 2007

값 8,000원

IISBN 978-89-257-2724-0 (40권)
ISBN 978-89-5857-902-1 04810 (세트)

이 책은 (주)로크미디어가 저작권자와의 계약에 따라
발행한 것이므로 본서의 내용을 무단 복제하는 것은
저작권법에 의해 금지되어 있습니다.

작가와의 협의에 의해 인지는 생략합니다.
잘못된 책은 바꾸어 드립니다.

남희성 게임 판타지 소설

차례

아르펜 왕국의 내정	7
묻뺏죽 부대	41
어비스 나이트와 헤르메스 길드	69
하벤 제국의 황제	109
부하들과의 해후	147
알카사르의 다리	183
풀죽 하늘 부대	229
대제왕의 퀘스트	263
얄미운 부하의 부활	287

아르펜 왕국의 내정

위드가 있는 대지의 궁전!

검이나 마법 좀 쓴다 하는 북부의 유저들은 대지의 궁전으로 몰려들었다.

"이게 진짜 아르펜 왕국의 왕궁이었어?"

"튼튼하게 잘 지었네. 산 위에 지었는데도 주변과도 잘 어울리고."

"으아… 이 거대한 노가다의 흔적이라니!"

북부 유저들 중에는 완공된 지 얼마 안 된 대지의 궁전에 처음 와 본 사람들이 많았다.

유저들은 위드의 얼굴을 보고 싶어 했지만, 정작 그는 왕궁으로 돌아온 직후 집무실에 틀어박혀서 나오지 않았다.

"역시 집이 좋군. 집 떠나면 돈 들고 고생이란 말이 틀리지가 않다니까."

모험을 위해 아르펜 왕국을 떠날 때만 해도 공사 중이던 대지의 궁전이지만 완성되고 나니 금방 오래 살았던 집처럼 포근함이 느껴졌다.

위드에게는 긴 시간을 보낸 고향 집의 편안함 같은 것도 해당 사항이 없는 편이었다.

모라타의 흑색 거성이 20평대 임대 아파트라면, 대지의 궁전은 160평대 펜트하우스!

"조망이면 조망, 내부 장식도 완벽하고……. 돈 많은 사람들이 좋은 집에서 살려 하는 욕구를 이제 이해할 수 있겠군. 역시 사치는 해 봐야 안다니까."

위드의 마음은 금방 참숯보다 진하고 검은 욕망으로 가득 찼다.

"이런 주택을 많이 지어서 분양할 수 있다면 떼돈을 벌 수 있을 텐데. 으음, 역시 건설업자만 한 직업이 없지. 경기 침체가 오면 고생을 하기도 하지만 말이야. 아르펜 왕국에도 더 적극적으로 건설 붐이 일어나야 해."

경제 발전의 원동력은 역시 땅 투기!

직업의 다양성 면에 있어 아르펜 왕국은 다른 어느 국가도 따라오지 못할 정도로 높은 비율을 자랑한다.

전투력 부분에 있어서는 취약할지 모르나 생산과 예술, 개

발 부분에서는 월등한 잠재력을 가졌다.

아르펜 왕국에 이대로 3년, 아니 1년의 시간만 주어지더라도 북부의 모습은 바뀔 수 있을 것이다.

그림처럼 아름다운 지역에 주변 경관과 잘 어울리는 도시들이 건설되어 자리를 잡을 것이고, 도로들이 북부 대륙을 거미줄처럼 편리하게 연결하며, 뒷골목에서는 창조적인 예술이 다양하게 꽃을 피우리라.

신생 왕국인 만큼 도시계획에 강점이 있고 변화도 적극적으로 받아들일 수 있다.

앞으로 자연과 사람들에 의하여 북부 대륙과 어우러지는 왕국의 발전사가 진행될 가능성이 높았다.

"현재도 아르펜 왕국의 인구가 상당히 많아지고, 마을과 도시가 어마어마하게 생겼군."

위드가 다음으로 열어 본 것은 아르펜 왕국의 내정 창이었다.

돼지 저금통의 배를 따는 듯한 설렘과 긴장감이 느껴졌다.

세계를 구하는 용사로서 엠비뉴 교단과 맞설 때도, 가진 거라고는 좋은 목청뿐인 못생긴 오크가 되어 불사의 군단과 싸우던 시절에도 느껴 보지 못한 소름 돋는 긴장감.

아르펜 왕국
대륙 북부의 광대한 영토를 다스리고 있는 왕국.

아르펜 왕국을 상징하는 깃발과 문화는 북부의 서로 다른 지형과 기후를 가진 모든 지역으로 퍼져 나가고 있다.
국가가 없는 주민들을 교역과 문화를 통한 평화적인 방법으로 복속시켜, 영토 면적은 과거 니플하임 제국의 영역을 대부분 이어받았다.
국왕의 존엄성은 주민들과 기사들이 우러르며 존경하는 수준.
북부의 주민들 대부분이 믿는 프레야 교단에서도 국왕을 '신성을 받드는 왕'으로 존중하고 있다.
자신의 손으로 국가를 건설하고 길을 개척해 간 귀족 중의 귀족이며 왕 중의 왕.
믿을 수 없는 소문들 중에는 국왕이 베르사 대륙을 위해 신들의 선택을 받아 용사로서의 임무를 수행했다는 것도 있다.
아르펜 왕국의 주민들의 성향은 모험과 자유, 경제적 풍요로움의 추구다.
예술에 대하여는 만족감을 느끼기 위하여 지출을 아끼지 않는다.
대제국의 침략이 벌어지고 있지만 불가사의한 힘을 가진 국왕이 막아 낼 수 있으리라 믿으며, 밥만 먹고 일만 한다고 해도 좋을 정도로 매우 근면한 성격을 가졌다.
왕국 내에서는 약 70여 개의 신생 도시와 마을이 성장하고 있다.
출생률은 측정이 어려울 정도로 빠르게 늘어 가는 중.
특히 아르펜 왕국에 정착한 오크들은 '암컷 수컷 구별 말고 400마리씩만 낳아 잘 키워 보자.'라는 구호를 외친다.
몬스터들은 여전히 활개를 치고 돌아다니지만 도시 근처에는 얼씬도 하지 못할 정도의 치안은 지켜지고 있음.
수많은 이들의 노력 끝에 완성된 대지의 왕궁은 아르펜 왕국의 존엄성을 상징하며 안정된 발전을 기대하게 하고 있다.

군사력 : 7,390   경제력 : 48,291
문화 : 42,092   기술력 : 62,380
종교 영향력 : 86
왕국 정치 : 92   인근 지역에 대한 영향력 : 97%
왕국 발전도 : 79
위생 : 42   치안 : 92%

북부 지역의 주민들은 아르펜 왕국에 소속되어서 행복함.
평원과 황무지, 범람 지역의 개간, 폐광 재개발이 적극적으로 이루어지고 있음.
새로운 상품들이 창출되며 경제력 팽창 중.
숙련된 기술자들은 고급품, 특산품의 제조로 장인이 되려는 자부심을 품고 생산량 확대에 매진하고 있다.
도로가 연결되는 공사가 도처에서 벌어지고 있으며, 국가 내 무역은 식료품을 기반으로 날로 확대되어 크게 부족함이 없는 편.
지방 도시의 세금 납부에 대한 저항은 적지만, 그들은 가끔 말한다.
"아르펜 왕국은 역사는 짧아도 놀라운 국가야! 하지만 범죄를 이대로 방치해 둔다면 밀무역이나 도둑들이 점점 늘어날 것 같군."
"내가 납부하는 세금이 제대로 쓰이는지 알 수가 있어야지. 국가는 커지는데 뒷북 행정은 그것을 뒷받침해 주지 못하고 있어."
"우리 국왕 폐하께서는 어디서 뭘 하시는 거지? 그분의 영웅적인 업적에 대하여 감히 폄하할 수는 없지만 왕국 내에 산적한 일들이 어마어마한데 말이지."
넓은 바다에 대한 흥미로, 해운업이 나날이 발전하고 있다.
해상 교역은 안정된 항로를 바탕으로 이루어지고 있으며, 신비한 물고기를 낚기 위하여 먼바다까지 출항한 낚시꾼들은 굶주린 상어의 간식이 되고 있다.
농업에서는 젊은 농부들이 여러 종족들을 위한 작물들을 적극 재배하고 있다.
남아도는 쌀과 밀은 오크들이 신 나게 먹어 치우고 있는 중.
부가가치가 높은 커피, 차, 약초의 재배 면적은 계속 증가하여 부농의 기반을 닦았다.
니플하임 제국의 유물과 흔적은 모험가들을 집구석에서 쉬지 못하게 만든다. 몇 가지 모험이 성공적으로 이루어지면서 술집에서는 모험가들에 대한 이야기가 끊이지 않는다.
술집에 가면, 아르펜 왕국의 주민들은 최근의 화제에 대해서 이렇게 말하고 있다.

"멀리 잘사는 땅에서 대제국이 침략을 해 왔다고? 걱정할 거 없어. 야, 그 이유가 뭐냐고? 국왕 폐하를 믿기도 하지만, 어차피 잃을 것도 없지 않나. 몇 년 전까지만 해도 몬스터에게 죽거나 굶주려서 들판에서 죽는 일이 허다했는데 말이야."

"아르펜 왕국의 군대라. 상당히 말하기 힘든 주제로군. 내 아들도 군에 입대를 했는데, 휴가는 왜 이렇게 자주 나오는 건지. 내 자식이라서 하는 말이 아니라, 이놈들이 몬스터는 막을 수 있을지 몰라도 전쟁은 좀 무리이지 않을까?"

"돈을 많이 버는 직업? 그거야 당연히 상인이지! 당장 시장에 가서 마차에 아무 물건이나 꽉꽉 채워 넣고 성문을 나서 보게. 팔 수 있는 도시들이 주변에 가득 널려 있어. 물론 말을 좀 잘한다면 좀 더 비싸게 팔 수 있는 최고의 기회도 열려 있지. 하지만 사람들에게 믿음을 파는 상인이 더 오래갈 수 있을 거네."

아르펜 왕국의 군사력은 시민들에게 잘 알려지지 않았다. 그들은 다른 제국의 침략에도 나서지 않는 겁쟁이라고 조롱당하고 있다.

산골 마을이나 산맥 근처의 마을들은 몬스터의 대대적인 침입에 대해 전전긍긍하지만, 목책 건설과 경비대의 주둔으로 만족한다.

모험가와 전사의 몬스터 사냥과, 군대의 몬스터 토벌이 자주 일어나고 있음.

대륙의 각지에서 모여 온 명망 높은 기사들은 아르펜 왕국의 국왕 위드를 숭배하고 있다.

왕국의 도시 개발은 급진적으로 이루어지고 있으며, 끊임없이 모이는 인구로 인하여 별별 명목으로 축제가 벌어지고 있다.

왕국 전체 인구 : 38,291,029.
매달 세금 수입 : 21,943,920.
왕국 운영비 지출 내역 : 군사력 12%, 기술 개발 6%, 경제 발전 38%, 문화 투자 비용 6%, 의뢰 및 몬스터 토벌 14%, 도로 개설 22%, 종교 2%.
군사력 : 기사 4,939명, 수련 기사 8,720명, 병사 162,023명.

아르펜 왕국의 군대는 드디어 어깨를 펴고 성문 밖으로 나갈 정도가 되었다.

> 기사단 병력은 대부분 자유 기사들과 벤트 성의 병력으로 구성되어 있다. 병사들은, 수준은 뒤떨어지더라도 몬스터 토벌과 탐험의 경험은 조금씩 가졌음. 적어도 활이나 검, 방패를 쓰는 법은 익혔다.

"이것이 나의 아르펜 왕국이군!"

오랜 기간 자리를 비웠다가 돌아왔는데도 그사이 무럭무럭 자라 있는 왕국.

위드는 구체적인 수입과 국력 등을 확인하면서 충분히 만족스러웠다.

"잘 키웠어. 지금까지 배를 가르지 않은 보람이 느껴지는군. 훌륭해."

이 근방에서 살아가는 북부 유저들이라면 아르펜 왕국의 황당한 발전에 대한 이야기들도 자주 들었다.

"일주일 전에 헤롯 강 부근에 가니까 초가집이 하나 생겼더라."

"그래? 어제 가 보니 약 오백여 채 규모의 판자촌이 자리를 잡고 있던데."

"무슨 소리야. 내가 헤롯 강에서 오는 길인데, 거기 완전 중간 규모의 마을이던데!"

"야, 거기 내 친구 있는데 방금 귓속말로 오크들 왔다고 알려 주더라."

"초보들도 지금부터는 시작한다던데?"

"그럼 끝났군!"

북부의 인구는 마구 늘어나고 있었고, 초보를 갓 벗어난 유저들은 거침없이 대륙을 돌아다녔다.

초보 탈출을 위해서는 꾸준한 사냥도 중요하지만, 북부 대륙에서는 대박의 꿈도 충분히 노릴 수 있다.

니플하임 제국의 유물, 오랫동안 사람의 손을 타지 않은 약초, 미발견 던전들이 잔뜩 기다리고 있었던 것이다.

과거에는 빈 땅밖에 없던 장소에 교통이나 모험, 생산의 거점으로 순식간에 마을이 생성되었다.

위드의 입장에서 아르펜 왕국은 알아서 성장하는 돼지 저금통과 같았다. 황금 알을 낳는 양계장을 소유하고 있는 기분이었다.

"언젠가 진짜 배를 가르게 되면 엄청난 자금이… 내 평생의 노후가 여기에 달려 있어."

당장의 밥그릇에서 승격된, 일생일대의 노후 자금!

다만 대부분의 사람들이 그렇듯이 노후 자금에 대해서는 불안해졌다.

국가에서 운영하는 연금도 떼어먹힐지 모른다는 걱정이 있는데 하물며 풍전등화 신세인 아르펜 왕국은 말할 것도 없다.

"하벤 제국을 막지 않으면 내 안락한 노후도 끝장이 나는 건데."

위드는 그러면서도 전쟁터로 당장 달려가지는 않았다.

가만히 기다리고 있으면 하벤 제국군이 쳐들어올 텐데 준비도 되지 않은 지금 일부러 만나러 갈 필요는 없다.

더군다나 파보와 같은 건축가들이 작업을 개시하였기 때문에 이곳까지 오는 길도 무난하고 평탄하진 않으리라.

"부르지도 않은 손님들인데 오면서 고생 좀 해야지. 군대 현황 정보!"

아르펜 왕국의 군대

기사 : 32,998인
평균 레벨 : 367

병사 : 187,390인
평균 레벨 : 194
충성심 : 99%
훈련도 : 89%

아르펜 왕국의 국왕은 '대륙을 구하는 영웅'이라는 호칭으로 불리고 있습니다. 그의 의로운 부름에 응답하여 자유 기사들이 모이고 있습니다.
기사들의 긍지는 대단하며, 어떤 위험에도 달려 나갈 수 있을 정도로 사기가 드높습니다.
기사들의 무장은 괜찮은 편이나, 야생마를 길들여 타고 다니는 신세라 돌격에는 익숙하지 않습니다.
병사들은 절대적인 충성심을 가지고 있습니다.
사리 분별력이 없어 국왕이 시키는 일은 무엇이든 해낼 것입니다. 몬스터와의 싸움에 이골이 나 있으며, 경험 많은 병사들은 던전 탐험에도 익숙합니다.
천공의 섬 라비아스가 아르펜 왕국의 영역을 돌아다니고 있습니다.
조인족은 인간에게 머리를 숙이지 않지만, 특별한 인연으로 인해 기꺼이 아르펜 왕국의 소속이 되었습니다. 전쟁이 벌어지면 두말없이 참전할 것입

> 니다.
> 군사 요새의 숫자가 적습니다. 벤트 성을 포함하여 구니플하임 제국 시절에 건설된 군사 요새들을 수리하여 사용하고 있습니다.
> 도시의 성벽이 부실합니다. 본격적인 전투가 벌어지면 쉽게 함락될 것입니다.

"으음, 영토와 인구가 많이도 늘어났군. 그래도 군사력은 하벤 제국에 비하면 쓸모가 거의 없어."

위드의 북부 개발은 모라타부터 시작되었다.

당시에는 빠른 경제 발전을 위하여 프레야 교단의 보호를 받으며 군사비 지출은 최소화하는 수단을 쓸 수밖에 없었다.

그 결과 지금도 숙련된 정예 병사들이 적고, 기사들도 많지 않다.

전쟁이 벌어지더라도 몬스터의 침입을 막기 위하여 대륙의 도시들을 지켜야 했으니 실제 동원할 수 있는 병력은 절반에도 미치지 못했다.

"그래도 라비아스의 경우에는 새로운 영토로서의 가치가 매우 크겠군."

아르펜 왕국의 영토가 북부 전체로 확장되는 측면은 바람직한 일이지만 실속은 그다지 없다.

니플하임 제국의 몰락 이후로 방치되어 폐허가 된 마을과 도시.

몬스터들이 설치는 바람에 살아남은 인구도 많지 않고, 발

전을 위해 기다려야 하는 시간도 길다.

치안의 안정과 도로 연결, 성벽 건설, 도시 재건 등에 들어가야 할 돈도 많았다.

그렇지만 천공의 섬 라비아스는 몬스터의 침략을 걱정할 필요가 없을 뿐만 아니라, 개발도 상당 부분 이미 이루어져 있다. 그 자체로 수많은 던전들이 있는 하나의 작은 왕국과도 같았다.

"조인족의 인기가 하늘을 찌를 정도이니 당장의 발전 가능성이 무궁무진하지."

조인족은 인간과는 상당히 다른 외모를 가졌다. 완전한 새의 형상으로 변신을 할 수도 있었다.

또한 인간이나 드워프, 엘프는 2차, 3차 전직을 통해 전문 분야를 성장시키지만, 조인족은 그보다 훨씬 놀라운 특성을 가졌다.

일정한 레벨에 도달하고 먹잇감을 충분히 사냥하고 나면 탈피를 할 수 있었다.

예전 자신의 낡은 몸을 버리고 종족의 새로운 육체를 얻는 게 가능한 것이다.

더 멀리, 더 높이, 더 빠르게 날 수 있을 뿐만 아니라 육체적으로도 크게 발달한다.

조인족에게 탈피란 누구나 꿈꾸는 대단한 경험이 될 테지만 위드는 중요한 부분을 놓치지 않았다.

"탈피를 할 때마다 새로운 장비를 착용할 수 있게 되니 큰돈을 들여서 전체적으로 바꾸게 되겠지. 원래 모든 취미에서 장비병이란 어쩔 수가 없는 거니까 말이야."

로열 로드에서는 착용 가능한 최고의 장비를 맞추려는 사람이 부지기수로 많았다.

기능적으로나 미적으로나 좋은 장비를 착용하고 모험을 나가면 훨씬 편해지고 자신감도 생긴다.

도시는 시장과 상점을 돌아다니며 더 좋은 물품을 구매하려는 인파로 항상 북적였다.

조인족은 집단생활을 중요하게 여길 뿐만 아니라 외모에도 신경을 쓰기 쉬운 특징을 가지고 있다.

인간처럼 옷을 다양하게 많이 입어서 꾸미지 않기 때문에, 부리와 발톱에 착용하는 전투용품 외에 액세서리에도 민감하다.

새 머리에 착용하고 있는 왕관이나 목걸이에 따라 전체적인 분위기가 달라지기 때문이다.

어떤 구두를 신느냐에 따라서 같은 참새라도 흙 땅과 나뭇가지에서 걷는 느낌이 확 다른 것처럼, 조인족은 귀엽거나 강인한 외모를 가진 만큼 더 장비들을 의식하기 마련이다.

조인족의 장비들은 현재까지는 대부분 라비아스에서 거래가 되고 있다.

비행 가능한 조인족이 활동 반경이 아무리 넓다고 해도 그

들은 원하는 조건에 맞는 물품을 구매하기 위해서는 라비아스로 와야 한다.

조인족 전용 레스토랑이나 여관, 기술 훈련소도 라비아스에만 있다.

지상의 어떤 레스토랑에서도 조인족을 위한, 버터로 구운 지렁이 스테이크를 팔진 않을 것이다.

어떤 조인족은 그 특성상 귀소본능이 있어서 최소 1년에 한두 차례는 라비아스로 돌아와야 하는 제한도 있었다.

그렇다면 조인족의 고향인 라비아스는 앞으로도 지속적으로 발전할 것이 확실하며, 따라서 안정적으로 세금을 거두어들일 수가 있었다.

아르펜 왕국의 세금 수입을 확실히 늘려 줄 수 있는 새로운 영토가 라비아스였다.

"이렇게 확실한 돈줄이라니. 좋군. 정말 좋아."

띠링!

-아르펜 왕국이 침략당하고 있습니다.
기사들과 병사들은 적의 영토 점령에 대해 적극적으로 맞서 싸우기를 원합니다. 천공의 섬 라비아스의 조인족도 투쟁심에 불타오르고 있습니다.
그들이 싸우는 것을 허락하지 않으면 충성심과 사기의 저하가 발생할 수 있습니다.
군대와 조인족이 적과 싸우는 것을 허락하시겠습니까?

"에휴. 이놈들이 없는 것보단 낫겠지. 수락한다."

-왕국의 군대가 출진하게 됩니다.
 조인족과 병사들의 충성심이 높기에 이탈병은 발생하지 않을 것입니다.
 군대가 모일 장소를 선택하여 주십시오.

"대지의 궁전."

-현재 위치로 군대가 이동하게 됩니다.
 천공의 섬 라비아스도 움직이게 될 것입니다.
 국왕 폐하께서 군대를 지휘하실 기사를 선택하셔야 합니다.
 선택된 기사는 기사단과 병사들에 대한 모든 지휘 권한을 가지며, 전투 공적에 따라서 막대한 공헌도를 얻어 귀족으로의 승급이 이루어질 수 있을 것입니다.
 혹은 국왕이 직접 군대를 지휘할 수 있습니다.

"누굴 믿어, 내가 직접 해야지."

-국왕 폐하께서 직접 전군을 통솔합니다.
 병사들은 믿을 수 없을 정도로 높은 사기를 발휘하게 됩니다.

"군대는 거들 뿐이고, 북부 주민들 전부가 나서 줘야겠지. 그리고 놈들을 물리치는 데는 시간 조각술이 관건이 되겠군."

세계를 구하는 용사로서의 활약은 모든 이들을 깜짝 놀라게 할 정도로 강렬한 인상을 남겼다.

비록 퀘스트라고는 하지만 로열 로드에서 사상 초유의 레벨을 달성하고 강한 전투 능력을 과시했다.

그러나 그것은 전쟁의 시대에서 벌어졌던 일들일 뿐.

실제로 현재 위드의 레벨은 퀘스트를 마치고 나서 크게 줄어들어 419밖에 되지 않았다.

아무래도 사막에서 조각 생명체들을 탄생시켰던 영향이 치명적으로 작용한 것.

북부에서 활동하는 유저들 중에는 위드보다 레벨이 더 높은 사람들이 대거 있었다. 그들에 비해서 우월하거나 믿을 수 있는 재산은 시간 조각술 하나밖에 없다.

그러나 단지 하나의 스킬이 아니라, 모든 조각술의 비기를 모으고 난 이후 역사를 넘나들면서 모험을 하고 터득한 시간 조각술!

로열 로드 최초의 직업 최후의 비기였고, 다른 누군가가 이와 비슷한 스킬을 터득할 수 있을 가능성도 거의 없다.

위드만이 가진 대체 불가능한 절대적인 무기였다.

앞으로 시간 조각술을 중급까지 올려놓으면 세상을 멈출 수 있게 되리라.

그 무한한 상상력과 가능성!

"그때가 되면 정말 특별해질 거야. 시간을 멈춰 놓은 후에 아름다운 광경을 혼자서 실컷 볼 수도 있겠고, 기존의 자연 질서를 파괴하는 예술 작품을 탄생시키는 것도 가능해지겠지. 최고의 조각사가 될 수 있는… 아, 안 돼, 이런 쓸모없는 예술 스킬이라니!"

하벤 제국의 북부 정벌군에 속해 있는 군단장들이 천막에 모였다.

군단장들은 그 하나하나가 베르사 대륙 어느 지역에 가더라도 떠들썩한 소란이 일어날 만큼 강한 전투력을 가진 랭커들이었다.

특히 북부 정벌군의 총사령관 역할을 맡은 제1군단장 드라카는 로열 로드를 통틀어서 레벨이 상위 10위권 내에 드는 강자였다.

하벤 왕국을 정복할 당시부터 헤르메스 길드의 실질적인 무력 집단을 통솔했으며 무수히 많은 전투를 전부 승리로 끝냈다.

그에게는 헤르메스 길드의 아낌없는 지원이 이루어져서, 소속 기사들 또한 최고의 정예로 평가받는다.

물론 드라카의 군대에 대한 명성은 대부분 악명이라서, 어쩌다 방문한 마을의 주민들은 집과 재산을 몽땅 버리고 피난 행렬을 떠나게 될 정도였다.

"정보대의 소식에 의하면 대지의 궁전에 위드가 등장했습니다."

"대지의 궁전이라면, 전속 진군하면 사흘이면 닿을 거리로군요."

"풀죽신교라는 놈들이 계속 덤비는 바람에 진군 속도가 느려지고 있어요. 대지의 궁전까지는 최소한 사흘, 늦으면 닷새까지도 잡아야 됩니다."

"시간만이 문제가 아닙니다. 위드가 나타난 이상 제대로 된 전쟁을 대비하면서 진군을 하려면 일주일도 모자라죠."

"일주일 정도의 시간은 얼마든 기다려 볼 만합니다. 대지의 궁전은 지금까지 상대해 본 북부 유저들보다 평균 실력이 한층 높을 것입니다. 그들을 해치워야 진정 북부를 상대로 해서 승리를 거두는 것이고, 위드와도 북부 대륙을 건 결판을 내는 것입니다."

북부 정벌군은 북부 유저들을 질릴 만큼 상대해 봤다.

개미 떼를 연상시킬 정도로 대량의 유저들이 모여서 바글거리지만 눈여겨볼 정도의 강자들은 별로 없다.

북부의 유저들이 모여서 돌격해 오면 정벌군은 화살과 마법으로 7할 이상 박살을 내고, 기사단과 보병을 전진시켜서 남김없이 휩쓸어 버린다.

이 단순한 방식은 지금까지 시간은 걸리더라도 확실한 효과를 거두어 왔다.

압도적인 힘으로 전투에서는 대승을 거두었지만 적들이 포기하지 않고 계속 덤벼든다는 점이 문제였다.

헤르메스 길드의 유저들은 북부로 깊숙이 들어오면서 이들이 이곳을 어떻게 생각하는지를 느꼈다.

'뱀에게서 둥지 안에 있는 새끼를 지키려는 어미 새들 같군.'

침략하는 하벤 제국이 굶주린 큰 뱀이라면 북부 유저들은 연약한 어미 새들과 같았다.

목숨을 바쳐 가며 필사적으로 덤벼들고 있었는데, 단순히 위드의 인기 때문에만 북부 유저들이 싸운다고는 생각되지 않았다.

아르펜 왕국은 베르사 대륙 유저들에게 남은 최후의 보루.

자유를 누리며 살아가기를 원하는 자에게 있어 북부는 마지막 남은 생활 터전과도 같았다.

'그렇더라도 우리의 이득을 위해서는 자유 지역을 남겨 둘 수 없지.'

'마지막 도피처까지도 휩쓸어 버릴 것이다. 그럼으로써 대륙 통일이 달성되는 것이야.'

'장기간의 독재를 위해서는 북부를 확실하고 완벽하게 제압해야지.'

북부 유저들의 거센 저항에도 불구하고 중앙 대륙으로 회군하자는 말을 하는 군단장은 아무도 없었다.

약탈과 토지 획득.

벌써 영토 점령으로 인한 이득을 모두가 함께 누리기만을 기다렸다.

점령군에 속한 유저들의 직업도 병사들을 거느리고 정복

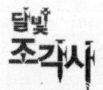

전쟁을 수행하기 좋은 기사들이 다수였다.

"수뇌부에서는 위드에 대한 대처 방법을 내놓았습니까?"

"길드 수뇌부로부터 내려온 명령은, 상관하지 말고 이대로 계속 대지의 궁전으로 진군하라는 것입니다."

"위드가 나타났으니 애초 계획대로라면 바드레이 님께서 친히 오셔야 하지 않습니까?"

"아시다시피 하벤 제국 내에 심연의 절망이라고 불리는 어비스 나이트가 나타났기 때문에……. 위드가 대지의 궁전에 있다고 하더라도 현재로서는 승산이 희박하다 보니 다른 곳으로 도망칠지도 모릅니다. 그래서 현재는 제국 내부를 더 신경 쓰는 것 같습니다."

"하긴… 위드라고 해도 별다른 준비 없이 우리 무적 군단에 덤빌 수는 없겠지요."

헤르메스 길드에서는 위드가 나타났다 해도 현재의 하벤 제국 북부 정벌군을 격파할 수 있을 거라고는 생각하지 않았다. 그러기에는 지금까지 북부 유저들을 너무 압도적으로 박살을 내 왔다.

위드의 개인적인 능력이야 이쪽의 군단장들과 호각을 이룰 수 있더라도, 완성된 군대의 힘은 집단으로만 상대할 수 있다.

"아르펜 왕국의 군사력은 한계가 있고… 아마 우리 중의 1명만 나서더라도 격파가 가능할 겁니다. 그 이상의 병력을 움직인다면 정보대에서 관찰이 가능합니다."

"대지의 궁전으로 많은 사람들이 모이고 있습니다. 그들이 위드와 같이 우리에게 맞서서 싸우겠지요."

"그렇더라도 지금까지 하던 대로 처리하면 됩니다. 위드의 지휘 능력이 대단하긴 하지만, NPC가 아닌 이상 일반 유저들을 자기가 원하는 대로 다루진 못합니다."

"하기야 중앙 대륙을 정복하는 과정에서도 우리 헤르메스 길드만큼 군대를 조직하고 운영하는 적은 본 적이 없지요."

"겁먹고, 도망치고……. 유저들이 많아지더라도 대부분이 전쟁은 처음입니다. 북부로 넘어와서 우리에게 열심히 덤벼들었던 자들이 그곳에도 나타나겠지만, 나머지는 숫자만 채우다가 전세가 심각하게 불리해지면 도망칠 가능성이 높습니다."

"설혹 아니더라도 여론을 움직이면 그렇게 만들 능력이 우리에겐 있지요."

"뭐, 하벤 제국군을 직접 보는 순간 이 군대를 향해 덤빌 수나 있을까요?"

전쟁은, 혼자서 벌일 수 있는 모험과는 그 규모부터가 차원이 다르다.

현재의 하벤 제국군은 헤르메스 길드의 유저들을 중심으로 하여 전쟁 경험이 많은 NPC 군대를 주축으로 이루어져 있다.

헤르메스 길드가 하벤 왕국을 장악하기도 전의 초창기에는 충분히 유저들이 전쟁의 중심이 될 수 있었다.

하지만 전쟁의 규모가 커지다 보면 명령에 따라 효율적으로 움직이는 군대가 중요한 역할을 하게 된다.

아무래도 유저들은 개성이 강해서, 엄정한 군기를 바탕으로 전투 병과를 맞추고 전술에 맞춰서 싸우기가 힘들다. 지휘관이 명령을 내려도 곧바로 시행하기보다 개개인이 생각과 판단을 하기 때문이다.

전쟁 경험이 없는 일반 유저들이 모이면, 가끔은 승리를 거두더라도 패배할 때는 전멸에 가까운 타격을 입었다.

반면에 NPC들로 군대를 구성하게 되면 체계적으로 전투를 펼치며 전술의 효과를 극대화시킬 수 있다.

아주 유명하고 강한 유저라도 군대의 집중 공격에 버텨 내기는 어려운 것이다.

NPC 군대는 다른 장점도 많았다.

수십 일씩의 행군이나 산적 토벌 임무에 동원되더라도 충성심만 유지되면 기대 이상으로 철저하게 해낸다.

좋은 지휘관을 통해 사기와 충성심, 훈련도를 높게 유지한다면 매우 큰 능력을 발휘했다.

중앙 대륙을 통일하는 과정에서 적국의 군대를 격파하고 통합하면서 하벤 제국 군대의 군사력은 어느 왕국도 따라오지 못할 정도로 거대해졌다.

일찍부터 막대한 투자를 통해 마법을 적극적으로 부흥시켜서 전쟁을 위해 동원했다.

하벤 제국 군사력의 핵심을 이루는 절반 정도의 병력이 북부로 출진한 만큼, 아르펜 왕국이 휩쓸리는 것도 너무나 당연하게 생각이 되었다.

현재의 하벤 제국군은 무적이라고 할 수 있을 정도의 전쟁 능력을 발휘한다.

북부는 물론이고 베르사 대륙 전체에 대한 분석을 끝냈다. 그들에게 맞설 수 있는 거대 세력이 갑자기 나타날 수는 없을 것이다.

"위드의 동향에 대해서는 정보대에서 계속 주시할 것입니다. 그리고 만약 대지의 궁전에서 우리에게 덤빈다면, 해치워 버리도록 합시다."

"그것도 괜찮겠군요."

◈

"로빈 님, 헤르메스 길드에서는 그대와 같은 인재를 원하고 있었습니다."

"글쎄요. 저 역시 동료들과 함께 하나의 무리를 이끌고 있는 입장이라서 중요한 결정을 쉽게 내리기가 곤란하군요."

사냥꾼 로빈은 헤르메스 길드로부터 정식으로 초대를 받

았다.

서윤을 쫓아다니던, 잘생기고 키 크고 학벌 좋고 돈까지 많은 로빈!

로열 로드에서 그의 레벨도 어느덧 400을 넘어갔고, 착용하고 있는 장비는 가장 좋은 것들이다.

화려한 옵션을 기본으로 하고 항상 마법 효과가 발동하는 검, 몬스터로부터 지켜 주는 든든한 갑옷.

어느 한 측면에서도 모자람이 없었을 뿐만 아니라, 재봉사와 대장장이를 통해서 따로 추가로 다이아몬드까지도 주렁주렁 박아 놓았다.

햇빛을 받으며 마을에서 걸어 다니다 보면 유저들의 놀람과 시샘 어린 시선을 만끽할 수 있었다.

그러나 레벨이나 장비와는 달리 실제 전투력은, 어둡고 침침한 던전에 들어갈 때마다 무서워서 다리가 후들거릴 정도였다.

개인 활동이 많은 직업인 사냥꾼임에도 불구하고 로빈은 혼자서는 잘 다니지 않았다. 용병, 기사를 주렁주렁 데리고 다니고, 사제도 필수적으로 5명 이상 끌고 다녔다.

사냥 효율이 좋거나 보상이 좋은 퀘스트가 있는 유명 던전들을 패거리로 몰려다니기 때문에 주변에는 엄청난 민폐!

몬스터 떼가 갑자기 몰려나오는 위험한 상황에서도 용병들이 지켜 줘서 로빈이 죽는 경우는 거의 없었다.

"로빈 님께서 같이해 주신다면 우리 헤르메스 길드에도 더 없는 영광 아니겠습니까? 물론 다른 친구분들도 함께 초대하는 것입니다."

"으흠, 그렇다면야 솔깃한 제안이로군요."

로빈은 자신의 미래를 위해 깊은 생각에 잠겼다.

멋진녀석들 길드는 로열 로드 내에서 여러모로 유명했다.

정재계의 부유한 자제들만 모여서 베르사 대륙에서 돈을 물 쓰듯 하며 취미로 길드를 운영한다.

명문 길드들끼리의 패권 다툼이 치열할 때에도, 어느 단체에서도 멋진녀석들 길드는 건드리지 않았다.

로빈처럼 돈과 권력이 넘쳐 나는 이들을 건드렸을 경우 뒤처리가 깔끔하게 끝나는 경우는 드물다. 로열 로드 내의 넓은 인맥을 바탕으로 해서 다른 길드에 보복을 요청할 수도 있으며, 개인적인 영향력도 상당하다.

돈을 마구 뿌리면서 다니는데 누가 이들과 친해지고 싶지 않아 하겠는가.

실제로 로빈과 멋진녀석들은 헤르메스 길드에도 상당히 많은 의뢰를 했다.

"활이 하나 필요합니다. 레벨 제한은 340 정도로요."

"어느 정도의 등급으로 구할까요? 그리고 특별히 원하는 옵션이라도 있으신지요."

"전설에 나오는 등급이면 만족스럽겠죠. 최소한 그 레벨

에서 쓸 수 있는 가장 좋은 활로."

"선생님도 아시다시피, 그런 물건이 없는 건 아니지만 흔하지도 않습니다."

"가격은 늘 그렇듯이 상관하지 않겠습니다. 옵션은 몬스터를 단체로 결빙시키는 것이 효과가 괜찮더군요."

자신들이 쓰기 위한 무기와 방어구를 가격에 상관없이 구해 달라고 하거나, NPC 용병이나 퀘스트를 도와줄 가이드 역할을 해 주는 유저의 고용을 맡겼다.

상인으로 활동하는 유저는 멀리 떨어진 지역의 특산품을 구입하러 가기가 귀찮아서 교역품들을 구해 달라는 주문도 자주 했다.

다른 유저들 간에 분쟁이 벌어지면 상대를 죽이거나 심하면 척살령을 내려 달라는 요청도, 넘치는 돈을 지불하며 해 왔다.

헤르메스 길드에서 보자면 이런 이들은 견제하거나 적대할 필요가 조금도 없었다. 어렵지 않은 부탁들을 들어주는 것만으로도 받는 재정적인 이득이 매우 크다.

현재 대륙에서 독보적인 힘을 갖게 된 이후로도 헤르메스 길드는 멋진녀석들 길드와 같은 부르주아 단체들은 아예 내부로 포섭하려는 정책을 펼쳤다.

부유한 이들을 받아들임으로써 마르지 않는 자금을 얻고 현실 세계에서 영향력 등을 발휘할 수 있으니 상호 간에 이득이 많은 거래였다.

"최근에 제가 영주가 되어 보고 싶었는데, 헤르메스 길드에 가입하면 도시를 좀 얻을 수 있을까요."

로빈은 최근에 영주의 포부가 생기기 시작했다.

영주가 되려면 명성이나 공적치에서부터 많은 노력을 기울여야 하지만, 헤르메스 길드의 홍보원은 흔쾌히 고개를 끄덕였다.

"물론 가능하시죠."

하벤 제국에서 빼앗아서 남아도는 땅들 중에는 영주를 찾지 못한 지역이 많이 있다.

제국 직할령으로 되어 있는 이런 도시들을 분양해 주고 나면 당장은 세금 수입이 아까워도 두고두고 남는 장사가 될 가능성이 높다.

영주이며 동시에 제국의 귀족이 되었다면서 조금만 기분을 치켜세워 주고 후하게 대접한다면 자신의 체면에 걸맞는 서비스를 받았다고 생각하기 마련이다.

그 대가로 지불할 금액에 대해서는 세세하게 따지지 않는 게 로빈과 같은 부잣집 아들의 특성이다.

헤르메스 길드의 입장에서는, 영주 직위를 수여하고 나서 도시를 성장시키려고 한다면 이후로도 끊임없이 필요한 물자나 병력을 판매할 수 있으니 역시 장기적으로 이득이 많은 장사다.

"어려운 부탁인 줄 알았는데 과연 헤르메스 길드는 통이 크군요."

"로빈 님께서 요청하시는데 길드에서도 적극적으로 도와드려야 하지 않겠습니까. 그럼 어느 땅을 원하십니까?"

"개척이 제대로 되지 않은 북부에서 도시를 키우며 영주의 꿈을 이루어 보고 싶습니다."

"북부요? 하지만 그곳은 점령 작업이 아직 끝이 난 게 아니라서 당장은 통치나 치안 유지가 상당히 어렵습니다. 상업이 발달하고 사람이 많은 자유도시는 어떠실까요?"

"북부에는 큰 가능성이 잠들어 있죠. 저같이 기업가의 장남으로 태어나서 자란 사람은, 당장 발달되진 않았어도 잠재력이 큰 시장이 있는 곳을 선호합니다. 제 친구들 역시 북부를 선호하고 있습니다."

"뜻은 잘 알겠습니다. 그렇지만 현재 북부의 점령 지역은 낙후된 마을 정도의 수준이지 아직 도시라고 할 만한 게 별로 없습니다."

"그러니까 더 매력이 있죠. 기초부터 완전히 새롭게 설계해서 저만의 도시를 세울 수가 있으니까 말입니다."

"아, 역시 보는 관점이 저와는 다르시군요. 그런 식으로 생각하신다면 흡족해하실 만한 지역이 몇 군데 있을 겁니다."

헤르메스 길드의 홍보원은 고개를 끄덕였다.

북부의 넓은 점령 지역에 도시 10개쯤 건설할 지역을 분양해 주기란 어렵지 않았다.

이미 완성된 도시보다는, 맨땅에 기초부터 지어야 하는 도시가 필요로 하는 물자가 더욱 많을 테니 헤르메스 길드 측에서도 오히려 이득이었다.

모라타의 신화 때문인지 북부에서 영주가 되고 싶다는 유저들은 아주 많이 있었다.

헤르메스 길드에서는 그런 쪽으로도 단단히 부수입을 거두었다.

모라타의 유저 일곱번째토끼는 활자 중독의 병을 앓고 있었다.

어떤 글이든 읽는 것을 좋아했다.

현실에서도 여섯 살에 시중의 만화책을 섭렵하고, 열일곱 살 때에는 출간되고 있는 대부분의 소설책을 끝장냈다.

글에 대한 집착은 일곱번째토끼로 하여금 대도서관에 틀어박히게 만들었다.

"흐흐흐, 여기서 그런 일이 있었군. 퀘스트도 멋진 것이 있겠는데. 확실하지는 않으니 300골드 정도에 정보를 팔아먹어야지."

역사나 지리, 식물에 관한 책을 닥치는 대로 읽다 보면 퀘스트의 단서들이 눈에 많이 띄었다.

이런 정보들 몇 가지를 잘 조합하면 큰돈을 벌 수도 있고, 장기 미해결 퀘스트의 완수, 보물을 찾아내는 행운도 생긴다.

"응? 전쟁의 시대 영웅전이라. 며칠 전까지만 하더라도 못 보던 책인데."

일곱번째토끼는 책장을 펼쳤다.

전쟁의 시대 영웅전 #3

지금까지 살펴본 바와 같이 우리가 살고 있는 이 시대에는 무수히 많은 영웅들이 명멸해 갔다. 한 지방을 떠들썩하게 했던 영웅도 더 강한 자의 출현으로 목숨을 잃었고, 중앙 대륙을 장악하려던 능력 있고 야심 많은 국왕도 남쪽의 팔로스 제국의 침공 앞에 허무하게 삶의 종지부를 찍었다.

이 시대를 기록하면서 과연 첫 손가락에 꼽을 만한 영웅이란 누구일 것인가.

필자는 단언하건대, 그는 헤스티거 반 루드바흐라고 할 수 있으리라.

한 사람의 남성으로서, 전사로서, 예의 바른 신사로서 그는 한 점의 결점조차 찾을 수 없는 완벽한 표본과도 같은 사람이다.

전쟁의 시대를 떠돌며 무수히 많은 무용담을 남겼으며, 패자마저도 진심으로 승복할 수밖에 없는 예의를 보여 주었다. 귀족과 평민을 막론하고 그를 떠올리며 베개를 눈물로 적신 여자들은 또 얼마나 많은가.

심지어는 이 전쟁의 시대를 자양분 삼아서 대륙을 도탄의 구렁텅이로 떨어뜨리려던 어느 교단마저도 헤스티거가 처리했다는 소문이 있다.

헤스티거는 명예와 권력, 돈을 추구하지 않으며 오직 스스로의 단련과 정의 실현을 위해서만 살아갔다. 비겁함을 멀리하고, 탐욕에 사로잡히지 않았으며, 향락에도 흔들리지 않는 굳건한 마음을 가졌다.

헤스티거가 없었다면, 팔로스 제국의 건국도 과연 가능이나 했을 것인가.

헤스티거야말로 이 시대를 대표할 수 있는 진정한 영웅이라고 부를 만하다.

그 외의 주목할 만한 영웅으로는 절대적인 검술사인 자하브가 있다. 예술에도 탁월한 실력을 가지고 있으며 대륙을 방랑하며 살아간 자하브도, 이 시대의 범접할 수 없는 강자 중의 1명이다.

한때 세상에 거친 모래바람을 일으키던 팔로스 제국의 황제의 경우, 그에 대해 내려오는 전설은 무척 많지만 민간의 소문들이 으레 그렇듯이 검증되지 않은 것들뿐이다.

그를 상대한 기사는 모두 죽었고, 도시들은 파괴되었다. 인간의 한계를 초월했다는 강대한 무력도 잔인함에 의하여 과장된 것이라는 평판이 공신력 있는 학계의 평가다.

팔로스 제국의 황제는 영웅 헤스티거와 함께 모험을 떠난 이후로 돌아오지 않았으니 객관적으로 봐서는 다소 모자람이 있으리라.

어쨌든 이 시대를 변화시킨 영웅 중의 1명으로 꼽을 만하다.

묻빳죽 부대

이현은 집에 딸려 있는 밭에 상추 씨를 뿌렸다.

"나중에 삼겹살을 싸서 먹어야겠군."

마트에서 쉽게 상추를 사서 먹을 수도 있지만 그러면 돈이 나간다. 밭에서 키워서 먹는 상추나 고구마, 감자 등은 공짜로 먹는 느낌이라서 기분이 좋았다.

로열 로드에서 하벤 제국의 군대가 침략해 온 지금, 현실에서 보낼 시간은 별로 없었다.

그들을 막기 위한 대비책도 세워야 하고, 시간 조각술의 스킬도 올려야 하며, 퀘스트를 하는 동안에 잃어버린 레벨도 복구해야 했다.

몸이 10개라도 바빴지만, 하루에 30분씩이라도 반드시 집을 살펴보았다.

평소에 쌓이는 스트레스를 청소를 하면서 풀었던 것이다.

방송국 출연료로 미처 생각지도 못한 큰 액수가 통장으로 들어왔지만 이현의 생활은 바뀌지 않았다.

"돈은 버는 것보다 안 쓰고 모으는 게 더 중요하지. 나처럼 직업이 불안정한 사람일수록 많이 모아 놔야 돼."

쓸데없이 술을 마신다거나 커피숍, 홈쇼핑 시청과 같은 비싼 취미 생활은 당연히 즐기지 않는다.

수입은 몽땅 저축.

목돈이 모이면 무조건 땅!

"앞으로 결…혼도 하고 애도 낳아야 될 텐데. 병원비, 교육비에서부터 전부가 다 돈이니까."

대한민국에서 어린아이들을 키우려면 돈이 보통 많이 들어가는 게 아니다.

험한 세상에 남들보다 뒤처지지 않으려면 외국어 한두 가지는 기본으로 하고, 수학과 과학도 학원 교육을 통해서 일찍부터 개념 정리를 해 두면 좋다. 바이올린이나 피아노 같은 악기 한두 가지 역시 교양으로 배워 줘야 했다.

넓은 세상을 볼 수 있도록 부모가 여행도 데리고 다녀 줘야 하고, 외국으로 조기 유학을 보내 줘야 할지도 모른다.

그 뒤에는 스케이트나 사격, 승마, 스크린 골프 정도는 가르쳐 줘야 하지 않겠는가.

대한민국의 어린이야말로 잠재력 개발을 극대화한 철인들!

하루 24시간을 10분 단위로 나누어서 학교와 학원을 오가는 생활을 살기 마련이다.

그러고도 경쟁이 치열해서 입시와 취업에서 고생을 한다.

"음, 미래란 두려운 거야. 텔레비전을 봐도 좋은 소식보단 살기 힘들다는 이야기들이 점점 많아지고 있으니까."

이현은 가장으로서 막대한 책임감을 느끼고 있었다.

가족은 행복보다는 부담이 먼저라고 생각했다.

누군가를 만나고 사귀는 건 자신의 형편에 있을 수가 없는 일.

그의 이상형은 참하고 생활력 강한 아가씨였다.

시장에서 장사를 하더라도 알아서 척척 바가지를 씌우고, 통닭을 바삭하게 튀길 수 있는 그런 여자!

이현이 조그맣게 중얼거렸다.

"그래도 벌써 그렇고 그런 관계가 되어 버렸으니 끝까지 책임을 져야지."

맞은편 텃밭에서는 서윤이 호미를 들고 고추 모종을 심고 있었다.

며칠 전에 그녀와 등산을 하고 나서 집 앞에서 벌어졌던 일이 떠올랐다.

그녀와의 진한 입맞춤.

갑자기 벌어진 사건이었지만, 그때는 꽤나 오랫동안 입을 맞추고 있었다.

사실 가로등이 어떤 이유에서인지 전부 꺼져 있어서 일찍 뗄 필요도 없었다.

어디선가 잔잔하게 틀어 놓았는지, 배경음악처럼 울려오던 노래도 매우 듣기가 좋았다. 중간에 입술을 떼기가 이상해서 그 노래가 끝날 때까지는 계속해야 했다.

근데 노래가 끝나고 나서도 잠깐 머뭇거리는 동안, 다음 노래가 또 나왔다.

'에라, 모르겠다. 기분도 좋고, 계속하지, 뭘.'

적어도 6분!

그렇게 입을 맞추고 나니 이현의 생각은 확실해졌다.

'평생 책임져야 돼. 기어이 내가 멀쩡한 여자의 혼삿길을 막아 놓고 말았어.'

요즘 세상이 어떤 세상인가.

키스 정도는 만난 지 며칠 만에도 하고, 그 이상의 진도도 팍팍 나간다. 이현은 그런 면에서는 고지식한 편이었다.

'내 연애 인생도 끝났지. 음… 하긴 어차피 연애를 많이 해 봐야 데이트 비용만 많이 들어가니까 오히려 더 나은 건가.'

서윤의 맑은 목소리가 들렸다.

"더 심을까요?"

"고추는 그 정도면 됐고… 당근이랑 오이를 심자. 우리가 먹을 정도로 5개씩만."

"네, 알았어요."

"심은 다음에는 비료도 잘 섞어 줘. 농사는 비료니까."

서윤은 밭일을 하기 좋도록 편한 운동복을 입고 있었다.

이현도 마찬가지로 운동복이었지만, 그가 입은 건 꾀죄죄한 데 반해 서윤에게서는 광채가 났다.

그녀가 착용한 운동복은 이탈리아 명품 브랜드.

이현이 가격을 안다면 의식을 잃고 앰뷸런스에 실려 가서 며칠은 깨어나지 못할 정도로 비싼 제품이었다.

'역시 운동복을 입으니 수수하고 좋군. 앞으로도 쭉 이렇게 검소하게 살면 되겠지.'

이현과 서윤은 옆집에 살면서 밥을 같이 먹을 정도로 자연스러운 사이가 되었다.

지금은 이현이 로열 로드에 집중을 하느라 바빠서 그녀가 식사를 차려 준다.

자연스럽게 내조를 하며 집에도 드나들었는데, 그녀를 가장 열렬히 환영하는 것은 이현이 키우는 동물들이었다.

그녀가 이현의 집으로 넘어오면 몸보신이 꼬리를 살랑살랑 흔들며 따라다녔다. 양념반프라이드반, 백숙이 병아리들과 같이 볏을 꼿꼿하게 세우고 함께한다.

지금도 몸보신은 태어난 어린 강아지들과 같이 밭에서 햇볕을 받으면서 뒹굴었다.

자칫 된장이 발린 채 솥단지로 사라질 수도 있었던 생명이 행복을 만끽하고 있는 것.

'슬슬 놈들을 물리칠 대비책도 세워야 하는데.'

이현은 상추를 심으면서도 머릿속으로는 하벤 제국군을 막을 궁리를 하고 있었다.

아르펜 왕국에서 활동하는 유저들이 도와줄 테지만, 당연히 그들만을 믿고 의지할 수는 없었다.

알카사르의 다리에서 하벤 제국군의 진격을 며칠간은 막는다고 해도, 늦어도 이번 달에는 대지의 궁전에서 결판을 지어야 한다.

"대재앙은 필수이고. 조각 부활술도 당연히 써야지. 되살려서 부려 먹을 수 있는 최고의 녀석은… 마음에 들진 않지만 역시 그놈이고."

쓸 수 있는 스킬은 무엇이든 다 동원하겠지만 그걸로는 부족한 느낌이 있었다.

오크 카리취로서 불사의 군단과 싸울 때는 장점도 많이 있었다. 지형적인 이점과 함께, 호전적이면서 생각 자체가 없는 부하들은 어떤 명령이든 의심하지 않고 따른다. 게다가 준비할 시간도 있었다.

그러나 유저들을 데리고 강력한 지휘 체계를 구성하는 건 불가능에 가까웠다.

또 유저들을 대대적으로 모아서 전쟁 준비를 하더라도, 그들 중에서 헤르메스 길드의 첩자가 없으리란 보장도 없다.

"헤르메스 길드 놈들의 눈치도 보통이 아니야. 그리고 내가 저지르려는 행동들은 웬만하면 다 예측을 할 수 있다고 봐야겠지."

이현은 앞으로 벌어질 일들을 생각해 봤다.

전략과 전술이 별게 아니다. 누가 확실하게 먹힐 만한 꼼수를 쓸 수 있느냐의 문제.

퀘스트의 경우에는 빠른 눈치와 다양한 스킬들을 동원할 수가 있었다.

모험을 진행할 때에는 조각 변신술이야말로 그야말로 알짜배기 스킬이라고 할 수 있다.

상대방의 무리로 섞여 들어가거나, 종족을 바꿔서 전투력을 극대화!

그렇지만 하벤 제국군의 정규군과 맞서는 데는 조각 변신술이 그렇게까지 유용하진 못하리라.

사실 전력적으로만 본다면 헤르메스 길드는 최악의 상대다.

그들만큼 철저한 계획과 추진력을 가지고 베르사 대륙을 빠르게 장악해 간 단체는 없었다.

보통 영화나 소설 속의 악당들이라면 느긋하게 꾸물거리다가 실수도 저지르고, 주인공들이 성장할 기회도 주어야 마땅하다. 그렇지만 헤르메스 길드는 신속할 뿐만 아니라 중요한 전쟁에서는 몽땅 승리를 거두었다.

이현을 상대로 했을 때에는 손해를 보았지만, 전체적으로 보면 경미한 피해였고 그것으로는 그들의 지금까지의 계획에 어떤 차질도 생기지 않았다.

"전혀 예상치 못한… 음, 그렇더라도 군대를 상대로 하는 만큼 변화의 여지가 크진 않겠지. 지형적으로도 대지의 궁전 앞은 완전한 평원이고."

이현의 눈에 마당에서 따뜻한 햇볕을 받으며 대자로 누워 잠든 보신이가 보였다.

"으음, 대재앙에 연결해서 쓸 수 있는 전술로… 개를 사야겠군. 개들을 써먹어야지."

마판을 통해 개를 대량 구입하기로 결정했다.

그걸로도 모자란 부분은 당연히 있다. 하벤 제국군의 막대한 원거리 공격 능력은, 웬만한 전술로는 준비한다고 해도 먹히지도 않는다.

전투의 방식을 원하는 대로 바꾸려면 투자가 필요했다.

"밀집대형을 대재앙으로 파괴한다면 조선 장인들을 통해서 뗏목이라도… 아냐, 유저들이 많이 참여한다면 분명히 헤르메스 길드에서도 눈치를 챌 텐데. 음, 이건 잘만 하면 거의 공짜로 입수할 수도 있겠고."

이현의 머릿속에서 대지의 궁전 앞에서 벌어질 전투의 기획안들이 착착 세워졌다.

얼마나 그의 뜻대로 진행이 될지는 의문이었지만, 어쨌든

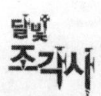

해보는 수밖에 없으리라.

"이놈의 인생은 퀘스트가 좀 해결이 되어서 편해지니까 또 전쟁이지. 이 전쟁이 끝나고 나면 앞으로는 당분간 편해지지 않을까? 솔직히 뭐, 기대도 하진 않지만."

그날 밤, 이현은 이것저것 부품을 주워다가 조립한 고물 컴퓨터의 전원을 켰다.

오래된 선풍기가 돌아가는 소리가 나면서 작동하는 컴퓨터.

이현은 먼저 다크 게이머 연합의 게시판에 글을 올렸다.

다크 게이머 연합은 유저들끼리의 전쟁에서는 당연하게도 중립을 취한다.

이현이 도와 달라고 하더라도 충분한 이득을 안겨 주지 않는 이상 그들은 용병으로 나서지 않는다.

전혀 무용지물일 수 있는 존재들. 다크 게이머들이 자신들이 유리하다고 판단하고 나설 수 있을 정도로 간단한 정보를 게시판에 남겨 놓았다.

"뭐, 몇 명이나 나타날지는 모르지만 밥상은 차려질 테니 이것도 그들의 복이겠지."

다크 게이머 연합에서도 상위 등급이 아니고서는 볼 수 없는 글이었다.

그리고 그 후에는 로열 로드 홈페이지로 가서 유저들에게 메일을 보냈다.

북부의 건축가 유저들.

친구 등록이 되어 있는 파보를 대표로 하여 몇 명의 유명 건축가 유저들에게 의뢰를 했다.

"최악의 경우에도 대지의 궁전을 놈들에게 넘겨줄 수는 없으니까."

내가 못 가진다면 결국 부숴 버려야 하는 것!

"그날은 엄청난 장관이 되겠군."

하벤 제국군과의 전쟁을 대비한 작전의 일부이기도 했지만 보통 각오로는 불가능했다.

희망을 품고만 있다 보면 이도 저도 되지 않는다.

빼앗겨서 속이 쓰리기보다는 확실한 파괴가 나으리라.

"그리고 헤르메스 길드에 패배한 그들도 어딘가에서 활동을 하고 있겠지?"

이현은 과거 5대 명문 길드의 수장들에게도 메일을 보냈다.

간단히 요약하자면 힘을 합치자는 제안이었다.

절대적인 힘에 의하여 소탕되어 음지로 쫓겨난 이들. 그들 중에서도 몇 명이나 호응을 해 올지는 미지수에 불과했다.

화령과 벨로트, 메이런, 이리엔, 로뮤나, 수르카는 지쳐 있었다.

 정상적인 사람들은 믿지도 않을 것이다.

 그녀들이 피곤한 몸을 이끌고 삽자루로 땅을 파헤치는 이유를!

 로뮤나의 삽자루에 딱딱한 무언가가 걸렸다.

 ─으히히히히히! 인간들아, 자유를 주다니 고맙다. 그 대가로 너희의 육신을……

 "시끄러. 파이어 번!"

 ─키에엑!

 로뮤나의 화염 마법에 의하여 유령은 간단히 소멸되고 말았다.

 벨로트가 양손으로 땅을 파다가 고개를 들었다. 그녀의 얼굴에도 진흙이 엉망으로 묻어 있었다.

 "그쪽에 뭐 나왔어요?"

 "별거 아니에요. 그냥 다 썩은 갑옷이네요."

 전쟁의 시대에 위드가 세운 팔로스 제국의 숨겨진 보물들이 호수에 매장되어 있었다.

 그들이 생각했던 건 동굴 속에 쌓여 있는 누런 황금이나 다채롭게 빛나는 금은보화였다. 물론 팔로스 제국이 약탈한 다른 무구나 골동품 같은 것들이 나와도 좋다.

 그러나 현실은 말라 버린 호수의 갯벌 같은 진흙탕 속에 보물들이 감춰져 있어서, 계속 삽질을 해야 했다.

띠링!

-깊이 간직되어 있는 옛 유물을 찾아내어 발굴가로서 명성을 450 얻었습니다.
유물을 복원하면 추가적인 모험 명성을 얻을 수 있습니다.

-모험으로 호칭 '땅의 숨겨진 발굴가'를 획득하셨습니다.
15일간 땅을 파헤쳐야만 얻을 수 있는 진귀한 호칭입니다.
땅을 파는 속도가 3% 빨라집니다.
대지의 친화력이 증가합니다.

로뮤나가 이마의 땀을 닦으며 벨로트에게 말했다.
"휴우, 이제야 저도 땅의 숨겨진 발굴가 호칭을 얻었어요."
"지난번처럼 인간 두더지는 아니라서 다행이네요."
그녀들이 파헤쳐서 찾아낸 보물들만 벌써 한구석에 수북하게 쌓였다.
명색이 팔로스 제국의 보물이건만, 긴 시간 동안 묻혀 있었던 탓에 검과 갑옷 등은 녹슬었고 멀쩡한 보물도 정화 의식을 거쳐야 했다.
때문에 이리엔은 삽질을 하다가 신성력이 회복되면 정화 의식을 펼쳤다.
-캬하하하하! 드디어 해방이로구나! 이 지긋지긋한 검에 묶여서 살아온 세월이…….

"부비부비 댄스!"

"제법 강한 유령이네요. 야합, 마구 때리기!"

화령과 수르카도 한쪽에서 합동으로 유령을 사냥했다.

완벽한 몸매를 가진 절세 미녀의 부비부비, 그리고 수르카의 혼을 쏙 빼 놓는 주먹질에 발 차기까지의 연속 공격.

"이야하압! 회오리 맹타!"

수르카의 주먹에 빛이 모여서 유령의 본체에 강력한 타격을 가했다.

-으ㅎㅎㅎㅎ, 아프다. 오랫동안 잠들었는데 인간들에게 복수도 하지 못하고 이렇게 허무하게 사라지게 되다니…….

팔로스 제국의 보물들은 대부분 커다란 원한을 품고 있었다.

전쟁의 시대에서 비롯된 물건들이라서 상당수는 약탈을 통해 몇 번씩이나 주인들이 바뀌었다. 물건에 유령들이 달라붙어 살아가기 딱 좋은 환경이 조성되어 있어서 몽땅 해치우지 않으면 안 된다.

노가다 중의 노가다!

유령이 위험하기도 하지만 진흙탕 속에서 전투도 하고 발굴도 하려니 죽을 맛이다.

하루 종일 파서 때로는 보물들이 듬뿍 나올 때도 있지만 어떤 때는 허탕을 쳤다.

하지만 그들은 처음에 보물을 찾을 수 있을 거라며 격려하던 위드의 말을 떠올렸다.

 -옛날 우리의 선조들은 정말 훌륭하셨죠. 그분들이 남긴 명언 중에, 땅은 거짓말을 하지 않는다는 것이 있습니다. 그런데 보세요, 우리나라 부자들 중에서 땅 부자가 얼마나 많습니까.

 팔로스 제국의 다양한 보물들은 그래도 땅을 파는 피로를 덜하게 해 주었다.
 감정이 힘든 검과 갑옷, 마법 아이템들은 복원만 잘한다면 매우 비싼 가격에 팔 수 있었다.

 "으흠, 확실히 하벤 제국은 강하군. 싸울 맛이 나지 않느냐, 오치야."
 "오랜만에 검을 휘두를 맛이 납니다, 스승님!"
 검치는 제자들을 데리고 하벤 제국의 북부 대륙 점령 지역에서 마적단을 결성하여 활동했다.

 문-뺏죽

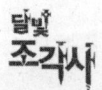

그들은 마적단의 이름을 짓기 위해서 밤낮을 고민하다가 간신히 결정했다.

"이 정도면 특이하고 괜찮지 않으냐."

"우리에게 딱 잘 어울립니다, 스승님."

"인생 복잡하게 살면 안 된다. 그러니까 머리 아프고 병이 생기는 거다."

"단순하고 무식한 게 최고죠!"

묻지도 따지지도 않고, 무조건 뺏고 죽인다는 뜻!

하벤 제국에서는 북부의 점령 지역에 병사들을 배치하고 장기간의 통치를 위해 정착촌을 설치하고 있었다.

원래 북부의 중요 교통의 길목 같은 곳은 발전이 더디어서 그렇지 막 생긴 마을들이 자리를 잡고 있었다. 하벤 제국군은 북부 유저들을 몰아내고 손쉽게 그 마을들을 정복했다.

"여긴 무슨 쓰레기 같은 마을이지?"

"도시계획도 엉망입니다. 그냥 다 태워 버리고 정착민들을 데려오죠."

"땅이 넓고 주변에 광산이 있어, 노예들을 데려오면 생산력은 금방 늘릴 수 있을 것 같군요. 개발만 되면 노다지 중의 노다지입니다."

정착 지역의 영주들은 중앙 대륙에서 노예들을 대거 끌고 왔다.

하벤 제국이 아닌 다른 왕국의 주민이었다가 국가가 멸망

하면서 노예가 된 무리가 몇천 명씩 이주해 왔다.

대륙의 주민이 공식적으로 노예가 되고 나면 가지고 있던 모든 재산을 빼앗기고 시키는 일만 억지로 하게 된다.

노예들 중에서는 상인과 예술가, 대장장이, 마법사와 같은 직업은 결코 나오지 않으며, 전투 계열 직업으로도 노예 검투사만이 간간이 출현할 뿐이다.

어설프게 관리하다 보면 노예 도망자들도 다수 나타나서 치안을 떨어뜨리는 요인이 되기 때문에, 지금까지는 왕국 간의 전쟁에도 불구하고 노예들은 그다지 많지 않았다.

그러나 하벤 제국에서는 강력한 군사력을 바탕으로 점령지 주민들을 대거 노예로 전락시켰다.

북부 지역의 개발을 그 노예들을 데리고 하고 있는 것이다.

"가자, 얘들아."

"전부 쓸어버리지요, 사형. 이럇!"

검삼치가 황소를 타고 선두에 섰다. 그리고 믿음직한 사형제들이 뒤따랐다.

검치와 검둘치는 각자 150명씩의 수련생으로 구성된 부대를 이끌고 있었다.

검삼치, 검사치, 검오치는 나머지 200명의 수련생들과 함께 몰려다녔다.

"저, 적들의 기습이닷!"

"비상종을 울려라!"

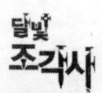

목책 내에서는 급하게 적의 습격을 알리는 뿔피리와 타종 소리가 났다.

"몽땅 털어라!"

"묻지도 말고 싸우자. 다 부숴라!"

음머어어어어!

검삼치와 사형제들은 타고 있는 소의 울음소리를 배경음 삼아 목책을 향해 돌진했다.

하벤 제국의 궁병들이 목책 위에서 급하게 화살을 쏘았다.

백 발이 넘는 화살이 선두에 있는 검삼치에게로 모여들었다.

"이때가 제일 재미가 있지. 차압!"

검삼치는 양손에 검을 한 자루씩 들고 풍차처럼 휘둘렀다.

검을 회전시켜서 화살을 쳐 내는 신기에 가까운 기술!

검으로 화살 쳐 내기.

원래는 워리어의 기술이었는데, 검삼치를 비롯한 사형제들은 모두 익히고 있었다.

마스터까지 익히고 나서, 쌍검으로 화살을 쳐 내는 수준으로 한 단계 더 성취를 높였다.

무예인들은 어떤 전투 기술이든 쉽게 익히고, 또 조합을 해서 스스로 창조해 내는 게 가능했다.

개개인이 무기술의 스킬 레벨이 올라가서 마스터 스킬을 하나씩 만들어 냄으로써 대부분 공격력도 일취월장 수준으로 증가했다.

검, 창, 활, 도끼, 몽둥이, 망치, 메이스, 방패, 갑옷 등 무수히 많은 마스터 전투 스킬들!

흑기사의 일격이나 탄생의 힘 같은 것도 비슷하게 만들어 낸다면 원하는 대로 익힐 수 있었다.

이렇게 만들어 낸 스킬들은 다른 직업의 마스터 스킬과 마찬가지로 제자를 두어서 전수해 줄 수도 있다. 물론 자신이 그 기술에 대해서 완벽하게 이해를 한 이후에 가능했다.

즉, 스킬의 비기를 완벽하게 마스터를 한 이후에나 다른 이들에게 전수할 수가 있는 것이다.

"으하하하하하! 과연 이 맛이로구나!"

튕겨 내지 못한 화살들은 몸에 적중되었지만, 검삼치는 시원하게 웃었다.

맷집이 약해서 허무하게 죽어 나가던 시절은 옛말이고, 이제는 모든 면에서 발군의 전투 능력을 발휘했다.

"사형, 같이 갑시다."

"좋다!"

검삼치, 검사치, 검오치가 선두에서 함께 황소를 타고 달렸다.

빗나간 화살이 귓가로 바람처럼 스쳐 지나가고 먼지구름이 크게 일어났다.

궁병들의 겁을 집어먹고 목책 뒤로 몸을 숨기는 것이 보였

다. 목책까지의 거리도 이제 고작 10미터 안팎이다.

"다 부서져라. 둔중한 일격!"

"흠, 이 정도라면… 일점 공격술!"

"다른 거 다 필요 없습니다. 나무 부수는 데는 역시 도끼질만 한 게 없지요. 크게 한번 찍기!"

사형제들은 각자의 무기로 목책을 강하게 후려쳤다. 그러자 목책이 종잇장처럼 찢기고 산산조각이 났다.

정착촌에 있는 주민들은 도망가고 있었으며, 기사들과 병사들마저도 공황 상태에 빠져서 건물로 숨고 있었다.

"기사들은 내 거다!"

"사형, 먼저 잡는 놈이 임자입니다."

"더 늦기 전에 나는 병사라도 처리해야지."

뚫린 목책을 통해 검삼치, 검사치, 검오치를 시작으로 수련생들이 신이 나서 들이닥쳤다.

하벤 제국의 기사들.

황제 바드레이에게 충성을 바치며 전장을 누비던 기사들이지만 이들에게는 그저 맛좋은 먹잇감일 뿐이었다.

병사들도 나름 쓸 만한 수준이라서 수련생들은 즐겁게 해치워 버렸다.

"너무 순식간이군."

"일찍 끝나서 손맛도 별로 없는데요."

"빨리 정리하고 다른 곳으로 가자."

검치와 수련생들은 무예인 직업 퀘스트를 계속 진행하고 있었다.

현재까지 확인된 바로는, 무예인 직업 퀘스트의 완료는 무기술을 마스터하는 것으로 끝나지 않는다.

직접 탄생시킨 스킬 비기까지도 완전하게 마스터하게 되면 무예 스승이나 무예 구도자를 선택해서 둘 중 한 가지가 될 수 있다.

무예 스승은 제자들을 가르치는 데 탁월한 능력을 발휘한다. 유저와 NPC를 가리지 않고 스승으로서 자신의 기술을 빠르게 전수할 수 있다.

반면 무예 구도자는 누군가를 가르치기 위한 직업이 아니다. 명예와 권력을 얻지도 못했다.

인간이 어디까지 강해질 수 있는지, 적을 없애고 자연을 박살 내며 무예를 창조하고 몸으로 익혀 나가면서 지고의 경지로 달려 나가는 직업이었다.

하벤 제국의 상인 유저들은 항복을 했다.

"살려만 주신다면 대가는 섭섭하지 않게 치르겠습니다."

"……."

상인 유저가 항복한 대상은, 하필이면 말수가 적기로 소문난 검이백일치!

"가진 돈이라고 해 봐야 금괴 4개에 298골드 그리고 교역품 조금입니다만, 이걸로라도 목숨만 구해 주신다면 모두 바

치고 북부를 떠나겠습니다."

"……."

비전투 계열인 상인 유저들에게도 목숨은 소중한 것이었다.

목숨을 잃더라도 거래 스킬과 회계 스킬의 숙련도 하락치가 전투 스킬보다 덜하긴 하다. 하지만 레벨이 높은 상인으로서는 정말 큰 피해이기 때문에, 가능한 이런 곳에서는 죽고 싶지 않았다.

검이백일치는 상인이 내미는 재물을 말없이 받았다.

"사실 금괴 3개가 더 있는데, 이건 정말 장사 밑천입니다. 그것도 다 바치겠습니다."

"……."

"변변치 않지만 교역품이라도 원하신다면……."

"……."

"이젠 정말 더 이상은 없는데요."

서걱!

-악덕 상인 돈졸레가 사망하였습니다.
고리대금과 농노들을 착취하는 것으로 명성을 얻은 돈졸레가 목숨을 잃었습니다.

검이백일치는 받을 것은 다 받고 상인 유저를 처형했다.

"……."

돈졸레가 착용하고 있던 몇 가지 물품과 금괴 5개를 추가 전리품으로 얻을 수 있었다.

　상인 유저를 해치우다 보면 엄청난 고가의 아이템이 떨어지기도 하지만 그런 경우는 상당히 드물다. 상인 전용 아이템에는 사망 시에도 물품을 잘 잃어버리지 않는 옵션들이 붙어 있기 때문이다.

　검치는 마적단을 결성하면서 제자들을 향해 말했다.

　"우리가 말이야, 힘을 앞세워서 약한 애들에게 살려 줄 테니 대신 재물을 바치라고 비겁하게 협박을 한다거나 해서 소문이라도 난다면 어찌하겠냐. 창피해서 어디 얼굴이나 들고 다닐 수 있겠느냐."

　"당연히 그럴 수는 없습니다, 스승님!"

　"그러니까 우린 그냥 다 죽이고 재물을 얻자."

　"과연 현명하십니다."

　"정의란 이런 것이지요. 완벽한 도덕성입니다, 스승님."

　묻뺏죽 부대의 방침은 그렇게 결정된 것이었다.

　점령 지역의 마을에서 하벤 제국의 병사들을 남김없이 처리하고 나자 밧줄에 묶여서 일하고 있던 노예들이 눈물을 흘렸다.

　"우리를 괴롭히던 자들이 드디어 죽었어."

　"그렇다고 하더라도 다시 고향으로 돌아갈 수는 없겠지. 새로운 주인을 따르면서 살아가는 수밖에는 없게 되었어."

"우리의 왕국은 이미 사라지고 없으니까. 지배자들의 뜻대로 목숨이 결정되고 말 거야."

-노예 2,609명을 잡았습니다.
 이들에 대한 처분을 결정하셔야 합니다.
 포로를 소유한다면 강제 노동을 통해서 부를 늘릴 수 있습니다.
 포로를 해방한다면 자유를 주게 됩니다.

검삼치를 비롯한 묻뻿죽 부대는 전원이 아르펜 왕국의 기사로 소속되어 있었다. 기사로 전직을 하진 않았지만, 직위상으로 명예 기사 작위가 주어졌다.

기사는 아르펜 왕국의 병사를 데리고 전쟁을 수행할 수 있을 뿐만 아니라, 적 영토의 정복과 흡수, 통치, 포로들의 처분까지도 결정할 수 있다.

검삼치가 고개를 끄덕이더니 말했다.

"너희는 그냥 알아서 살아가라."

-포로를 해방하시겠습니까?
 결정은 되돌릴 수 없습니다.
 해방한 자들을 다시 포로로 잡아들인다면 거세게 반발할 것입니다.

"배고프면 먹고 졸리면 자야지. 돈이야 알아서 벌면 되고. 나 혼자 몸도 간수하기 힘든데 포로는 무슨······."

-포로 2,609명이 전부 해방되었습니다.
명성 1,920을 획득하셨습니다.
자유인이 된 주민들과의 친밀도가 최고 수준으로 상승합니다.

"고맙습니다. 여기까지 끌려온 저희를 아무 대가도 없이 풀어 주시다니, 정말 감사합니다. 아르펜 왕국의 국민이 되어서 국왕 폐하와 기사님들을 위해서 충성을 다하겠습니다."

"자! 그럼 다음 장소로 가 보도록 하지."

검삼치는 황소에 올랐다.

"사형, 오늘 내로 5개의 마을을 들러야 할 테니까 아주 바쁘겠는데요."

"스승님보다는 한가한 편이지. 군소리 말고 빨리 가자!"

검삼치와 수련생들은 다음 하벤 제국 정착촌을 향해서 말을 달렸다.

헤르메스 길드의 수뇌부와 북부 정벌군에서는 점령 지역을 약탈하는 묻뺏죽 부대에 대해 심각한 우려를 드러냈다.

"놈들이 이대로 설치도록 놔두어서는 안 됩니다. 아직은 얼마 되지 않는 규모지만 합류자들이 나타난다면 후방이 흔들려서 곤란하지요."

"길드의 수뇌부에서도 빨리 진압하라고 재촉하고 있습니다. 제국 통치를 위한 회의에서도 묻뺏죽이라는 웃기지도 않는 놈들에 대한 이야기가 나왔다는군요."

"그래도 아직까지는 피해가 사소한 수준에 지나지 않는데요. 핵심 수뇌부에서도 신경을 쓸 정도랍니까?"

"중앙 대륙과는 지형의 특성이 많이 다르기 때문인 것 같습니다."

"음, 그런 문제도 있었지요."

가까운 거리에 성과 요새가 겹겹이 있는 중앙 대륙에서는 요충지를 점령하면 곧 지역을 안정화하는 작업에 들어갈 수 있었다.

상대방이 대부분 유저들로 구성된 명문 길드였기 때문에, 전투가 벌어져서 격파해 버리고 나면 심각한 내부 분열이 일어나게 된다. 누가 잘하고 잘못하고, 패배가 누구 때문이고. 평소에 쌓여 왔던 불만들이 한꺼번에 폭발하기 마련이다.

그때를 노려 헤르메스 길드에서 중요한 인물들을 영입해 버리면 길드는 사실상 해체가 된다.

더 이상 저항할 의지와 능력도 사라지기 때문에, 하벤 제국은 영토를 확실하게 다질 수 있었다.

그에 비하여 북부 대륙은 몇 시간씩 말을 달릴 수 있는 넓은 초원이 있었다. 도시라고 할 수준도 아닌 정착촌들이 자리를 잡고 있기 때문에 정복한 이후에도 모든 지역들을 철저히 지키기는 어렵다.

즉, 저항군 기마대가 활약을 하고 다니며 다른 유저들까지 적극 가세한다면 치안 악화쯤은 순식간이다.

점령 지역의 확보가 무의미해지는 수준까지도 진행될 수 있기 때문에, 조기에 강력하게 대처를 해야 할 필요성을 느꼈다.

"정착촌에서 함정을 파고 기다려야겠습니다."

"그걸로는 부족하지요. 놈들의 기동력이 뛰어나니 일거에 섬멸하지 않으면 안 됩니다. 숫자가 적다고 해서 방심하면 곤란하지요."

"기사단을 위주로 하여 타격대를 구성하고, 점령 지역을 관할하는 5군단장님께서 직접 지휘를 해 주시면 어떻겠습니까? 나머지 군대는 대지의 궁전으로 계속 진군을 해 가야 하니까요. 놈들을 빨리 처치하고 돌아오시면 대지의 궁전에서의 전투도 함께하실 수 있을 것입니다."

"좋습니다. 심심하던 차에 잘되었습니다."

5군단장은 화염의 기사단을 거느리고 있는 반롬멜이었다.

그가 직접 나서서 묻뺏죽 부대를 처리하기로 결정되었다.

어비스 나이트와 헤르메스 길드

"후후후훗, 내가 바로 북부의 명궁수 페일이다!"

페일은 흙먼지를 일으키며 모여 있는 하벤 제국군의 진영을 바라보고 있었다.

베르사 대륙 전체를 장악해 나가는 무적 군대에 맞서서 북부의 고레벨 유저들도 소수이지만 뭉쳤다.

"정면공격은 승산이 없습니다. 일대일이라면 몇 놈 정도는 죽일 자신이 있지만 군대를 상대로는 기회가 오질 않죠."

"그렇다면 외곽을 찌르는 수밖에요."

"헤르메스 길드에는 우리보다 강한 사람들이 즐비할 텐데요?"

"저 엄청난 대군이 이동을 하면서 모든 방비가 완벽하진 못할 게 확실합니다. 우린 그 틈을 노려 볼 수 있습니다. 저 레인저 다카르의 눈에는 조금 크고 많은 사냥감으로 보입니다."

"동감입니다. 재미있는 사냥이 되겠군요."

북부 최고의 궁수들과 레인저들, 마법사들이 전투를 위해 나섰다.

본격적으로 소식이 알려지지 않았기 때문인지 참여한 숫자야 200여 명에 달할 뿐이지만, 그들은 자신이 있었다.

그들은 하벤 제국군이 지나가는 길목의 언덕 뒤에 조용히 숨어서 기다렸다.

정찰을 위한 전초부대가 지나가고 중앙군이 이동을 하는 동안에도 고개를 숙이고 얌전히 있었다.

저들에게 위치를 발각당하면 그야말로 개죽음이었기 때문이다.

지역 전체를 초토화시킬 수 있는 위풍당당한 마법병단이 매머드가 끄는 마차를 타고 이동을 한다.

하벤 제국군은 병사들만 많은 것이 아니다. 몬스터와 짐승을 길들여서 사용하고 여러 특수부대들도 거느렸다.

북부 유저들과의 전투에서는 마법병단과 궁수대가 중심이 되어서 거의 쓰질 않았지만, 본격적인 점령 작업에 동원되게 될 부대이리라.

중앙 대륙에는 다양한 왕국들이 존재하고 많은 부족들이 살아가고 있었으므로 북부 정벌군의 구성 역시 화려하다 못해서 상대하는 쪽에서는 질식할 정도의 위용을 자랑했다.
"비나이다, 비나이다. 오늘도 이 목숨을 건지게 해 주십시오, 정의로운 풀죽신이시여."
그사이 일부 풀죽신교 원리주의자들은 풀죽을 마시기도 했다.
"지금입니다."
그리고 드디어 그들이 보기에 일반 병사들로 구성된 부대들이 움직이고 있었다.
하벤 제국의 정예 병사들은 많은 전쟁을 경험한 매우 귀중한 자산이었다.
"그럼 장전을 합시다."
궁수들은 활과 화살 묶음을 꺼냈다. 바로 화살을 시위에 걸지 않고 잠깐 기다렸다.
"불의 정령 화돌이 소환!"
"씽씽이여, 이곳에 나타나 주세요."
"흙꾼 어르신, 적을 묻어야 할 때입니다."
옆에 있는 정령사 유저가 정령을 소환해서 화살에 붙여 주었다.
정령사의 도움을 받으면 화살 공격의 위력과 특성을 높일 수 있다.
"한꺼번에 쏩시다. 발사!"
슈슈슈슉!

궁수 유저들에 의해 언덕에서 쏘아진 화살들은 대지를 가로질러서 하벤 제국군의 진영을 습격했다.
　스킬, 바람을 타고 날아가는 화살!
　원거리 공격 시 사정거리가 50% 이상 증가하는 스킬이었다.
　"적의 기습이다!"
　"저쪽 언덕 방향으로 반격하라!"
　하벤 제국군의 궁수들도 적의 위치를 파악하고 반격을 가했지만 그들의 화살은 언덕에 닿지 않았다.
　궁수로서의 실력이나 장비의 차이도 있었지만, 북부의 유저들은 더 높은 지형에서 바람을 등지고 화살을 쏘기 때문에 뭉쳐 있는 하벤 제국군을 계속 쓰러뜨렸다.
　"귀중한 기회입니다. 최대한 한 발이라도 더 쏩시다!"
　"지금 말할 시간도 없어요. 강철 화살을 몽땅 다 퍼부어서라도……."
　궁수 유저들은 이때만큼 자신의 손이 빨리 움직인 적이 없었던 것 같았다.
　속사와 관통 스킬을 활용하여 화살을 쏜다.
　평소에는 이렇게 장거리 공격을 하면 명중률이 많이 감소한다. 궁수들의 장거리 공격 스킬들은 거의 쓸모가 없을 정도로 사장되어 있었는데 지금은 실컷 쏠 수 있었다.
　노렸던 적이 맞지 않더라도 그 부근의 누군가가 대신 맞았

다.

아쉬운 점이라면 병사들도 방패와 갑옷을 입고 있기 때문에 장거리 화살 공격을 맞고도 한두 발로는 목숨을 잃지 않는다는 것이었다.

주변을 불태우거나 얼리고, 무너뜨리거나 폭발시키는 광역 궁술 스킬은 사용하지 못했다. 그렇지만 일 잘하는 정령들의 효과로 인하여 비슷한 위력을 발휘할 수 있었다.

여러 발을 쏘다 보니 자신이 죽이지 못하더라도 동료들의 화살에 의해 하벤 제국군 병사들은 목숨을 잃었다.

느긋하게 전진하던 헤르메스 길드 유저들은 발등에 불이 떨어졌다.

"병사들은 놈들을 섬멸시키기에는 너무 느리다. 기사단이 즉시 처리하라!"

"은독수리 기사단 진격!"

모여 있는 이들을 응징하기 위하여 하벤 제국 기사단이 먼지를 일으키며 질주를 개시했다.

헤르메스 길드 유저 중에서도 실력이 뛰어난 팔랑크스가 지휘하고 있었다.

"서둘러 쏩시다. 다가오도록 하면 안 됩니다."

이때부터는 북부의 궁수들도 기사단을 표적으로 화살을 쏘았다.

"웬만해서는 피해를 입히지 못할 것이니 한 발 한 발의 위력을 높여야 됩니다."

관통, 밀쳐 내기, 중독, 회오리.

활시위가 끊어지도록 강하게 쏘는 화살에, 기사단의 절반 이상이 말에서 떨어졌다.

방어력이 뛰어난 기사들이니 전부 죽진 않겠지만 쉽게 회복이 되지 않는 전투 불능 상태에 빠뜨릴 수는 있었다.

"놈들이 계속 다가오고 있습니다."

"충분히 피해를 줬으니 어서 피합시다."

"좋지요!"

임무를 마친 북부의 궁수들은 활을 등에 짊어지고 후방을 향해 신속하게 철수했다.

악착같이 쫓아오던 기사단은 북부 유저들 중에도 휘황찬란한 갑옷을 입은 기사들이 섞여 있는 것을 발견했다.

"저놈들은 어디 소속이지?"

"미야바의 기사들 같습니다만. 미야바 공국이 몰락하기 전까지, 최소한 레벨이 400을 넘지 못하면 기사단으로 인정받지 못했습니다."

"저들이 북부로 이주해 왔는지는 미처 몰랐군."

북부 유저들은 하벤 제국의 군단 규모의 마법 전력을 두렵게 느꼈다. 가까이 다가가기만 하면 개죽음을 당하기 때문이다.

그렇지만 이런 식으로 기사단이 요격을 나오기 위해 출동

하면 맞싸울 수는 있었다.

"이빨 사이에 낀 가시 같군. 우리만 본대를 벗어나서 멀리까지 나가서 전투를 치르기에는 부담스럽고……. 놈들을 전멸시키려면 다음 기회를 노리는 수밖에 없겠다. 철수한다."

하벤 제국군의 기사단은 결국 회군을 선택했다.

"만세!"

"크흐, 이 맛이지!"

"우리가 해냈습니다!"

불과 1,000여 명의 피해를 입힌 작은 승리였지만 북부의 유저들은 크게 웃으며 기뻐했다.

지금까지 수백만 명이 죽었지만 하벤 제국군의 북부 정벌군에는 10만 정도의 피해도 끼치지 못했다.

전투만 벌이면 연전연패!

그렇지만 북부의 유저들도 점점 많은 인원이 본격적인 항전에 나서고 있었다.

또 지금까지 던전 깊숙한 곳에서 살아가던 유저들도 전투를 위해 모습을 드러냈다.

"저분은… 내 눈이 틀리지 않았다면 빨간 치마를 즐겨 입는다는 음유시인 스콜라 님이야!"

"우웃, 부채로 바람을 타고 몬스터를 정신없이 때린다는 저 사람은… 2년 전에 한창 방송에 나왔었는데!"

로열 로드의 초창기부터 유명했던 유저들은 하벤 제국에

의해 죽음을 경험하고 척살령이 떨어지면서 사람들을 피해 다녔다. 독특한 사냥법이나 기술을 개발하며 로열 로드를 즐겨 왔던 초기 유저들도 북부로 이주하여 조용히 지내왔다.

그들은 세력 다툼이 치열한 중앙 대륙에 이미 환멸을 느꼈다. 그럼에도 사냥과 퀘스트를 통한 친분 등으로 발이 묶여 어쩔 수 없이 길드에 속해 있었지만 하벤 제국에 의해 전부 몰락하고 말았다.

본의 아니게 자유롭게 된 그들은 북부로 이주해서 살아가고 있었다.

하벤 제국에 대한 부글부글 끓어오르는 분노를 참으며 살아가던 그들이, 마침내 뭉치기 시작한 것이다.

북부의 유저들이 꼭 아르펜 왕국과 위드를 위하여 전투에 나선다고 볼 수는 없었다.

하벤 제국과 위드.

당사자들만의 문제라면 이주민들 중에는 참여하지 않았을 이들이 훨씬 많았다.

하나의 도시만 있던 모라타 시절과는 다르게 현재는 너무나도 많은 유저들이 살아가고 있기 때문이었다.

하지만 중앙 대륙이 이미 하벤 제국에 의해 정복된 마당에 아르펜 왕국까지 무너지게 되면 그들로서는 더 이상 마음 편히 살아갈 수 있는 땅이 없다.

자신들을 위하여 나섰고, 위드와 아르펜 왕국은 훌륭한 구

심점이 되어 주었다.
"우리의 희망은 명궁수 페일 님이지."
"저분이 방법을 알려 주지 않으셨다면……."
"활 쏘는 거 봤잖아. 백발백중에, 관통이 거의 두세 번에 한 번씩 터지더라고."
"기가 막힌 실력이지."
페일은 모여 있는 북부 유저들에게도 찬사를 받았다.
'고생 끝에 낙이 온다더니, 사람들이 나를 바라보는 시선이 매우 뿌듯하군.'
비록 로열 로드를 시작한 시기는 조금 늦었지만 위드를 따라다니면서 고생을 어디 적당히만 했던가.
스킬, 스텟, 잡템에 얽매여서 살아오다 보니 평범한 다른 사람들을 만나면 다들 깜짝 놀라며 감탄할 실력을 갖추게 되었다.

―아니, 어떻게 그런 개노가다를……! 로자임 왕국에서 시작한 분이 벌써 이렇게 강해지셨다는 말입니까?
―그저 다른 사람들처럼 평범하게 성장한 건데요.
―지금까지도 일반 화살촉을 쓰신다니, 믿을 수가 없군요! 독이나 분산형 화살촉의 사냥 효율이 월등히 높다고 알려진 게 언제인데요. 다들 최소한 독화살은 쏘는데.
―위드 님이 그러셨죠. 사냥은 머리로 하는 게 아니다, 몸

으로 반복해서 하는 거다. 몬스터를 편하게 잡으려고 머리를 쓰지 말고 단순하게 싸워야 한다고요. 그리고 더 좋은 아이템을 쓰면 그만큼 돈이 더 든다는 건 진리 중의 진리죠.
-그렇더라도 스킬들의 레벨이 너무 어마어마하신데요.
-노가다로 다져진 기본기라고 할 수 있지요. 이것 역시 위드 님에게 배운 가르침입니다.

과거 방송 출연을 통해 위드와 모험을 함께했던 전력도 알려지다 보니 페일은 북부에서는 유명 인사 중의 1명이다.
엘프의 활을 등에 메고 도시로 들어가면 모두의 시선이 그에게로 모였다.
페일이 생각하는 그를 바라보는 사람들의 시선.
'엄청난 실력자야.'
'어디서든 한눈에 알아볼 수 있겠어. 페일 님을 직접 보다니 영광이군.'
'잘생겼다. 키도 크고.'
'캬하, 활을 비스듬히 메고 있는 저 자연스러운 멋!'
페일은 북부 유저들을 이끌고 전투를 지휘했다.
동료들과 팔로스 제국의 보물을 찾는 일에 참여하지 않고 따로 떨어져 나왔지만 이렇게 보람찰 수가 없었다.
전투에서 발군의 실력을 발휘하고 사람들을 이끌며 인정을 받았다.

'이것이 남자의 로망이다.'

페일의 입가에는 어느새 위드를 닮은 썩은 미소가 맺혀 있었다.

그리고 갑자기 들어온 귓속말.

-페일 님.

-엇, 위드 님!

페일은 깜짝 놀라서 대답했다.

"뭡니까, 전쟁의 신 위드 님에게서 귓속말이 들어온 겁니까?"

"이야, 대박이다! 역시 위드 님의 동료니까 귓속말도 자주 나누는 사이로구나."

주변에서 레벨 430이 넘는 유저들이 크게 감탄했다. 레벨이 아무리 높더라도 위드와 쉽게 친분을 가질 수 있는 건 아니라고 생각하기 때문이었다.

위드에게서 귓속말이 왔다는 말이 금세 퍼지며 심지어는 깜짝 놀라는 무리도 있었다.

북부에서 위드의 명성은 강물로 소주를 만든다고 해도 믿을 수 있을 정도였다.

-지금 어디에 계세요?

페일은 씩씩하게 대답했다.

-누르 평원 근방에서 하벤 제국군과 싸우고 있습니다만. 화살을 이용해서 원거리 공격을 하고 있는 것이죠. 제법 위험한

일이라서 긴장감이 아주 넘칩니다.

 은근히 위드가 약간의 감사의 인사나 칭찬 정도는 해 줄 것이라 기대하며 어느 정도 자랑도 담아 한 말이었다.

 ─흠, 그렇다면 특별히 바쁘시진 않겠군요. 유린이를 그쪽으로 보낼 테니, 잠깐 시간은 되시죠?

 ─물론이죠. 위드 님도 무사히 퀘스트를 마치고 돌아오셨는데 밤새도록 축하연이라도 해야죠. 제가 쏘겠습니다!

 ─축하연 대신에 사냥이나 가죠.

 ─네? 벌써요? 돌아오자마자 사냥을 얼마나 하시려고…….

 위드는 넓은 시야와 몬스터들의 활동과 특성을 파악하는 귀신같은 눈치를 가졌다. 상대하기 벅찬 몬스터들과 간신히 싸우면서도 목숨을 잃는 경우는 거의 희박했다.

 대신에 함께하는 동료들은 느꼈다.

 '죽을 힘까지 몽땅 빠져서 죽지도 못하는구나.'

 '쉬, 쉬고 싶어.'

 '여기가 사냥 지옥인가. 부디 이 지옥만큼은……. 나쁜 짓을 하지 말고 착하게 살아야겠어.'

 그 소름 끼치는 사냥으로의 초대였다.

 ─뭐, 이래저래 바빠서… 하루나 이틀 정도만 해야죠.

 ─이틀 정도라면 그래도 상당히 짧네요.

 ─하벤 제국군이 대지의 궁전에 올 때까지 쉬엄쉬엄하려고요. 늦게 오면 조금 길어질 수도 있지만… 아마 빨리 올 겁니다.

-하긴 길게 자리를 비울 수가 없으시겠지요. 놈들이 가능한 늦게 와야 될 텐데요.

-뭐, 그러기를 바라고는 있죠. 근데 세상일이 다 제 마음대로 되진 않더라고요.

귓속말이 끝나기가 무섭게 유린이 그림 이동술을 통해서 나타났다.

페일의 활동도 방송이나 인터넷 중계가 이루어져서, 주변의 풍경을 설명해 주지 않아도 알아서 찾아올 수 있었다.

"안녕하세요. 오빠가 빨리 모시고 오라고 했어요."

"그래, 가야지."

페일은 어깨가 축 늘어져서, 끌려가는 사람처럼 유린과 함께 떠났다.

그리고 남아 있는 사람들이 이야기했다.

"맨날 위드 님과 엮여서 갖은 고생만 한다는 그 이야기가 진짜였어?"

"왠지 부럽진 않아."

"능력은 있어도 저렇게 살고 싶진 않다, 정말로."

"우린 그냥 이대로가 편한 것 같다."

위드의 사냥 멤버!

팔로스 제국의 보물을 찾고 있는 이들을 제외하면 페일이 있었다. 그리고 꼭 필요한 한 사람을 데리러 프레야 교단에 갔다.

반 호크를 제외하면 명실상부한 최초의 노예.

"오오오, 너무나도 오랜만에 뵙습니다. 다른 사람들은 모르더라도 저는 프레야 여신님을 통해서 위드 님이 특별한 모험을 마쳤다는 소식을 들었습니다."

"됐으니까 가자."

"네?"

"말할 시간도 아까우니 가자고."

프레야 교단에 쌓은 공헌도를 바탕으로 알베론을 납치하듯이 섭외했다.

그리고 북부에서 넓은 인맥을 쌓은 마판을 통해서 새로운 인물들을 소개받았다.

"음, 나는 파이톤이다."

곰처럼 큰 덩치에 거검을 박력 있게 휘두르는 파이톤.

전사 마스터 퀘스트를 했으며 이베리안 숲에서의 생존기로 더욱 유명한 사내였다.

위드와는 과거 수련관에서 만난 적이 있지만 둘 다 서로를 기억하지 못했다.

'밥을 많이 먹겠군.'

'눈빛이 예사롭지 않아. 보통 이상의 느낌이 전해지는 것

이, 과연 소문대로 아르펜 왕국의 국왕이야.'

그리고 의문의 사내도 합류했다.

"이분의 이름은… 그러니까 말씀드리기는 어렵습니다만, 저 마판이 상인의 명예를 걸고 믿을 수 있는 분이라고 신용은 철저히 보증할 수 있습니다."

마판이 소개한 사람은 훤칠한 키에 무엇이 꺼려지는지 로브를 뒤집어써서 가까이에서 보기 전에는 얼굴조차 알아보기 힘든 남자였다.

위드는 먼저 악수를 건넸다.

"반갑습니다."

"잘해 봅시다."

남자는 목소리마저도 영화배우처럼 자연스러운 멋이 있었다.

위드와 남자의 눈빛이 마주쳤다.

'믿을 수 없는 놈이군. 나보다 훨씬 잘생겼어.'

'조각사라고는 믿을 수 없을 정도로, 왠지 느낌으로는 빈틈이 없을 것 같다. 방송에서의 활약상은 많이 봤지만 나보다도 강할까? 하지만 암습이라면 내가 완벽하게 승리하겠지. 나는 죽음을 몰고 오는 그림자 양념…이니까.'

위드와 페일, 알베론, 파이톤, 죽음을 몰고 오는 남자.

그렇게 파티가 결성되고 나서 파이톤이 물었다.

"그런데 우린 어디로 가는 것이오? 보통의 사냥터라면 이렇게까지 거창하게 모일 필요는 없을 텐데. 어떤 퀘스트의 마무리인가?"

 전쟁의 신 위드와 사냥을 한다니까 놀랍고 신기한 마음에 합류를 결정하기는 했지만 그 외에 들은 정보는 아무것도 없었다.

 하벤 제국군이 마당 앞으로 다가오고 있는데 하루 정도의 짧은 여유를 내서 사냥을 떠난다는 것이 어떤 의미가 있는지 의아하기도 했다. 설사 레벨 1~2개 정도를 올리더라도 그게 그렇게 대수일까 싶었다.

 위드의 입장에서는 뒤처진 레벨을 복구하기 위해서 다급하기 짝이 없었지만 말이다.

 "남부로 갑니다."

 "남부요? 허어, 정말 의외로군. 하벤 제국군과의 전쟁터를 말하는 것이오?"

 "우리가 있는 북부 대륙의 남쪽이 아니라, 베르사 대륙의 남부 지역 말입니다."

 "거긴 그냥 사막인데……. 아! 텔레비전에서 퀘스트를 하는 건 봤소. 사막의 왕으로서 활동하며 얻은 정보 등을 바탕으로 사냥을 하려는 모양인데, 그러기에는 이동 시간이 너무 오래 걸리지 않겠소? 그보다는 이 주변의 던전이나 확실히 처리를 하는 게 맞을 것 같소만."

 파이돈은 여행 일정상 도저히 무리라는 생각에 반대 의견을 냈다.
 대지의 왕궁 근처에도 완벽하게 파훼되지 않은 던전은 많이 있었다.
 북부에 고레벨 유저가 많아졌다고는 해도 레벨이 높아질수록 신중해지기 마련이다. 던전을 발견해 내더라도 조심스럽게 정보들을 모으고, 넘칠 정도로 충분한 전력을 갖춰야만 퀘스트와 사냥에 나선다.
 목숨을 잃어버리면 덩달아 잃어버릴 게 너무나 많은 만큼 어쩔 수가 없는 합리적인 판단이었다.
 이렇게 만반의 준비를 하고 던전에 들어간 경우에도 죽음을 겪거나 뒤돌아서 도망쳐 나옴으로 인해서 해결되지 못한 장소도 많이 있다.
 전쟁의 신 위드가 있는 전력 정도라면 끝마무리가 되지 않은 미해결 던전들을 충분히 도모해 볼 수 있으리라는 생각은 들었다.
 하지만 파이톤의 말은 위드의 입가에 비웃음에 가까운 썩은 미소를 짓게 했다.
 "만만한 목표를 달성해서야 무슨 의미가 있습니까? 보다 넓고 크게 이루어야지요."
 "말은 좋지만 하루 정도의 사냥으로는 어차피 할 수 있는 것이 별로 없을 텐데. 도착도 못 하지 않소? 알고 있는 던전에 초장거리 텔레포트 게이트가 있다면 이야기가 달라지긴 하겠지만."

"이동 시간은 제가 알아서 처리하겠습니다. 그리고 무엇보다, 인생의 목표를 군만두로 잡는다면 평생 탕수육은 먹어 보지도 못할 겁니다."

파이톤과 죽음을 몰고 오는 그림자라는 남자는 그 말에 깊이 공감했다.

어찌 되었든 그들은 군만두를 싫어했기 때문이다.

"전…부… 죽…여…라……. 이…곳…은… 영…광…이… 함…께…하…는… 칼…라…모…르… 제…국…의… 땅…이…다……."

반 호크와 칼라모르 제국의 기사 600명으로 구성된 둠 나이트들은 6개의 도시와 2개의 요새를 점령했다.

"킬킬킬!"

"으헤헤헤헤헤!"

파죽지세로 밀려드는 언데드들의 공격은 성벽이 두꺼운 요새로도 막기가 어려운 것이었다.

유령화가 된 둠 나이트들은 장애물과 성문을 통과하고, 때때로는 믿기지 않을 정도로 높이 뛰어올라서 성벽을 넘었다.

"발석기를 끊임없이 쏴라!"

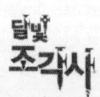

"성수를 아낌없이 뿌리고, 사제들은 신의 힘을 기원하여 주십시오!"

하벤 제국의 병사들은 불화살을 사용했다.

어두운 밤하늘을 가로질러 날아서 적진에 불화살들이 떨어진다.

불빛으로 사방이 순간적으로 확 밝아지는 순간, 저 멀리에서부터 스켈레톤들과 좀비들이 춤을 추듯이 몸을 흔들며 꾸역꾸역 다가오는 것이 보였다.

"정말 재밌다. 이 재미를 뭐라 표현해야 하지?"

"공격, 공격하자, 우헤헤헤헤!"

"아, 짜증 나. 하필이면 왼쪽 다리가 없는 스켈레톤이 걸렸어. 어디 근처에 쓸 만한 다리뼈 없나?"

이벤트에 참여한 유저들은 언데드가 되어서 요새로 진격했다.

믿음직스럽지는 않은 언데드 유저들도 4만 명이 넘는 인원이 참가하게 되었다.

시체만 묻혀 있던 베르사 대륙의 주민을 포함하면 어비스 나이트의 암흑 지배 능력에 의해 일어난 언데드는 무려 총 10만!

하벤 제국이 중앙 대륙을 통일하기 전이라면 충분히 하나의 왕국을 도모해 볼 수 있을 정도의 병력이었다.

"스켈레톤들이여, 성벽을 오르자!"

"킬킬킬!"

스켈레톤들은 뼈밖에 남지 않은 손가락으로 가파른 성벽을 타고 올라가서 병사들과 싸웠다.

언데드 유저는 목숨을 잃어도 신성력이나 성수에 의한 죽음이 아니라면 곧바로 되살아날 수 있었다.

둠 나이트를 따라서 벌이는 활약에, 유저들은 유쾌한 웃음을 터트렸다.

하벤 제국에 대해서라면 이를 갈고 있는 유저가 한둘이 아닌 터에 스트레스 해소를 위한 이벤트가 발생한 격이었으니 어찌 즐겁지 않겠는가!

그러나 하벤 제국의 정예 병력도 언데드에 대응할 준비를 끝냈다.

헤르메스 길드 소속의 유저만 3만 명이 참여했으며, 하벤 제국 황궁 기사단 6,000명, 중앙 대륙의 각 교단으로부터 성기사와 사제도 지원받았다.

넘치는 자금과 퀘스트 독점으로 인해 대륙에 있는 신성 교단들을 자신들의 병력처럼 동원할 수 있었다.

"계속 되살아나는 언데드는 송두리째 뿌리를 뽑아 놓지 않으면 안 됩니다. 하급 언데드는 대충 해치우면 되지만 어비스 나이트 반 호크와 둠 나이트 부대는 황궁 기사단과 함께 철저하게 대응하도록 합니다."

어비스 나이트는 무시무시했다.

그 혼자서도 감당이 안 되는데 둠 나이트를 끌고 다니고 있으니 그 전력의 강대함이야 이루 말할 수가 없다.

어비스 나이트가 칼라모르 지역에서 등장한 이후로 시간은 촉박하였다.

헤르메스 길드에서 병력을 동원하고 전투를 준비하는 동안에도 언데드의 세력은 갈수록 강해지고, 그들을 따르는 과거 칼라모르 왕국 병사들이 합류할 수도 있었다.

그렇지만 전체가 빛과 신성력을 두려워하는 언데드로 구성되어 상대하기는 비교적 쉬웠다.

헤르메스 길드에서는 황궁 기사단을 제외하고는 NPC로 구성된 병사와 기사를 일절 배치하지 않았다.

전투에 동원된 모든 유저들에게는 축복받은 은을 씌운 무기와 방어구도 지급했다. 은무기와 방어구는, 일부는 생산을 하고 나머지는 전리품으로 얻어서 창고에 쌓아 놓은 물량을 모두 푼 것이었다.

그리고 텔레포트 게이트를 통해 어비스 나이트 반 호크와 둠 나이트가 가까이 있는 헤페니아 요새로 이동했다.

푸슈슉!

마법진 내에 강렬한 빛이 일렁이면서 헤페니아 요새에 바드레이가 도착했다.

"광대한 영토를 다스리는 황제 폐하를 알현합니다."

"제국의 검이며 동시에 교단의 최대 후원자를 뵙겠습니다."

바드레이가 나타나자마자 기사 NPC들은 정중하게 예의를 취했다.

헤페니아 요새의 일반 병사와 주민은 지고한 존재를 만나는 것으로 완전히 얼어붙어서 땅에 바싹 몸을 숙였다.

미리 배치된 황궁 기사단과 성기사단의 인사를 바드레이는 가볍게 고개를 끄덕여서 받았다.

'병력이 많기도 하군.'

헤페니아 요새는 과거 칼라모르 왕국에서도 다섯 손가락 안에 들 정도로 아주 큰 곳이다. 이곳을 점령하기 위해서 헤르메스 길드도 꽤 많은 희생을 치렀다.

헤페니아 요새의 무서움은 그저 성벽의 높이에만 있지 않았다.

기본적으로 높은 산과 절벽을 끼고 공략하기 어려운 장소에 건축되었다. 궁수탑, 쇠뇌 연속 발사대, 건너기 힘든 해자와 같은 기본적인 방어 시설도 완비되었으며, 적들의 침입을 방지하기 위해 외부로 난 창문도 작고 협소하게 만들어져 있다.

여러모로 공략하고 정복하기에는 어려운 시설물로, 소유하고 있는 쪽에서는 수집품처럼 자랑스러움을 느끼게 해 주었다.

물론 지난 전투 시의 파손이 너무 심하여 아직 완벽하게 수리된 상태는 아니었다.

'하벤 제국은 칼라모르 왕국에서부터 시작된 것이나 다름이 없었다. 막 발돋움을 하던 시기에는 다급하고 부족한 것들도 많았는데. 그 시절이 조금은 그리워지는군.'

요새에 있는 헤르메스 길드 유저들도 바드레이가 온다는 소식을 듣고 텔레포트 게이트에 모여 있었다.

"저 사람이 바드레이야?"

"직접 보는 건 나도 처음인데, 장비들은 정말 끝내주는군."

"베르사 대륙을 좌지우지하는 권력자. 과연 얼마나 강할까?"

"방송에서 본 대로 대륙에서 최강이겠지. 로암이나 칼리스도 저분한테는 목숨을 잃었어. 무신이라는 이름이 그냥 얻어진 게 아냐. 전쟁의 신 위드조차도 버티지 못했으니까 말이야."

바드레이는 자신을 보며 떠드는 많은 말을 들었다.

대부분이 우쭐해지게 만드는 칭찬, 혹은 부러움과 시샘.

헤르메스 길드에 속해 있는 유저나 그렇지 않은 유저나 할 것 없이 바드레이의 존재를 대단하게 여겼다.

'그래, 이런 반응이지. 곧 모든 대륙이 이런 반응을 보이게 될 것이다!'

언데드가 거세게 설치고 있는데도 불구하고 헤르메스 길드에서는 차분히 하루를 더 기다렸다.

밤새 요새 하나, 도시 하나를 잃어버렸지만 거대한 하벤 제국에서 그 정도의 손실쯤은 감수할 만했다. 제국의 경제력과 생산력을 바탕으로 내정을 잘한다면 하루아침에도 도시 1~2개 정도만큼은 늘어날 수 있기 때문이다.

라페이와 헤르메스 길드의 수뇌부에서는 이미 대제국의 실질적인 도약에 대해서 큰 그림을 그리고 있었다.

구하벤 왕국 지역을 중심지로 하여 중앙 대륙 전체를 발전시키기 위한 생산과 기술 개발, 무역을 증진시키는 계획에 착수했다.

로열 로드의 초창기에는 각 왕국들이 확고하게 자신들의 영역을 지키며 자리를 잡고 있었다.

중앙 대륙은 경제력이 융성한 편이었지만 수도와 그 부근을 벗어나면 낙후된 지역들도 많았다. 과거에 명문 길드들이 난립하던 시절을 지나면서 분쟁도 오랜 기간 이어졌다.

하벤 제국이 건국되던 시기에 입은 피해도 대륙 전체에 남았다.

대륙이 통일되고 나면 제국의 황궁에 의한 체계적인 관리가 가능해진다.

안정된 통치와 끝없는 번영.

하벤 황궁에 모인 헤르메스 길드의 수뇌부에서는 장기간의 통치를 위한 모든 계획을 수립하고 있었다.

물론 엠비뉴 교단이 완전히 쇠퇴하면서 영향력을 대부분 회복한 대륙의 동부, 놀랍게 발달한 남부의 사막 지대를 점령하기 위한 군사 준비도 새롭게 진행되었다.

중앙 대륙이 통일되는 과정에서 다른 왕국의 패잔병들을 받아들이며 기사와 병사는 과할 정도로 많아졌다. 그들을 동부와 남부로 출정시키면 되니 제국의 수뇌부에서는 정복 작업의 준비에 대해서는 고민할 필요조차도 없었다.

다만 북부에서의 전쟁이 예상 외로 길어지고 있었으니, 완벽하게 일을 처리하기 위하여 새로운 전쟁을 벌이는 일은 미루어 두었다.

"우린 완벽한 승리를 해야 한다."

어비스 나이트와의 전투를 총괄하게 된 것은 바드레이의 친위대 소속 아크힘이었다.

헤르메스 길드에서도 개인 무력으로는 300위 안에 드는 유저만이 친위대에 소속될 수 있다. 친위대는 최상급의 무기와 방어구, 사냥터, 스킬 연구를 지원받으며, 명예와 권력도 막강했다.

"놈들이 다른 길로 빠지지 않는다면 아무래도 헤페니아 요새로 몰려오게 될 것 같은데… 요새의 성벽은 허물어진

곳이 몇 군데 있고 밤에는 어두운 편이라 완전한 대응이 어렵겠어."

아크힘은 요새 밖에서 언데드들을 요격하기로 결정했다.

애매하게 싸우기에도 적합하지 않은 요새에 집착하여 적을 맞아들일 필요는 없다. 헤르메스 길드의 드높은 자존심으로, 성벽에 의존하여 언데드를 물리쳤다는 질시를 받고 싶지도 않았다.

"코쿤 계곡이 좋겠군. 양쪽을 틀어막고 누구도 빠져나오지 못하게 한다면 언데드는 1마리도 살아남지 못하겠지."

코쿤 계곡은 어마어마한 높이와 면적을 가지고 있었다. 절경이라고 해도 좋을 정도로 아름답지만 그만큼 험준한 산들 사이에 있는 넓은 계곡.

우기에는 강이라고 불러도 될 만큼 많은 양의 물이 흐른다.

봄에는 푸른 나무들 사이로 꽃들이 활짝 피어서, 경치만으로도 수십만 명의 여행객들을 몰고 오는 장소다.

현재는 물이 마르고 풀들이 낮게 자라 있어 대규모 전투를 치르기에 적합한 장소였다.

"여기가 언데드들의 무덤이 되겠군. 경치만큼은 아까울 정도이지만 말이야."

아크힘은 정오가 지난 이후에 병력을 배치하며 다시 밤이 찾아오기를 기다렸다.

헤르메스 길드의 유저들도 무기를 재정비하며 밤을 기다

렸다.

 어비스 나이트 반 호크와 언데드들은 밤이 되어야만 나타나기 때문이다.

 이윽고 해가 지고 나서 땅거미가 지는 밤이 찾아왔다.

 ―우히히히히히힛.

 유령들이 우는 소리가 나고, 땅이 불쑥불쑥 솟구친다.

 땅속 깊은 곳에서 잠을 자던 언데드들이 다시 일어나는 것이다.

 어비스 나이트 반 호크와 칼라모르 제국 기사단으로 이루어진 둠 나이트 부대.

 언데드 유저들이 활약하는 시간!

> ―언데드의 밤이 찾아왔습니다.
> 어비스 나이트 반 호크는 휘하의 언데드 부대를 이끌고 칼라모르 왕국의 영토를 회복하기 위해 진군합니다.
> 오늘 새로 합류한 언데드 유저는 4,302명입니다.

 "훗, 재미있어지는데."

 "고작 해 봐야 스켈레톤 따위들이 겁을 상실한 거지."

 "반항을 하면 짓밟아 줘야 되겠지. 아예 뼈마디를 산산조각을 내서 말이야."

 이곳이 중앙 대륙의 칼라모르 왕국이다 보니 모여 있는 헤르메스 길드의 유저들도 수준이 확실히 월등하다. 산전수전다 겪어 본 강자들로 구성되어 있었다.

 과거에는 어느 한 길드를 대표하던 강자들도 헤르메스 길드의 깃발 아래로 모여들었다.

 자신들이 최강이라 생각하는 그들인지라 다가오는 전투가 기다려질 지경이었다.

 어비스 나이트가 하벤 제국을 침략하는 일은 커다란 이슈가 되었기에 방송사들도 대부분이 생중계를 결정했다.

 사상 최악의 몬스터 어비스 나이트!

 그들을 막아 내야 하는 대륙 최강의 제국!

 구름처럼 많은 고레벨 유저들!

 흥행 요소들은 이미 충분했다.

 바드레이는 친위대와 함께 계곡의 위쪽에 서 있었다.

 전투를 치르기에는 너무 높았지만 전체를 내려다보기 좋은 위치였다.

 만약의 경우에라도, 어비스 나이트 반 호크가 그에게로 다가오기 위해서는 아래에 겹겹이 쌓인 호위 부대들을 먼저 격파해야 한다.

 항상 그와 함께 다니는 친위대가 있지만 지금은 추가로 황궁 기사단 1개 부대, 헤르메스 길드 유저 5,000명으로 특별

호위 부대가 구성되었다.

'재미있군. 기발하고 신선한 상황. 통치와 정복에는 약간의 지겨움을 느끼고 있던 와중이다. 위드도 아마 이런 식의 퀘스트나 이벤트를 경험했겠지.'

바드레이의 머릿속에서 짜릿한 전투의 긴장감이 느껴졌다.

'언제부터였을까, 이렇게 전투가 기다려지게 된 것은.'

그에게는 강한 몬스터들을 누구보다 앞서서 격파했다는 자부심이 있었다.

베르사 대륙에서 공인된 강한 유저이며, 어느 누구나 인정할 수밖에 없는 존재가 자신이다.

위드가 사용하여 대단한 전투 방식의 상징이 된 일점 공격술을 능숙하게 다룰 수 있게 되었을뿐더러, 흑기사 직업 특수 스킬 반란의 날도 습득했다.

헤르메스 길드의 노력으로 조만간 검술의 비기도 한 가지를 더 얻게 될 테니 전체적인 강함이야 계속 발전을 거듭하고 있다.

바드레이는 내심 놀라고도 있었다.

자신의 무력이 늘어나는 속도는 예전이나 지금이나 변함이 없다.

과연 이 로열 로드에서 개인이 쌓을 수 있는 무력의 한계란 어디까지일 것인가.

아쉽게도 그 부분은, 퀘스트에 한정되기는 했지만 위드가 먼저 세계를 구하는 용사로서 훨씬 높은 수준에 올라섰다.

 그렇지만 이대로 성장을 하고 앞으로 열린 기회들을 감안한다면 진정한 강함은 자신에게만 주어진 권리가 될 것이라 믿어 의심하지 않았다.

 '어비스 나이트까지 해치운다면 내 전투 명성은 확고부동해지겠지.'

 바드레이는 전투가 빨리 벌어지기를 기다렸다.

 싸우고 싶은 마음은 간절하였지만 초반부터 자신이 나서서 전투를 지휘하면 격이 떨어질 거라고 생각했다.

 부하들이 알아서 싸우고 나서, 그는 가장 중요한 순간에 나타나야 했다.

 극적인 타이밍에 등장하여 모든 상황을 휘어잡아 버리는 위드처럼.

 "이곳으로 온다."

 "준비했던 대로 계획을 실시하라."

 바드레이는 길드의 유저들이 바쁘게 떠들어 대는 것도 그대로 지켜보기만 했다.

 계곡 아래에서는 언데드들이 예상대로 입구로 진입하고 있었다.

 혹시라도 코쿤 계곡으로 오지 않고 우회할 경우를 대비하여 다섯 가지 정도의 대비책을 세워 놓았는데 전부 쓸모없어진 상황이다.

'멍청하고 쉬운 상대로군. 언데드라는 특성이 결정적이겠지만.'

언데드는 복수의 화신으로 널리 알려졌다.

NPC 중에도 제법 복잡하게 머리를 굴리거나 전략적인 판단을 하는 부류가 있다. 예를 들면 지식이 높은 마법사나, 사람을 많이 상대하는 상인의 경우다.

자신의 목숨을 아끼고 학문적인 목표나 평판에 대해 의식을 하기에, 특정한 퀘스트들을 통해서 부하나 협력자로 거둘 수도 있다.

하지만 언데드는 단순한 생각밖에 할 줄 모르며 맹목적으로 인간의 멸망을 원할 뿐이라고 헤르메스 길드에서는 판단했다.

어비스 나이트 반 호크의 성격이나 과거에 대해서는 세세하게 잘 알지 못하기 때문이다.

그는 칼라모르 제국의 영웅이었다.

어둠의 마나에 빠져든 바르칸 데모프로 인하여 데스 나이트가 되어 암흑 군단의 총사령관으로 임명되는 비운의 기억도 가졌다.

반 호크는 본인의 무력도 뛰어나지만, 그의 진정한 능력은 소속되어 있는 말단 해골까지 엄청난 능력을 발휘하게 만드는 지도력!

훌륭한 기사들은 병사들의 능력을 2배 이상으로 이끌어

낸다.

 충성도나 친밀도, 상황에 따라서 여러 가지 변수가 작용하지만 군단의 능력을 증가시키는 것이야말로 기사들의 장점이었다.

 반 호크와 둠 나이트들은 그런 측면에서 완벽하게 훈련된 기사들이었다.

 휘하 언데드들의 능력을 강화시킬 뿐만 아니라 모든 적들을 깨부순다.

 언데드임에도 불구하고 상당한 지성을 갖췄다.

 함정임을 알더라도 정면으로 돌파하려는 성향을 가졌기에 기꺼이 계곡으로 들어왔다.

 "부디 내가 나설 좋은 기회가 생겨야 될 텐데."

 바드레이는 백마를 타고 늠름하게 서서 전투가 벌어지기를 기다렸다.

 "작전을 시작하자."
 "1차 공격 실시!"
 쿠르르르릉!
 계곡에 있는 커다란 바윗덩어리들이 아래로 구르기 시작했다.

하벤 제국군이 언데드들을 습격하기 위해서 쌓아 놓은 바윗덩어리들이었다.

가파른 계곡을 내려오면서 빨라진 바윗덩어리들은 통통 구르면서 언데드들의 진형을 습격했다.

"꾸엑."

"아이고오!"

팔다리가 깔리고 부서지는 스켈레톤들.

집채만 한 바윗덩어리들은 수십수백 마리의 스켈레톤들을 깔아뭉개며 떼굴떼굴 굴러갔다.

-매복이다아아아!

이벤트에 참여하여 유령이 된 유저가 울며 사무치는 듯한 소리로 외쳤다.

"낄낄!"

"저게 우릴 맞힐까, 못 맞힐까?"

스켈레톤, 좀비, 듀라한, 데스 나이트, 유령, 둠 나이트로 구성된 언데드 유저들은 바윗덩어리가 굴러오는 걸 보면서도 긴장감이나 걱정이 없었다.

설혹 깔려 죽는다고 해도 어비스 나이트의 권능에 의해서 되살아날 것이므로!

또한 매복 부대와의 전투가 벌어진다면 더더욱 환영이다. 둠 나이트 부대가 얼마나 강한지 옆에서 겪어 보았기 때문이다.

베르사 대륙에서도 던전에 1마리가 있다면 당연히 보스급 몬스터가 될 만한 존재가 둠 나이트다.

 어비스 나이트 반 호크와 같이 있으면 능력이 훨씬 커져서, 성문이나 성벽이나 의미가 없을 정도로 부숴 버리고 돌파한다.

 언데드가 된 유저들의 수준이 다양하다 보니 대부분은 둠 나이트와 같은 고위 몬스터를 직접 가까이에서 본 경험도 없었다.

 그러나 하벤 제국의 대처를 너무 얕본 감은 있었다.

 헤르메스 길드는 제국을 세울 정도의 군사적인 역량을 가지고 있고, 고대 서적들을 통한 정보력도 훌륭하다.

 사상 최악의 언데드인 어비스 나이트가 일어났다고 할지라도 정확하게 전력을 파악하고 그에 맞는 대응을 준비해 왔다.

 "신의 의지와 믿음이 이 땅을 정화하게 될 터이니… 신성한 땅의 선포!"

 "어긋난 질서를 바로잡고 사악한 마물은 원래 있던 곳으로 돌아가리라. 사악한 자의 심판!"

 계곡 위에 사제들이 나타나서 언데드들을 향한 신성 마법을 외쳤다.

 암흑의 마나로 구성된 몸이 약화되거나 다시 흙으로 돌아가는 것은 물론이고, 영혼까지도 완전히 소멸된다.

 계곡의 사제들이 펼치는 신성 마법은 새하얀 벼락처럼 연

쇄적으로 언데드들의 무리 사이에 내리꽂혔다.

"은장궁병들은 맡은 임무를 시작하라."

이어서 하벤 제국의 숙련된 궁수들이 은화살을 쏘아 댔다.

헤르메스 길드는 정복 전쟁 과정에서 마법사와 궁수 부대를 특화시켜서 운용했다.

아무리 뛰어난 유저라고 해도 전쟁터에서 벌어지는 집중 공격에서는 헤어 나올 길이 없다.

원거리 타격 부대는 상대방의 지휘관이나 중요 인물들이 모여 있는 장소를 단숨에 섬멸시킬 수 있으며, 혹은 움츠러들어서 제대로 활약을 못 하게 억제시킨다.

최고의 장비를 갖추고 특별한 훈련을 받은 하벤 제국의 은장궁병들은 1분에 열 번까지 화살을 쏠 수 있었다.

5,000명의 궁수들이 쏘아 대는 은화살은 언데드 중에서도 주로 좀비와 스켈레톤의 무리에 커다란 동요를 일으켰다. 갑옷도 없고 방패도 들고 있지 않다 보니 그대로 몸에 박혔던 것이다.

듀라한, 데스 나이트는 그나마 사정이 나았지만 은화살은 그들에게도 생명력을 크게 감소시키는 역할을 했다.

"케헤헬, 어림도 없다. 내가 바로 전복죽의 지그하르트다!"

스켈레톤 1마리가 온통 녹슨 검을 들고 날아드는 화살을 쳐 냈다.

'무릇 영웅이라 함은 이 정도의 고난에는 꿈쩍도 하지 말

아야 하는 법!'

지그하르트는 중앙 대륙에서 시작하여 평범한 길드에 들어가서 살아갔다. 도시나 요새를 가지고 있지 않은 길드인 만큼 퀘스트를 받아서 전쟁에 참여하는 외에는 할 일이 없었다.

하지만 하벤 제국이 커 가면서 다른 길드들이 무너지고 명문 길드들끼리는 극단적인 대립을 일삼으며, 중앙 대륙에서의 박해도 갈수록 심해졌다.

지그하르트는 그때 북부로 이주를 했다.

큰 고민 끝에 도착한 북부였지만 신생 국가의 활기와 함께하며 행복하게 생활했다.

먼 예전에 레인스타뎀 부근에서 사냥을 하다가 죽은 적이 있는데, 어비스 나이트에 의해서 시체가 일어나며 참여하게 되었다.

그가 목숨을 잃었던 시기도 오래전 일이라서 당시의 레벨에 맞는 스켈레톤이 되었다. 하지만 능숙하게 검을 다루면서 날아오는 화살을 쳐 냈다.

어비스 나이트에게서 비롯된 암흑의 오라는 전투를 치를수록 더 강력해졌다.

"이 몸은 천상천하 유아독존! 푹 삭힌 해골의 위력을 보여 주맛!"

지그하르트는 신들린 듯이 화살을 쳐 냈지만 곧 그의 몸에도 은화살이 틀어박혔다.

-생명력이 2,349 감소합니다.
신성한 은화살입니다.
암흑 성향에 반대되는 치명적인 일격을 당했습니다.
전투력이 12% 감소합니다.

 연속으로 적중된 서너 발의 화살이 그의 몸을 불에 타오르게 만드는가 싶더니 지그하르트는 곧 잿빛 재로 변해서 쓰러지고 말았다.
 어비스 나이트의 암흑 지배 능력이 발휘되고 있는 한 다시 언데드로 일어날 수 있다. 하지만 신성한 땅의 선포가 이루어지고 은화살의 공격을 당한 만큼 평소보다 더 많은 시간이 걸리게 되리라.
 "여기서 뼈가 녹아내리도록 놀고 있지 말고 진격하자."
 "우리가 발목뼈가 없나, 골반이 없나. 다들 턱뼈나 달그락거리지 말고 가서 싸우자고."
 "살아 있는 인간들에게 죽음의 맛을 보여 주지."
 언데드들은 거침없이 계곡을 기어오르기 시작했다.
 바윗덩어리들이 굴러떨어지고 은화살이 쏘아졌지만, 가파른 절벽에 달라붙으면 오히려 그러한 공격으로부터 다소 안전해지기도 한다.
 "생살을 꼭꼭 씹어 먹으리."
 "복수다, 하벤 제국이여!"
 언데드 유저들도 마치 원통한 칼라모르 왕국의 주민들처

럼 말을 하며 절벽을 올라갔다.
 멀뚱하게 있으면서 유저라고 티를 내기보단 다 함께 섞이는 편이 훨씬 흥미롭고 재미있기 때문이다.
 "지독한 냄새가 풍겨 온다!"
 "이렇게 심한 썩는 냄새라니. 언데드들이 접근하지 못하도록 해!"
 계곡에 배치되어 있는 하벤 제국군이 비명을 질렀다.
 언데드들의 몸에서 풍기는 냄새가 이만저만이 아니었던 것.
 언데드들은 코가 없어서 냄새를 맡는 게 불가능했지만, 인간들에게는 심각하게 괴로운 부분이었다.
 "낄낄낄!"
 언데드들은 몇 개 남지도 않은 이빨을 따닥따닥 부딪치면서 계곡을 조금씩 올라갔다.

하벤 제국의 황제

"고전적이고 따분하군."

계곡 위의 바드레이는 눈살을 찌푸렸다.

"언데드 중에 허약한 놈들이 끼지 않았으면 더욱 좋았을 텐데."

어비스 나이트와 둠 나이트 부대라는 말에 하벤 제국이 지나치게 준비를 많이 한 걸까.

10만의 언데드 대군은 신성 주문과 은화살 속에서 허무하게 녹아내리고 있었다.

절벽을 오르려는 생각도 멍청하기 짝이 없다.

바위와 화살, 마법에 의해서 절반도 오르지 못하고 다시 굴러떨어진다.

하벤 제국의 황궁 기사단이 지키고 있으니 평소에도 적수가 되지 않을 하급 언데드들이 억지로 절벽을 올라서 도착해 봐야 단칼에 쓰러졌다.

헤르메스 길드에서 걱정했던 건 어비스 나이트가 둠 나이트 부대와 함께 놀라운 속도로 움직이며 포위망을 뚫는 것이었다. 그들은 어디에서나 쉽게 언데드 군단을 일으킬 수 있으므로 그 자리에서 완전히 남김없이 해치우지 않으면 안 된다.

그러나 이런 언데드 군단이라면 하벤 제국이 지금까지 상대해 왔던 다른 길드나 왕국과는 비교가 불가능할 정도로 약했다.

"수준이 너무 떨어져. 이런 식의 전투를 원했던 건 아니었는데."

언데드 군단이 어느 정도 강해 주어야 자신이 원하던 장면이 나왔으리라.

하벤 제국군의 불리함을 자신의 무력만으로 극복해 낸다면 더할 나위 없지만, 그 정도까지의 위험부담은 감수하고 싶지 않았다. 그저 적당히 힘을 과시하고 있을 때에 자신이 끝맺음을 내는 것이 가장 좋은 시나리오였다.

바드레이가 보고 있는 와중에도 언데드들은 허무하게 쓰러져 갔다.

공중을 날아다닐 수 있는 유령들은 절벽을 솟구치며 미친 듯한 귀곡성을 냈지만 신성 마법이 겁나서 감히 다가오지는

못했다.

그러나 사제들의 마나도 무한대는 아니었고, 준비한 은화살도 금방 절반 이상이 소모되었다.

"황궁 기사단은 출격하라!"

"언데드들을 모두 흙으로 돌려보낸다."

"우오오오오!"

계획대로 황궁 기사단이 말을 타고 절벽을 달려서 내려갔다.

칼날을 세워 놓은 것처럼 가파른 절벽을 말을 타고 달리는 신기의 기마술!

하벤 제국의 황궁 기사단은 뛰어난 명마와 특별한 기마술을 가지고 있었다.

기사단은 절벽을 내려가면서 언데드들을 마법검으로 베어서 불태웠다.

"나 칼루드가 몽땅 해치워야지."

"언데드들 따위는 감히 헤르메스 길드에 덤비지 못한다는 걸 알려 주마!"

헤르메스 길드의 유저들도 공을 세우기 위하여 다급하게 절벽을 달려 내려갔다.

막대한 이권과 특혜를 누리지만 상부의 명령을 거절해서는 안 되는 헤르메스 길드의 특성상 고레벨 유저들이 대거 동원되었다.

바드레이가 출정한 만큼 전투 공적을 세우고 고위층에 눈도장을 찍으려고 자진해서 온 유저들까지 합해서, 일찍이 모이기 힘든 최대의 전력.

 어비스 나이트를 상대로 하는 만큼 중앙 대륙 정복 전쟁을 벌일 때 이후로 헤르메스 길드는 전력을 기울였다.

 "오너라, 나쁜 헤르메스 길드 놈들!"

 "되살아나지 못할 정도로 완전히 죽여 주마!"

 계곡 아래에서 당하고 있던 언데드 유저들과 절벽을 내려온 헤르메스 길드의 유저들이 맞붙었다.

 "발로 걷어차기만 해도 쓰러져서 죽을 푹 삭은 스켈레톤 따위가……! 이것이 고급 검술 스킬에서 최고라고 평가받는 무차별 난검이다!"

 "맹렬한 힘의 발산, 도끼 휘두르며 돌격!"

 헤르메스 길드 유저들의 뛰어난 스킬에 언데드가 도처에서 추풍낙엽처럼 휩쓸려 갔다.

 "으구, 이럴 수가……."

 꿈과 희망을 안고 일어난 스켈레톤들은 허무하게 쓰러져서 소멸되었다.

 운이 좋은 일부는 곧 다시 일어났지만, 신성력이 담긴 검에 의해 죽은 언데드는 새로운 시체를 구하지 못한다면 부활은 꿈도 꿀 수 없게 되었다.

 일반 스켈레톤들 따위는 헤르메스 길드 유저들과의 격차

가 너무나도 크게 나서 전투에 별 도움이 되지도 않았다.

암흑의 오라로 강화된 듀라한, 데스 나이트, 영혼 추적자들은 그나마 헤르메스 길드 유저들의 공격에도 몇 번씩 버티다가 소멸되었다.

그때 계곡을 울리는 낮고 음산한 목소리.

"강철의 심장을 타고난 칼라모르 제국의 기사들이여! 제국의 영광이 실린 무거운 창을 들어서 적을 꿰뚫으라!"

"인…간…들…이… 이…곳…을… 무…덤…으…로… 선…택…하…였…구…나……. 하…지…만… 복…수…의… 시…곗…바…늘…이… 움…직…이…는… 이…상… 편…히… 쉴… 수… 있…는… 시…간…은… 그…리… 길…지… 못…하…리…라……."

"살…아…있…는… 하…벤…의… 인…간…들… 머…리…통…을… 씹…어… 먹…어… 주…마……!"

선두에서 진군하고 있던 어비스 나이트 반 호크와 둠 나이트 부대가 돌아온 것이다.

그 즉시 전장에 변화가 찾아왔다.

반 호크는 질풍처럼 달리면서 암흑 투기를 발산했다.

왼손에는 창, 오른손에는 검을 들고 있지만 헤르메스 길드의 유저를 향하여 무기를 휘두르지도 않는다.

"심연의 확산."

시커먼 암흑 투기는 백여 갈래로 갈라져서 헤르메스 길드의 유저들을 직격했다.

콰과과광!

"이 정도쯤이야!"

"커억!"

암흑 투기에 얻어맞은 유저들은 그대로 목숨을 잃었다.

정면 전체의 초토화!

방패를 들어서 정확히 막은 이들도 방어구가 부서지고 생명력이 십분의 일도 남지 않을 정도의 중상을 입어서 전투 불능에 빠졌다.

스켈레톤이 덤벼들더라도 저항을 하지 못하는 상태가 된 것이다.

"저렇게 강할 수가……."

"저게 진짜 전설적인 몬스터인 어비스 나이트의 모습이다!"

멀리 떨어져 있던 헤르메스 길드 유저들은 동료들의 떼죽음을 보며 경악을 금치 못했다.

"어비스 나이트. 제법 강하다고 인정을 해 주지. 하지만 그런 얕은 수작 따위, 나 티르빙에게는 통하지 않는다!"

헤르메스 길드 내에서도 꽤 이름을 날리는 티르빙!

특이하게도 워리어 출신의 기사인 그는 전쟁이 벌어지면 항상 선두에 섰다.

불완전한 파황의 육체

모든 물리적인 피해를 20% 이하로 감소시키며, 많은 적을 상대하거나 심한 부상을 입을수록 스킬 레벨에 따라 최대 9배까지 방어력이 증가한다.
맷집 자체에 영향을 미치게 되므로 다른 방어 스킬과 중복 사용 가능.
단, 목숨을 잃었을 경우 레벨과 스킬 숙련도에 심한 손실을 입게 됨.
제한 : 워리어 한정.
　　　맷집 600 이상.
　　　이백여섯 곳 이상의 던전 돌파 경험.

워리어 비기를 몸에 터득한 그는 보통 웬만한 전투에서는 죽지 않았다.

많은 이들이 목숨을 잃는, 지독하다고 해도 좋을 전장에서도 거뜬하게 살아남는다.

수백 발의 화살을 몸에 맞으며, 적을 향해 일직선으로 달려가는 것이 그의 전투 방식이었다.

"어비스 나이트, 너의 최후다앗!"

티르빙은 큰 소리로 외치며 어비스 나이트 반 호크에게 달려갔다.

암흑 투기를 막 발산하여 잠깐 동안 말을 멈춰 선 반 호크.

그는 자신을 향하여 달려오는 티르빙을 향해서 긴 창을 휘둘렀다.

반 호크는 약 50미터 가까이를 자신의 힘이 미치는 공간으로 두고 있었다. 그 안에서는 빛이 사라지고 어둠이 밀려들게 된다.

절망과 심연의 기운을 담고 있는 창이 기울어져 가는 그림자처럼 길게 늘어나서 티르빙의 가슴을 쳤다.
"커헉! 아프지만 괜찮다. 버틸 수 있어!"
현격한 레벨의 차이가 있었다.
티르빙의 레벨이 400을 조금 넘는다고는 해도, 600대 중반인 반 호크에게는 어림도 없었다.
위드가 베르사 대륙에서 어렵게나마 상대한 보스급 몬스터들과 비교해 보더라도 전투력에서 지금의 반 호크는 답이 나오지 않는다.
이른바 견적 불가 상태!
그럼에도 불구하고 불완전한 파황의 육체 덕분에 티르빙은 살아 있었다.
"이 더러운 어비스 나이트 같으니! 내가 꿈쩍도 하지 않으니 당연히 놀랐겠지!"
티르빙의 생명력은 일격에 16%가 감소했다.
게다가 꽤나 아파서 다리가 후들거렸지만 겉으로는 전혀 내색하지 않았다.
그러나 반 호크 또한 전력을 다한 일격은 아니었는지, 창을 회수하지 않고 티르빙을 가볍게 올려쳤다.
"어어?"
거짓말처럼 공중으로 띄워지는 티르빙의 몸.
반 호크에게서 시작된 어둠의 힘이 그를 꽁꽁 묶었다.

―심연의 속박에 걸렸습니다.
저항하지 못했습니다.
신앙심과 정신력이 부족합니다.
힘이 부족합니다.
16초 동안 움직일 수 없습니다.

"어? 이게 아닌데……."

그때부터 반 호크의 창이 현란한 움직임을 보이기 시작했다.

퍼버버버벅! 콰과과곽! 퍽! 찍! 쿠우웅!

어떤 적 앞에서도 당당하던 티르빙은 먼지 나도록 맞고 나가떨어졌다.

그리고 깔끔하게 사망!

심각할 정도의 레벨 차이에 방어가 불가능한 스킬로 인해서 아무것도 해 보지 못하고 개죽음을 당하고 말았다.

충격적인 광경.

헤르메스 길드에서도 어비스 나이트의 가공한 무력을 보며 당황할 수밖에 없었다.

헤르메스 길드의 간판을 등에 업고 당당하던 고레벨 유저들이 언제 이런 상황을 당해 보았겠는가.

"칼라모르의 원혼들이여, 이제 원한을 되갚아 줄 시간이다. 죽은 자들의 행진!"

반 호크는 집단 돌격 스킬을 사용했다.

그를 호위하며 따르는 둠 나이트 부대와 함께 헤르메스 길드원을 향해서 돌격했다.

"버텨라! 사제들의 신성 마법 지원이 곧……."

서걱!

"놈들의 돌격이 더 활성화되기 전에 그 자리에서 막아야 한닷!"

콰지지지직!

"이건 도저히 버틸 수가……."

콰과광!

반 호크와 둠 나이트 부대의 돌격 앞에서 헤르메스 길드의 유저들은 견디지 못하고 목숨을 잃었다.

레벨이 600을 훨씬 넘어가는 어비스 나이트!

그리고 해골에서 심연의 기운을 줄기줄기 뿜어내면서 일사불란하게 집중해서 달리는, 칼라모르 제국 출신의 기사들로 이루어진 둠 나이트 부대!

베르사 대륙의 역사에서도 최강으로 꼽을 만한 기사단이 돌격하며 헤르메스 길드 유저들을 창으로 찌르고 밟아서 죽이고 있었다.

몬스터들의 경우에는 레벨이 높다고 하더라도 이 정도의 위력을 발휘하지는 못한다. 종족의 특성이나 육체의 약점이 반드시 한두 군데는 있기 때문에 공격이 효과적이지 않은 경우도 많았다.

하지만 어비스 나이트는 전투를 위해서 심연에서 되돌아온 존재였다.

> -깊은 절망과 분노, 심연에 잠들어 있던 자들이 돌격해 오고 있습니다.
> 가까이에 있는 인간들의 사기가 24% 저하됩니다.
> 행운이 66%까지 감소합니다.
> 정신적인 혼란이 발생하여 스킬이나 마법 사용 시 성공 확률이 절반 이하로 감소합니다.
> 생명력의 회복 속도가 느려집니다.

"으아아아아!"

헤르메스 길드의 유명한 기사 유저들이 목숨을 잃을 때마다 전체적인 사기가 저하되었다.

기사들의 특성상 동료나 부하의 능력을 훨씬 높게 이끌어 주기도 하지만, 역으로 본인이 목숨을 잃게 되면 나머지도 허무할 정도로 약해진다.

반 호크와 둠 나이트 부대는 계곡으로 내려온 헤르메스 길드 유저들을 쓸어버렸다.

"어, 어마어마하다. 진짜 이런 돌격은 처음이야."

"정면에서는 안 돼. 사제들이 지원을 해 줄 때까지는 싸우지 말고 피해라!"

"무슨 수를 써서라도 놈들을 막앗! 여기서 물러나면 피해는 더 커진단 말이야!"

지금까지 언데드들을 가볍게 학살하던 헤르메스 길드의

유저들은 기를 쓰고 버텨 봤지만 돌격 속도를 늦추지도 못하고 무너졌다.

선두에서 일격에 유저들을 베어 목숨을 잃게 만드는 반 호크!

둠 나이트로 되살아나서 절정에 달한 검술과 기마술을 발휘하는 옛 칼라모르 제국의 기사들.

사실 반 호크는 어비스 나이트로서 힘의 정점에 도달하지는 못했다.

개인 능력 부분에 있어서 더 많은 전투 경험을 얻으면 성장할 여지는 충분히 있었고, 어비스 나이트로서 새로 얻은 스킬들도 원숙한 경지에 이르지는 못하였다.

휘하 세력의 측면에서도 둠 나이트 부대와 언데드 군단을 충분히 강화하진 못한 상태였다.

그럼에도 상대하는 유저들에게는 밀려오는 죽음의 신 같은 존재였다.

둠 나이트 부대의 돌격에서는 무엇으로도 막을 수 없는 속도와 폭발적인 파괴력이 발휘되었다.

"계획대로 놈들이 나타났다. 뭐, 예상했던 만큼 돌격 능력이 심각하긴 하군요."

"2차 공격을 실시하지요."

헤르메스 길드의 고위층은 중앙 대륙 정복 과정에서 무수히 많은 전투를 치러 보았다.

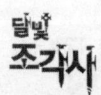

길드 차원의 던전 돌파 경험 역시 당연히 많다.

성공과 실패를 통해서 쌓인 정보들은 길드 내에 기록으로 남겨져 있었다.

그러면서 몬스터를 상대로 하면서도 전술을 준비하고 활용할 줄 알았다.

어비스 나이트와 둠 나이트 부대는 정면 대결로는 틀림없이 부담스러운 존재다.

좁은 던전 내였다면 절대 싸움을 걸지 않았을 상대.

반드시 싸워야만 한다면 먼저 표적을 드러나게 하고 집중 공격을 펼치는 편이 유리하다고 생각했다.

"공격을 실시하라!"

뿌우우우우우우우우우우우!

계곡의 지형 탓에 뿔피리 소리가 끊기지 않고 메아리쳤다.

이때부터 계곡 위에 있는 헤르메스 길드 유저들의 모든 원거리 공격 목표는 반 호크와 둠 나이트가 되었다.

10만에 달하는 언데드들 따위야 은화살과 신성 마법의 위력 앞에 소멸되면 살아나기도 힘들고, 되살아나더라도 다시 처리하면 될 뿐이다.

언데드 군단을 완벽하게 제압하기 위해서는 반 호크부터 처리하지 않으면 안 된다.

거센 소나기가 촘촘하게 내리는 것처럼 반 호크와 둠 나이트 부대를 향하여 공격들이 퍼부어졌다.

"저걸로도 모자랄 수 있습니다. 사제님들도 준비를 해 주시지요."

"알겠습니다."

각 교단으로부터 지원받은 고위 사제들이 신성 마법을 외웠다.

"신으로부터 부여받은 정당하고 강력한 권한으로 이곳을 모든 악으로부터 해방하게 될지니… 어둠에 물든 자들이여, 스스로를 속박하고 있는 고통으로부터 해방되어 썩 물러가거라!"

―군신 아트록의 교단에서 이 땅을 성역으로 선포합니다.
어둠과 싸우는 자들의 모든 공격이 신성력의 효과를 갖게 됩니다.
전투 스킬의 효과가 32% 강화됩니다.
생명력의 최대치가 신앙심에 따라 150%까지 증가합니다.
신성 마법의 효과가 높아지며, 필요량의 절반에 달하는 마나로도 사용이 가능합니다.
모든 언데드들에게 생명력의 20%에서 최대 65%에 달하는 타격을 입힙니다!

성역 선포!

어둠을 물리치고 일그러진 것들을 원래대로 되돌리는 영역 마법이었다.

"좋군."

"깔끔하고 완벽한 준비요."

"어비스 나이트를 해치울 맛이 나겠군."

헤르메스 길드의 고레벨 유저들은 곧 있을 사냥의 순간을 기다리며 대기했다.

어비스 나이트의 최후는 미리 약속된 대로 반드시 바드레이에게 양보해야 했다. 하지만 방송중계도 되는 마당에 활약을 펼치면서 널리 이름을 알리는 것도 나쁘지 않다.

"2차, 3차 공격 부대 진격!"

황궁 기사단과 함께 투입된 헤르메스 길드 유저들이 언데드를 상대로 하는 치열한 사투가 벌어졌다.

계곡 위에서 실컷 원거리 공격과 신성 마법을 퍼붓기 위해 투입된 전초부대이기에, 살아남기 위해서는 스스로의 몸은 알아서 돌봐야 했다.

바드레이와 친위대, 특별히 어비스 나이트의 마무리를 위해 선발된 고레벨 유저들은 묵묵히 기다리고만 있었다.

10분이 흐르고, 일반 언데드의 숫자가 절반 이하로 크게 줄어들었다.

언데드들은 어찌 되었든 계곡 위에서 퍼붓는 신성 마법에 취약했다.

계곡에서 전투를 펼치는 헤르메스 길드의 유저들은 전초부대임에도 불구하고 최소한 레벨이 300대 후반 이상이었고 400대도 꽤 있었다.

반 호크와 둠 나이트들 사이에서 조금이라도 더 오래 살아남기 위하여 아비규환이었다.

"뭐가 이렇게 강해?"

"젠장. 저 돌격은 정말 답이 없다."

헤르메스 길드의 유저들은 전설적인 몬스터인 어비스 나이트의 강함을 온몸으로 실감했다.

위드의 모험을 텔레비전을 통해 보면서 어비스 나이트에 대해서도 얕잡아 봤던 게 사실이다.

전쟁의 시대에 소환된 반 호크는 툭하면 얻어맞거나 얌전히 명령을 따르는 존재에 불과했다. 위드와 함께 중앙 대륙을 휩쓸었지만 그땐 특수한 퀘스트의 일부라고 생각했고, 어쨌든 심각하지 않은 남의 일이었다.

그러나 가까이에서 어비스 나이트가 둠 나이트 부대와 함께 돌격을 하고 있으니 자신들이 어떤 존재와 싸우고 있는 것인지 실감이 났다.

하지만 헤르메스 길드에서 이곳에 모은 유저들만 3만 명!

기사, 무사, 워리어, 사냥꾼, 레인저 할 것 없이 계곡 아래에서 어비스 나이트를 상대로 공격을 계속했다.

"그쪽으로 몰아라!"

"무조건 아무 공격이나 해. 너무 빨리 움직이니 어설픈 포위망을 만들려 들기보단 조금이라도 생명력을 낮춰라!"

10만의 언데드는 고래 싸움에 새우 등 터지듯이 거의 소멸해 버렸다.

언데드 유저들은 실컷 활약을 하며 즐거워하고 싶었지만 그러기에는 너무 큰 무대.

신성 마법에 의해서 녹아내리고, 대부분은 부활조차 금지되었다.

병력이 줄어들어서 훨씬 넓게 느껴지는 계곡에서는 헤르메스 길드와 어비스 나이트, 둠 나이트 부대만이 활발하게 움직인다.

계곡의 양쪽 출구는 사제단과 성기사들에 의해서 도망치지 못하도록 수십 겹의 장애물과 병력으로 철저히 틀어막혔다.

언데드는 하루 종일 싸우더라도 체력이 줄어들지 않는다. 하지만 어둠에서 비롯된 에너지를 잃어버리면 특수한 스킬들은 사용하지 못하게 된다.

"중장갑 보병 앞으로!"

"방패 돌격 진형대로."

헤르메스 길드의 유저들은 비슷한 직업들끼리 모여서 소규모 진형까지도 운용할 줄 알았다.

그들에 의해 적진을 유린하던 둠 나이트들도 하나 둘 목숨을 잃었다.

레벨이 300대에서 400대에 달하는 헤르메스 길드원 5~6명이 어떻게든 둠 나이트 1명씩을 무리에서 떨어뜨렸다.

"칼…라…모…르…의… 영…광…이… 되…돌…아…오…지… 않…는… 것…인…가……."

"반…호…크… 어…째…서… 우…리…를… 제…대…로… 이…끌…지… 못…하…였…는…가……."

돌격 진형에서 빠져나온 둠 나이트들은 집중 공격 속에서 잿빛으로 변했다.

어비스 나이트가 무사하다면, 그리고 다시 충분한 어둠의 힘을 모은다면 완벽하게 되살릴 수 있다. 하지만 헤르메스 길드에서는 사제들을 불러서 그 자리를 정화함으로써 되살리는 시간까지도 지연시켰다.

어비스 나이트의 권속을 부르는 권능을 원천적으로 봉쇄할 수는 없다. 그러나 다만 최소한 몇 시간만이라도 부하들을 되살리지 못한다면 목적을 달성하기에는 충분했다.

반 호크는 날파리 떼처럼 계속 덤벼드는 헤르메스 길드의 유저들을 상대로 고군분투를 펼쳤다.

그가 창을 휘두르면 10미터가 넘는 어둠의 기운이 방출되었다.

"오너라, 하벤 왕국의 잡졸들아! 칼라모르의 기사가 어떤 존재인가를 알려 주마!"

세상을 갈기갈기 찢어 놓는 심연의 기운은 가까이 있는 헤르메스 길드의 유저들을 거침없이 죽음으로 인도했다.

사제들이 보호벽을 펼치고, 각종 신성 마법 무구를 착용하고 있기 때문에 주변에까지 미치는 피해는 줄일 수 있었다.

헤르메스 길드의 유저들 2만 명가량이 중심에 반 호크를

놔두고 밀집해 있었다.

만반의 준비를 마치고 훨씬 유리한 상황에서 고레벨 유저 1만 명이 사망한 것만 보더라도 어비스 나이트와 둠 나이트들의 활약이 엄청났던 것을 알 수 있었다.

"으… 정말 지독한 몬스터다."

"죽으려면 아직도 멀었나?"

어비스 나이트가 이끄는 돌격에 날고뛰는 유저들이 짧은 시간 1,000명씩 짚단처럼 쓰러져 갔으니 그들도 경악했다. 이나마도 신성력의 도움이 없었더라면 더 많이 죽었을 것이다.

'도대체 위드는 불사의 군단을 어떻게 이긴 거야?'

'바르칸도 저 녀석과 비슷한 수준이었다는데. 그렇다면 우리가 약한 건가, 아니면 위드가 우리 만 명보다도 더 대단한 건가?'

자신들이 최고인 줄 알았던 헤르메스 길드 유저들 사이에서 무겁게 스쳐 가는 의문이었다.

그러나 리치인 바르칸 데모프와 반 호크는 성향상의 차이가 매우 컸다.

시체를 통해 대량의 고위급 언데드 군단을 일으키는 바르칸은 오래 내버려 두면 하벤 제국 전체와도 싸울 수 있는 전력을 갖추게 될 수 있었다.

바르칸의 거의 무제한에 가까운 언데드 소환은 군단끼리의 큰 전쟁에서 빛을 발한다.

위드는 배신은 기본으로 하고 내부로 검치 들을 비롯한 모든 전력을 침투시키고, 바르칸의 생명력을 담아 놓은 라이프 베슬을 파괴했다.

언데드 군단은 강했지만 취약한 속에서부터 무너진 격이었다.

반면에 반 호크의 경우에는 부하인 둠 나이트 부대와 함께 직접적인 전투 능력을 최대로 발휘한다.

아크힘이 적을 상대하기 위한 좋은 장소를 고르기는 했지만 힘에 힘으로 맞부딪쳤으니 짧은 시간에도 그만한 희생을 겪어야 했다.

반 호크의 경천동지할 무력에, 반드시 승리를 거둘 것이라고 믿고 있던 헤르메스 길드 유저들도 가슴이 철렁 내려앉았다.

아군이 승리를 거두더라도 당장 어비스 나이트가 무서운 것은 어쩔 수 없었다.

유저들은 조금씩 물러섰다.

"끝장내라!"

"대륙을 하나의 길로 연결되게 만든 하벤 제국의 기상을 보여 주마!"

얼마 남지 않은 황궁 기사단 최정예들의 돌격도 반 호크는 그 자리에서 창을 휘두르면서 격파했다.

가히 최악의 언데드, 어비스 나이트다운 위용!

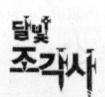

"이제 누가 저놈을 공격하지?"

"회복하기 전에 빨리 쳐야 되는 것 아냐?"

"젠장, 그걸 누가 몰라. 그래도 내가 싸우고 싶진 않다고."

헤르메스 길드는 물론이고 베르사 대륙을 통틀어서도 전투 능력으로 100위 안에 꼽히는 유저들 중에 절반 정도는 이 자리에 모여 있었다.

그렇지만 누구도 반 호크를 상대로 싸우겠다고 나설 수가 없었다.

바드레이도 당연히 마찬가지였다.

'이제는 내 차례로군.'

보잘것없는 하급 언데드들이 사라지는 건 관심도 없었다.

어비스 나이트와 둠 나이트 부대의 전투를 구경하면서 결정적인 허점을 찾으려고 노력을 했다.

바드레이는 둠 나이트들이 몰살을 당하고 반 호크에게 상당한 피해를 입히고 난 이후에 여유롭게 나서려고 했다.

최고의 축복 마법, 그리고 언데드를 위해 맞춘 아이템들을 착용하고 있었으며 여차하면 친위대를 동원할 수 있었기에 혼자 싸울 필요도 없었다.

그러나 반 호크가 혼자 남은 상태로도 우습게 100명 이상을 없애는 걸 보면서 참았다.

'조금 더 기다려도 되겠군.'

반 호크를 향해서 계곡에서부터 화살과 마법이 줄기차게

쏟아지고 있었다.

다른 언데드나 둠 나이트가 없는 이상 사제와 마법사, 궁수들은 마나가 있으면 너 나 할 것 없이 반 호크를 향하여 공격을 했다.

그러나 반 호크는 제대로 피해를 입지 않는 모습이었다.

어둠의 기운에 몸을 숨기면서 유령처럼 움직이기에 맞히기가 매우 까다롭다.

반 호크 홀로 남아 전투를 하게 된 이후로도 헤르메스 길드 유저들이 벌써 800명 넘게 사망했다.

'기왕 기다리는 김에 느긋해져도 되겠지. 어쨌든 이 전투는 이겼으니까.'

바드레이는 백마를 탄 채로 팔짱을 끼고 먼 하늘을 보았다.

밤하늘의 별들이 반짝일 뿐, 아직 세상은 어둡다.

한참 후에 태양이 떠오를 무렵에는 반 호크도 최후를 맞이하게 되리라.

'오늘 같은 일이 다시 생기지 않도록 이후로는 사냥을 더 많이 해야 되겠군.'

바드레이의 레벨은 510.

어찌 시도를 한다면 어비스 나이트에게 대적은 해 볼 수 있으리라.

그렇지만 만의 하나, 목숨을 잃기라도 한다면 그러한 굴욕도 없다.

레벨과 스킬 숙련도의 피해도 엄청날 테지만 방송을 통해 모든 이들이 그 장면을 보게 될 것이 아닌가.

어비스 나이트는 물론 강한 몬스터이기는 해도, 자신은 중앙 대륙을 통일한 제국의 황제다.

그런 만큼 목숨을 잃어버리는 경험은 대단히 유쾌하지 못한 것이리라.

'이길 수 있는 전투를 굳이 위험을 무릅쓰며 한다는 건 용기가 아니라 어리석은 자의 만용에 불과해. 하벤 제국의 황제가 언데드를 상대하다가 죽는다면 그야말로 우스운 일이지. 조금만 더 참자.'

바드레이는 보다 완벽한 승리를 거머쥐지 못하는 자신의 모습에 약간 실망되기도 하고 짜증도 났다.

"……."

"앞으로의 전투는 어떻게 되는 거지? 슬슬 나서셔야 되는 거 아니야?"

친위대와 헤르메스 길드의 고레벨 유저들도 바드레이의 눈치를 봤다.

그러는 와중에도 계속 이어지는 전투!

황궁 기사단 전원이 목숨을 잃었으며, 헤르메스 길드의 유저들도 계속 이리저리 돌파하려는 반 호크를 막느라 1,000명 이상이 생명을 버렸다.

반 호크는 신성력으로 최악의 상태까지 약화되었다.

언데드에게 신성력은 생명력을 감소시킬 뿐만 아니라 지속적으로 작용하며 힘과 활동력까지도 줄어들게 만들었다.

-신성한 기운이 온몸을 감싸고 있습니다.
 다음 밤이 될 때까지 어둠의 힘을 사용하지 못합니다.

반 호크는 더 이상 심연에서부터 비롯된 어둠의 힘을 다루지 못했다.

신체 보호 능력의 약화로, 막대한 공격을 허용한 갑옷은 누더기처럼 보일 지경이었다.

거칠게 포효하던 흑색 말도 소환이 해제되어 타고 다니지 못했다.

"지긋지긋하구나. 하지만 하벤의 개들을 처리하는 일이라면 아직도 충분하다."

어비스 나이트 반 호크는 창에 몸을 기대고 섰다. 계곡은 온통 적이었지만 당당하게 깔보고 있었다.

"우으으."

헤르메스 길드의 유저들은 더 이상 누구도 함부로 나서지 못했다.

반 호크의 최후를 노리고 공격을 했지만 지금까지 증명된 사실은 먼저 나서면 죽는다는 것뿐!

대부분의 피해도 원거리 공격이 성공하면서 이루어진 것

이었다.

 반 호크와 근접전을 벌인 유저는 거의 창술 한두 번에 모조리 목숨을 잃었다.

 더 이상 마구잡이로 원거리 공격을 퍼붓지 않는 것은 반 호크가 유저들에게 덤벼들지 않고 있기 때문이었다.

 생명력도 확연히 10%도 남지 않았으며, 정상적인 몸이 아니라서 무력도 약해졌다. 누가 보더라도 확실히 어비스 나이트의 최후가 가까워졌다.

 "……."

 차츰 시선들이 바드레이에게로 모였다.

 헤르메스 길드의 고레벨 유저나 전투 지휘관들은 어비스 나이트의 마지막은 바드레이가 처리하기로 결정된 것을 알고 있었다.

 정작 바드레이는 그냥 이대로 전투를 승리로 끝내더라도 상관이 없을 것 같았지만, 미리 약속이 되어 있기에 점점 그를 쳐다보는 시선들이 많아졌다.

 이윽고 헤르메스 길드의 유저들 대부분이 쳐다보면서 나서야만 하는 분위기가 조성되고 말았다.

 '어쩔 수 없겠지.'

 바드레이는 본인의 몸 상태를 점검하고 백마를 탄 채로 계곡을 내려갔다.

 "우와아아아아!"

헤르메스 길드 유저들의 떠들썩한 함성 소리.

경사가 심한 절벽을 백마를 타고 가뿐히 내려오는 모습에 적지 않게들 놀랐다.

당연히 바드레이가 일부러 의도한 상황 연출이었다.

"반드시 이기실 겁니다."

"위험하면 저희가 나서겠습니다."

바드레이를 뒤따르는 친위대에서 한마디씩 속삭였다.

그들의 입장에서도 바드레이가 이런 전투에서 무너지면 안 된다.

무신 바드레이.

대륙을 정복하는 전쟁에서 개인의 능력이 큰 역할을 해내기는 어렵지만, 그는 헤르메스 길드의 상징과도 같은 존재다.

하벤 제국이 단단한 뿌리를 내리기 위해서는 황제 바드레이가 목숨을 잃어서는 안 된다.

바드레이와 친위대가 나아가자 어비스 나이트를 에워싸고 있던 헤르메스 길드 유저들은 일제히 갈라서서 길을 터 줬다.

"흠."

어비스 나이트와 가까워져 갈수록 긴장감도 고조되었다.

반 호크는 다가오는 바드레이를 향하여 말했다.

"어리석은 자들의 왕이여, 결국 네가 나섰구나."

바드레이는 겉으로는 태연한 척 미소를 지었다. 이 순간은 당연히 방송이 될 테니 사람들의 가슴을 울릴 만한 멋진 멘트를 남겨야 한다는 생각이 스치고 지나갔다.

"복수에 눈이 멀어서 행동하는 언데드여. 너도 기사라면 대륙을 지배하는 황제인 나에 대한 최소한의 예의를 지키도록 하여라."

"황제라. 무력으로 약한 자를 짓밟으며 넓은 땅을 다스린다고 해서 너에게 자격이 있을 것이라 착각하는가?"

"혼란스러운 대륙의 전쟁을 종식시키면서 이 자리에 오른 것이다. 언데드인 너는 인간의 법도에 대해서도 잊어버린 모양이로구나."

"알고 있다. 너무나도 잘 알고 있어. 너에게는 완전한 자격이 없다."

바드레이는 이를 악물었다.

헤르메스 길드가 하벤 제국을 일으키면서 몇 가지 야비한 짓을 저지른 건 사실이다.

일부러 명분을 만들어서 동맹 길드를 배신하기도 하였으며, 이권을 노리고 불가침조약을 파기하기도 했다.

하지만 그 정도의 행동은, 다른 길드들도 기회가 없었을 뿐이지 누구나 다 저지를 수 있었다.

반 호크가 지금 이야기하고 있는 황제의 자격이나 정당성은 바드레이 자신의 문제였다.

흑기사라는 직업은 타고난 무력과 뛰어난 지휘 능력을 겸비한다. 전투 계열로는 이보다 더 뛰어난 직업을 찾기도 힘들지만, 기사도를 저버리고 주군을 배신한다는 한계를 가지고 있었다.

뛰어난 능력으로 황제의 자리에 오르더라도 결국 정당성은 갖추기 힘들다.

이를 극복하기 위한 패자의 증표 입수, 특수한 황제 퀘스트들이 있지만 바드레이는 아직 수행하지 않았다.

퀘스트는 시간이 남아돌거나 남들에게 과시하기 위한 용도일 뿐, 진정한 무력은 사냥을 통해서 이루어진다고 믿었기 때문이다.

그 탓에 아무리 높은 명성과 강한 군대를 거느리더라도 반 호크와 같은 반응을 보이는 경우가 곧잘 있었다.

"너를 없애는 것으로 그 자격을 증명해 보일 것이다."

"불가능할 것이다."

"싸워 보지 않고는 모르는 것이겠지. 하벤 제국의 황제 바드레이, 어비스 나이트인 그대에게 대결을 청한다."

"명예로운 대결을 청할 자격이 너에게는 없다. 그냥 덤벼라."

바드레이는 백마를 몰아서 빈 호그에게 돌진했다.

그리고 벌어지게 된 둘의 전투!

바드레이가 말에 탄 채로 강력하게 내려친 검을 반 호크는 창을 들어서 받아쳤다.

채애애앵!

땅이 울릴 정도로 엄청난 충격파가 일어났다.

그리고 어비스 나이트가 조금 뒤로 밀려났다. 심연에서 비롯된 어둠의 힘을 잃어버렸기 때문이다.

'할 만하다. 압도적인 강함은 사라졌어.'

바드레이의 입가에 살짝 미소가 그려졌다.

그는 이어서 빠르게 세 번 검을 찔렀다. 그때마다 정확한 반 호크의 창술에 의하여 막히고 말았다.

"목을 바쳐라."

반 호크 역시 반격을 했지만 바드레이는 그 공격을 검을 휘둘러서 튕겨 냈다.

힘과 힘에서는 어느 정도 박빙이었을 뿐만 아니라 공격과 방어가 교환되는 속도 역시 치열하다.

바드레이는 스무 번 정도 검을 휘두르고 나서 뒤로 물러섰다.

"검의 각성, 강인한 의지, 다른 하나의 검 소환, 탄생의 힘!"

애초에 싸움이 안 될 것 같으면 가볍게 상대해 주는 척하다가 뒤로 빠지려고 했다. 하지만 지금은 어비스 나이트를 죽일 수 있다는 욕심이 충분히 일어났다.

어비스 나이트 반 호크는 그만큼 확실하게 약해져 있었다.

"조심해라. 지금부터 내 검은 간단하지 않을 테니."

"간악하고 발칙한 자여, 그 간교한 입으로 어비스 나이트인 나에게 조심하라고 말한 것인가. 곧 해가 뜰 테니 의미 없는 말장난은 하고 싶지 않다."

바드레이도 바라던 바였다.

태양이 비치기 시작하면 반 호크는 사라지게 될 테고, 그 후에 다시 저녁이 되면 멀쩡해져서 나타날 가능성이 높았으므로.

"황금 사자 검술!"

이어서 벌어진 결투에서는 반 호크의 생명력이 조금씩 감소했다.

레벨은 150 정도 차이가 났지만 반 호크는 이미 심하게 약화된 상태였다.

바드레이의 태양처럼 찬란한 빛을 발산하는 검을 막아 낼 때마다 반 호크의 몸이 심하게 흔들렸다.

그가 들고 있는 건 루의 신검!

바르칸 데모프의 몸에 꽂혀 있던 검은 위드에 의해 루의 교단으로 돌아가게 되었다.

아골디아에서 원래의 신성력이 회복된 이 검을, 헤르메스 길드에서 어비스 나이트를 처리하기 위하여 빌려 온 것이다.

"이 검은… 이 검만큼은!"

"오늘이야말로 안식과 평화를 내려 주도록 하마."

바드레이는 말에 탄 채로 계속 루의 신검을 휘둘렀다.

어비스 나이트의 창이 스쳐 지나갈 때마다 심장이 두근거릴 정도로 놀랐지만 어둠의 힘이 실려 있지 않은 이상 그 피해는 견뎌 낼 만했다.

무엇보다도 생명력이 많이 떨어지게 되면 루의 신검이 한 번씩 회복의 권능을 내려 준다.

'안정적이다. 준비가 정말 과할 정도로 철저했군. 실수만 하지 않으면 된다.'

막상 싸워 보니 언데드와 신검이라는 상성 때문에라도 더 해볼 만하다는 느낌이 들었다.

바드레이는 수비에 신경을 쓰면서 빈틈이 보일 때마다 반격으로 역습을 가했다.

어비스 나이트를 정통으로 맞히지 못하더라도 생명력은 줄여 놓을 수 있어서 굳이 큰 욕심을 부릴 필요도 없었다.

지금까지의 반 호크의 활약을 감안한다면 어떤 순간에도 안심을 해서는 안 된다.

헤르메스 길드 유저들을 학살하던 광경 때문에, 지켜보는 이들은 더더욱 아슬아슬하다고 생각하며 손에 땀을 쥐었다.

가끔씩 폭발적으로 뻗어 나오는 반 호크의 창술 공격은 누구나 깜짝 놀라게 만든다.

바드레이는 진심으로 최선을 다하였기에, 일부러 전투를 더욱 긴장감이 넘치도록 연출할 필요도 없었다.

반 호크는 10여 분간의 전투를 치르며 남아 있던 생명력까지도 남김없이 소진하였다.

마지막으로 들고 있는 창까지 떨어뜨리게 하고 난 순간, 바드레이는 승리를 확신했다.

 "칼라모르 왕국은 영원히 하벤 제국에 속해서 살아가게 되리라. 심연을 거슬러 온 언데드여, 뒤바뀐 세상의 법을 인정하고 썩 사라지도록 해라!"

 "나는 실패하였지만 다른 칼라모르의 기사가 언젠가는 다시 돌아올 것이다. 아아… 원통하구나!"

 바드레이는 루의 검을 반 호크의 가슴에 찔렀다.

 그러자 환하게 일어나는 신성한 빛!

 띠링!

-레벨이 오르셨습니다.

-레벨이 오르셨습니다.

-깊은 절망과 분노 속에 잠들어 있던 힘을 깨워서 탄생한 어비스 나이트 반 호크가 소멸했습니다.
심연에서 일어난 어둠의 힘이 퍼지게 됩니다.
어비스 나이트는 사라졌지만, 앞으로 1개월간 둠 나이트들이 산발적으로 일어나서 제국에 저항을 하게 됩니다.

-위대한 업적으로 인하여 명성이 5,402 올랐습니다.

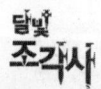

-카리스마가 6 상승하셨습니다.

-투지가 5 상승하셨습니다.

-위대한 승리를 경험하였습니다. 어비스 나이트와의 전투에 사용된 스킬들의 숙련도가 최소 3%에서 15%까지 증가합니다.

-하벤 제국의 위업으로 기록될 영광적인 전투의 승리로, 전투에 참여했던 모든 이들의 전 스텟이 6씩 오릅니다.

-어비스 나이트 반 호크와 싸워 승리를 거두었습니다.
베르사 대륙 전체의 음유시인들은 이 놀라운 전투에 감탄하여 당신을 위한 노래를 부르게 될 것입니다.
당신의 노래가 울려 퍼질 때마다 주민들의 충성도가 오르고 범죄가 줄어듭니다.
명예가 35 증가합니다.
하벤 제국의 귀족 사회에서 당분간 반란은 꿈도 꾸지 못하게 됩니다.

-칼라모르 지역, 브리튼 연합 지역의 하벤 제국에 대한 저항심이 감소합니다.
반란군의 출현을 다소 억제합니다.

호칭! 전장에 직접 나선 황제를 획득하셨습니다.
넓은 제국을 세우고 다스림에 있어서 인정과 도덕만이 중요하진 않을 것입니다. 때때로 공포와 억압을 이용할 줄 아는 것도 황제로서 중요한 덕목입니다.
제국이 혼란으로 빠져들기 전에 당신은 직접 전장으로 나서서 위험한 요소를 제거했습니다.
그 강인한 결단력은 병사들의 사기를 최대 13% 높게 유지하며, 주민들을 억지로 복종시킬 것입니다.
토벌 작전에서 부하들의 전투 능력이 6% 늘어납니다.

-괴로움의 흉갑을 획득하셨습니다.

-심연의 투구를 획득하셨습니다.

-사무치는 원한을 가진 장갑을 획득하셨습니다.

바드레이는 잠시 동안 멍하니 가만히 서 있었다.

지금까지 베르사 대륙에서 강한 몬스터들이야 많이 사냥을 해 왔다. 그럼에도 어비스 나이트를 처리한 이 순간의 감격은 온몸을 벅차오르게 만들었다.

이윽고 헤르메스 길드 유저들의 환호 소리가 코쿤 계곡에 메아리쳤다.

"황제 폐하 만세!"

"어비스 나이트가 바드레이 님에게 처단되었다!"

"헤르메스 길드는 무적이다!"

조마조마하게 봤던 전투가 완전한 승리로 종결되었다.

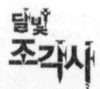

전투에 참여한 이들 역시 스텟과 국가 공적치 등의 보너스를 두둑하게 받았다.

 헤르메스 길드의 유저들이 내지르는 환호 소리.

 상당한 피해는 있었지만, 어비스 나이트라면 그만한 대가를 치를 만한 일이었다.

 바드레이의 입가에도 만족스러운 웃음이 맺혔다.

부하들과의 해후

―우리는 싸워야 합니다. 북부의 터전까지 빼앗기고 나면 우리가 과연 어디로 갈 수 있단 말입니까!
―끝까지 투쟁합시다. 포기해서는 안 됩니다.

하벤 제국의 침공에 맞서기로 한 유저들이 대지의 궁전으로 개미 떼처럼 모여들고 있었다.

승리를 확신하는 건 아니지만 전쟁의 신 위드가 돌아온 것이 그 계기가 되었다.

물론 어느 곳에나 비판적인 부류의 사람들도 끼어 있긴 한 법이다.

"근데 나는 잃어버릴 게 판잣집밖에 없는데. 판잣집은 또

지으면 되는 거 아냐?"

"난 판잣집도 없어. 저번엔 돈이 떨어져서 골목길에서 그냥 잤다니까."

"햇볕은 잘 들었어?"

"언덕이라서 좋을 거라 생각했지. 근데 새벽부터 비가 오더라고."

"아르펜 왕국이 있다고 딱히 우리에게 좋을 것도 없잖아. 우리는 헤르메스 놈들에게 빼앗길 것도 없으니까."

"풀죽 안 먹어 봤어?"

"먹어 봤는데 맛은 없더라."

"그렇기는 해. 나는 괜히 독버섯죽 먹고 죽었다니까."

북부의 유저들은 초보나 고레벨 유저나 가리지 않고 대지의 궁전으로 향하고 있었다.

"딱히 내가 위드를 위해서 온 건 아니야."

"암, 아르펜 왕국이 우리가 살아갈 곳이라서 그렇지."

단지 위드가 돌아왔다는 것만으로도 북부 전체의 유저들이 모여든다.

이러한 현상이 방송국들을 통해서 중계되면서 대지의 궁전은 하벤 제국과 맞서는 최전방처럼 느껴졌다.

"우리 폐하께서 대지의 궁전으로 가셨더군. 근데 필요한 물자가 아주 많을 게야. 혹시 그쪽으로 장사를 하러 갈 생각이 있는가?"

"물론이죠. 무기를 잔뜩 싣고 가서 싼값에 팔 겁니다."

"그렇다면 이 물건들도 좀 가져다주었으면 좋겠군. 폐하에게 작은 도움이라도 되면 좋을 텐데."

> **잡화점 상인의 부탁**
>
> 아르펜 왕국의 주민인 페카이도스는 대제국의 침략을 맞아 앞으로의 삶을 걱정하고 있다.
> 몬스터들에게 쫓기며 살아온 과거를 가진 그는 왕국이 무너지고 나면 다시 가족들과 같이 떠돌이 생활을 하게 될지도 모른다고 생각하고 있다. 하지만 모험과 예술로 어려움을 극복해 온 국왕이 건재하기에 아직 도망치지 않고 있다.
> 페카이도스가 넘겨주는 물자들을 받아 대지의 궁전으로 운반하라.
> 난이도 : E
> 퀘스트 제한 : 잡화점 주인 페카이도스의 믿음.

위드가 대지의 궁전으로 군대를 부른 것만으로도 아르펜 왕국 곳곳에서 물자 운송이나 병력 이동과 관련이 있는 퀘스트 발생!

"국왕 폐하께서 부르고 계신다. 내가 지금까지 검을 갈고 닦은 것은 바로 이 순간을 위해서다!"

"호라드 기사 가문의 셋째 아들인 나는 아직 기사 견습생이지만 아르펜 왕국을 지키기 위해 전쟁터로 떠날 것이다!"

주민들 중에서도 자발적으로 대지의 궁전으로 향하는 이들이 대량으로 생겨났다.

위드야말로 아르펜 왕국의 중심이며, 주민들이 따르는 진정한 국왕.

 그의 영향력이 국가 전체에 확고하게 퍼져 있다는 증거였다.

 또한 국왕의 직업 특성에 따라서 예술가들도 활약을 펼쳤다.

 "하벤 제국, 이 나쁜 놈들 같으니라고."

 "야! 거기 바드레이 동상에 콧구멍 좀 더 크게 만들어!"

 화가, 조각가가 대거 동원되어 하벤 제국의 침략에 맞서 애국심을 기를 만한 작품들을 제작하였다.

 문화는 아무 힘도 없이 나약하다고 보는 게 일반적이지만, 실제로는 침략자에게 맞설 수 있는 끈질긴 원동력이 된다.

 그렇게 숱한 사람들이 대지의 궁전으로 향하고 있는 도중 하늘에 보석처럼 반짝거리는 무언가가 떠올랐다.

 거대한 덩치, 그리고 활짝 펼친 날개가 햇빛에 수십 가지의 색으로 영롱하게 빛났다.

 "어라, 저건 무엇이지?"

 "저기를 좀 봐요. 뒤에는 와이번들도 있어요."

 "그러면… 차가운 얼음으로 만들어진 빙룡이잖아요!"

 "아르펜 왕국 만세!"

 대지의 궁전으로 걸어가던 유저들과 주민들은 손을 들어서 환호를 했다.

 당당하게 하늘을 날아가는 빙룡과 와이번들.

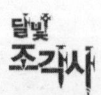

북부의 유저들 중에서 그 누가 위드의 건국신화를 모르겠는가!

작은 마을 모라타에서부터 무수히 많은 시간을 함께하면서 지금의 아르펜 왕국까지 발돋움을 하는 데 도움을 준 조각 생명체.

빙룡과 와이번들도 대지의 궁전으로 향하고 있었다.

와이번들의 등에는 하이 엘프 엘틴이나 바바리안 게르니카, 여검사 빈덱스와 같은 조각 생명체들도 다 타고 있었다.

특히 비행기 1등석을 능가하는 승차감을 자랑하는 와삼이의 등에는 금인이와 켈베로스, 세빌, 이렇게 3명이나 탔다.

그리고 잠시 후에는 붉은 화염을 줄기줄기 뻗어 내는 불사조가 뒤를 따랐다. 등에는 늠름한 불의 거인을 태우고 있었다.

그들이 하늘을 날아가니 따뜻한 기운이 지상에까지 퍼졌다.

종족의 특성상 유저들은 한 번도 가까이 접해 본 적이 없는 조각 생명체들이다.

"그오오오오!"

그 후에는 숲을 깔아뭉개면서 머리가 9개나 달린 킹 히드라가 기어갔다.

아르펜 왕국의 변방 수비를 맡아 몬스터를 잡아먹던 킹 히드라도 혼자 놀기에 지쳤다.

"야, 두 번째 머리, 넌 취미가 뭐냐."
"몬스터 통째로 삼키기."
"어라, 나와 같은 취미를 갖고 있는데."
"나는 일곱 번째 머리인데, 마찬가지야."
"다들 음식 얘기 그만하고 조용히 해라. 지금 나는 엄청 배가 고프다."
"나도 배가 고픈데."
킹 히드라의 9개 머리는 서로 친구가 되었다. 그리고 그들끼리 놀다가 이젠 대지의 궁전으로 이동을 했다.
두두두두두!
유저들은 이번에는 땅을 울리는 소리와 저 멀리서부터 어마어마하게 일어나는 흙먼지를 보았다.
"이번엔 또 뭘까?"
"모르지. 근데 규모가 엄청나."
대지의 궁전으로 향하는 흙먼지 무리.
들판을 달리는 소 떼는 숫자를 헤아릴 수 없을 정도로 많았다.
음머어어어어!
"네 아버지는 누구냐."
"모른다. 엄마가 누렁이라고 했다."
"우리 엄마도 누렁이라는 소와 하룻밤을 보내고 나를 낳았다."

누렁이로 인하여 아르펜 왕국에는 황소 돌풍이 일어났다.

완벽한 근육질의 듬직한 체구와 정력에 선한 눈빛을 가진 누렁이는 모든 암소의 선망의 대상이었던 것이다.

좋은 혈통을 가진 소 떼는 초원과 언덕을 누비면서 자라서 일가족을 이루었다.

그렇게 태어난 누렁이 새끼들이 무리를 이루어 대지의 궁전으로 향하고 있었다.

그렇게 잠깐 동안 소 떼에 눈이 팔린 사이, 대지에 그림자가 드리워져서 어두워졌다.

천공의 성 라비아스.

조인족의 섬이 통째로 대지의 궁전이 있는 방향으로 옮겨가고 있었다.

조인족은 귀엽고 전투력도 뛰어날 뿐만 아니라 장거리 여행을 쉽게 할 수 있다는 장점이 있어서 많이 선호하는 종족이다.

백만 명이 넘는 유저들이 천공의 성 라비아스 부근에서 짹짹거리며 함께 날아다녔다.

시골에서 밤에 불을 켜면 모여드는 날파리 떼 정도는 우습게 여길 정도의 조인족 무리.

"이게 우리 아르펜 왕국이구나."

"끝내준다."

위드는 사냥을 하러 가기로 한 일행이 준비를 마치는 잠깐 동안에 조각품을 깎았다.

"시간 조각술!"

시간 조각술 초급 3레벨(79%)
세월의 조각술 단계.
조각품이 자연스럽게 긴 시간을 경험하게 합니다. 때때로 조각품들은 시간이 덧씌워지면서 훌륭한 가치를 갖게 될 것입니다.
또한 아주 긴 세월이 지나더라도 자연적으로 입는 손상에 의하여 파괴되는 것을 막아 줍니다.

"단기간에 조각술 숙련도를 올리기 위해서는 노가다만 한 것이 없지."

명작이나 대작까지는 바라지 않았다.

일단 시간 조각술을 적용해서 만들어 놓고 나면 되는 것!

조각품을 깎는 주제는 주로 시간이 지나면 가치가 더해질 수 있는 물품들이었다.

나무 그릇에서부터 시작해서 옥으로 만든 오리, 금으로 된 여자아이의 인형.

대지의 궁전에 있는 창고에는 여러 가지 재료들이 있었고 국왕인 이상 자유롭게 꺼내 쓸 수 있었다.

재산을 심하게 축내거나 한다면 주민들의 충성심이 하락

할 테지만 사치와 향락을 일삼는 수준도 아니고 이 정도는 국왕으로서 당연히 누릴 수 있는 특권!

"감정!"

> **부리가 짧은 새**
> 무슨 일이 있었는지 심하게 화를 내는 새의 조각상이다.
> 대륙의 역사에서 가장 크게 이름을 알린 조각사가 만든 작품.
> 어떤 이유에서인지 제작 연도를 추측할 수가 없다. 작품은 긴 시간을 경험하여 골동품 수집상들에게 꽤나 인기가 있을 것 같다.
> **예술적 가치 : 17.**

"으음."

위드는 생각지도 않았던 시간 조각술의 장점을 발견했다.

"뭘 만들어도 골동품으로 바꿔서 팔아먹을 수가 있는 거로군."

가짜 골동품 제작을 위해서는 최고의 스킬!

과거 니플하임 제국 시절의 물건이나 전쟁의 시대 왕국의 물건 몇 가지를 제작하여 시간 조각술을 사용한다면 가짜 골동품을 대량으로 유통할 수 있었다.

"역시 조각사란 이렇게 자잘한 맛이 있단 말이야."

그렇게 조각품을 깎고 있는 동안 익숙한 방문객들이 도착했다.

"주인님, 무사히 돌아오실 줄 알고 있었습니다. 저는 검술을 연마하며 주인님에게 충성을 다할 날을 기다리고 있었습니다.

어서 적을 처단하러 가시죠. 저의 검 앞에 적들은 꼬리를 말고 도망칠 겁니다!"

지골라스에서 모험을 하며 생명을 부여해 준 생명체, 괜히 틈틈이 멋있는 척을 하는 기사 세빌이었다.

"어, 그러냐."

위드는 멋진 외모를 가진 세빌을 보면 헤스티거가 떠올라서 별로 표정이 좋지는 못했다.

명령은 잘 듣는데 너무 뛰어난 부하.

하지만 세빌은 불행인지 다행인지 헤스티거처럼 뛰어나지 않아서 인간적인 면이 있었다.

뭔가 잘생기고 유능하기는 한데 고지식하고 여자에게는 인기가 없는 그런 유형!

"음머어어어어!"

"이게 얼마 만이냐, 골골골. 너무 보고 싶었다. 다신 우릴 두고 떠나지 마라."

"왈왈!"

누렁이, 금인이, 켈베로스까지도 이어서 들어왔다.

금인이의 등에는 빛날이가 펼쳐져 있었으며, 양쪽 어깨에는 황금새와 은새도 앉았다.

정겨운 조각 생명체들과의 만남.

"너희는……."

위드의 입가가 실룩였다.

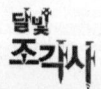

그립고 보고 싶기도 했지만, 막상 얼굴을 보니 짜증이 솟구치는 기분이 들었다.

"밥들은 잘 챙겨 먹었느냐."

"물론이다. 잘 먹었다, 꼴꼴!"

조각 생명체들은 진심으로 감동했다. 오랜만에 만났더니 인사로라도 밥을 먹었는지를 챙겨 주는 것이 아닌가.

위드가 어딘가 예전과는 달리 많이 변했다고 느껴졌다. 설마하니 주인도 자신들을 그리워하고 보고 싶었던 것일까.

"역시 그럴 줄 알았어. 내가 떠나 있는 동안 아무 생각 없이 밥만 축내며 살았겠지!"

"……."

"누렁이, 그렇게 몸 관리를 잘하라고 했더니, 뒷다리 살이며 갈비에 기름기가 잔뜩 끼었구나."

만만한 누렁이부터 갈굼 시작!

"음머어어어."

누렁이가 서럽다는 듯이 커다란 눈을 끔뻑였다.

"금인이, 너는 사냥 많이 하고 강해졌지?"

"물론이다. 꼴꼴. 사냥터에서 쭉 살았다."

금인이는 자신 있게 대답했다.

과거 죽음을 경험한 그는 다시는 그러한 일을 겪지 않기 위해 열심히 전투를 했다. 새로운 특기도 개발했기에 특히 칭찬을 받고 싶었다.

"그동안 새로 익힌 스킬이 있다. 골골."

"뭔데?"

"황금을 먹으면 잠깐 동안 강해진다. 생명력도 늘어나서 안전해진다, 골골골."

"서, 설마 써 본 건 아니겠지?"

"완전 좋다. 맨날 쓰면서 사냥했다."

"네가 아주 죽으려고 작정을 했구나!"

위드에게 심한 절망을 안겨 주는 조각 생명체들이었다.

"빙룡이랑 와이번들은 어디에 있어?"

"저기 밖에 있다."

와이번들과 빙룡은 궁전에까지 내려오지 않고 부근을 날고 있었다. 모라타의 흑색 거성에서 살 때 창가에 자주 앉았다가 건물 부서진다고 잔소리를 어마어마하게 들었던 탓이다.

위드는 이마에 손을 얹었다.

"저놈들은 그래도 좀 믿을 만하지. 일찍부터 고생도 많이 했고. 다행히 내가 없는 사이에 1마리도 죽지는 않은 모양이로군."

그러자 전사 게르니카가 말했다.

"얼마 전에 왕국에서 명마가 발견되었습니다. 머리에는 흰 뿔이 달렸고 잠깐 동안 날개를 펼칠 수도 있는데 아주 빨랐죠."

"근데? 그런 말이라면 부르는 게 값일 정도로 엄청 비싼 거 아냐?"

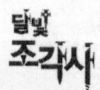

"와일이가 먹었습니다."
"통째로 다?"
"먹고 트림까지 완벽하게 했습니다."
"……혹시 빙룡은?"

하이 엘프 엘틴이 수줍게 이야기했다.

"늙으니 몸이 허하다고 저쪽에 있는 약초밭을 헤집어 놨어요. 말려는 봤지만 소용이 없었어요."

"전부?"
"몽땅요."

위드는 손으로 이마를 짚었다.

드라마를 보면 왜 기업 회장들이 고혈압으로 고생을 하고 툭하면 잘 쓰러지는지, 그 이유를 알 것 같았다.

가족이나 부하가 더 골칫덩이다.

어떻게 드라마들은 현실을 이렇게까지 잘 반영했단 말인가.

그때 어둠이 뭉게뭉게 일어나더니 데스 나이트 반 호크가 나타났다.

"주인!"

"너는… 여기는 어떻게 왔지? 어비스 나이트가 되어서 한창 하벤 제국을 공격하고 있어야 되지 않느냐?"

위드가 고개를 갸웃했다.

조각품을 만드느라 워낙에 바빠서 베르사 대륙의 소식을

실시간으로 접하지는 못하고 있었다.

"졌다."

"아니, 이렇게나 빨리 졌어?"

"칼라모르 제국의 영광을 되돌리려고 하였으나 적국의 황제라는 자에게 패배했다."

위드의 몸이 부들부들 떨렸다.

"어비스 나이트라면 그래도 이 시대에서는 충분히 강하다고 할 수 있었을 텐데. 벌써 패배하다니 말이 돼?"

"적들이 너무 많았다."

"적들이 많다면 치고 빠지는 유격전을 하면 될 거 아니야. 누가 어비스 나이트와 둠 나이트로 이루어진 기사단의 속도와 돌파력에 맞서서 상대할 수 있다는 거야! 나라면 아예 쓸어버리고 다녔을 텐데. 설마 그냥 정면 승부를 한 것이냐? 정면으로 싸우더라도 전장을 이탈하는 건 식은 죽 먹기잖아?"

"계곡 위에서 놈들의 인기척이 느껴졌다. 그러나 모르는 척 들어가서 칼라모르 제국 기사의 용맹함을 보여 주고 싶었다."

"……."

"하루를 헛되게 보낸다면 칼라모르의 땅에 기생하여 살아가는 놈들을 언제 다 죽일 수 있겠는가. 나는 역으로 놈들 전부를 함정에 빠뜨린 것이다."

"그래서 죽은 건 너였고?"

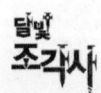

"내 말을 이해를 못 한 것 같군. 다시 말하지만 적들이 너무 많았다."

"부하들은?"

"몰살당했다. 점령 지역에 몇 놈 남기는 했지만 오래 버틸 순 없을 것이다."

명색이 암흑 군단의 총사령관 반 호크는 무안한지 살짝 해골을 돌렸다.

그리고 한동안, 위드는 아무 말도 없었다.

그와 조각 생명체, 혹은 반 호크와의 관계는 특별하다고 할 수 있었다.

부하를 넘어서, 이를테면 부모와 자식 간의 관계였다.

"세상이 완전히 바뀌었어. 무자식이 상팔자라는 말이 진리로군."

상실감이 너무 커서 위드는 화도 나지 않았다. 그저 푸념만 쏟아져 나올 뿐이었다.

누렁이가 그런 주인을 보면서 안타까워서 말했다.

"음머어어어. 그래도 내가 새끼들은 많이 낳았다. 내 새끼라서 하는 말이 아니라 아주 늠름하다."

"황소는 머리부터 꼬리까지 버릴 곳이 하나도 없지. 잘했어."

"근데 조금 많이 먹는다."

"누렁아, 송아지들이 한창 클 때는 원래 많이 먹어야 돼.

그래야 쑥쑥 자라서 일도 하고 마차도 끌고 그러지."

"모라타의 곡창지대가 쑥대밭으로……."

"……"

그렇게 약간의 우여곡절은 있었지만, 위드는 시간 조각술에 전념하여 골동품 대량생산의 위업을 달성하고 간신히 초급 4레벨까지 올릴 수 있었다.

시간 조각술은 최후의 비기 스킬답게 초급 단계라도 레벨이나 성취도가 빨리 오르지는 않았다.

그 후에는 사냥 동료들을 데리고 고요의 사막 부근으로 이동했다.

조각 생명체들을 데리고도 사냥은 할 수 있지만 아무래도 시간이 촉박하고 많이 위험하기 때문에 새로 모집한 사냥 동료들과 함께 이동했다.

"여긴 사막이 아닌가."

살갗이 달아오를 정도로 뜨거운 햇볕에 파이톤이 적잖게 놀란 표정을 지었다.

"북부 대륙에도 사막이 조금 있다고는 들었지만 대지의 궁전에서 정말 가까운 모양이군. 이렇게 순식간에 올 줄은 몰랐네."

"베르사 대륙의 남부입니다. 고요의 사막과 접해 있는 장소죠."

"무엇이라고? 그러면 대륙을 완전히 가로질러서 도착을 했다는 건데. 정말인가?"

"믿어도 될 겁니다."

파이톤에게 종이에 그림을 그려서 단숨에 도착하는 물빛의 화가 비기, 그림 이동술을 경험한 것은 신기한 일이었다.

하지만 막 도착하자마자 숨이 막혀 올 정도의 더위에 다시 한 번 경악을 금치 못했다.

"이곳은 정말 덥군요. 숨을 쉬기도 답답할 정도입니다."

이름을 밝히지 않은 남자 또한 힘들게 간신히 말했다.

처음에는 따갑게 내리쬐는 햇볕이 뜨겁다고 생각했지만, 곧 모래가 달아오른 불판처럼 느껴졌다.

'지옥의 입구가 여기다. 그리고 난 아마 버텨 낼 수 있겠지. 위드 님은 딱 우리가 죽기 직전까지만 고생을 시킬 테니까.'

페일은 무엇을 직감하고 있는지 이미 조용히 활시위만 정비하고 있었다.

위드는 모험의 선배로서 간단히 말했다.

"뭐, 추운 것보단 낫습니다."

"……."

이것저것 다 겪어 봤지만 추운 쪽이 더 힘들다는 결론!

더위로 인해 체력이 급속도로 저하되는 페널티는 있지만

사막에서 활동하는 것만으로도 인내력과 맷집이 저절로 상승하는 경우가 있었다.

이름을 밝히지 않은 남자가 주변을 둘러보더니 온통 모래뿐인 것을 확인하고 물었다.

"그러면 사냥터는 어디입니까? 몬스터가 지나가는 걸 잡는 건가요?"

"사막에서는 별자리와 특이한 지형, 예를 들면 오아시스 같은 걸로 위치를 구분하죠. 아마 저쪽이 던전일 겁니다. 멀지 않아요."

위드는 강렬한 태양이 떠 있는 방향을 가리켰다.

"다만 방향이 정확하진 않을 수도 있습니다. 많이 바뀌었을 수도 있으니까요."

"언제 마지막으로 와 보셨는데요?"

"날짜상으로는 며칠 안 되는데, 베르사 대륙력으로는 한 500년에서 700년 사이 정도……."

"지형이 완전히 바뀔 시간 아닙니까?"

"부자는 망해도 3년 간다는 말이 있죠. 던전밭이라고 해도 좋을 정도니까 넉넉할 겁니다."

"신속한 걸음걸이, 모래를 달리는 사자 소환!"

알베론의 신성 마법으로 인해서 5분 정도 만에 사냥터에 도착했다.

사막의 모래가 쌓인 작은 산이 겹겹이 있고 동굴들은 시커멓게 입을 벌리고 있었다.

"사막에는 생명체가 귀하기 때문에 사냥감이 없을 거라고 생각하기 쉽지만 강한 녀석들이 많이 몰려 사는 좋은 사냥터입니다. 생존을 위해서는 환경을 극복해야 하니까요. 여기로 들어가면 됩니다."

파이톤과 남자, 페일, 알베론은 위드의 인도에 따라 별생각 없이 모래 동굴 안으로 걸음을 옮겼다.

쿠르르르릉!

던전 안으로 들어가는 순간 입구의 흙이 한꺼번에 무너졌다.

띠링!

뜨거운 땅속 던전의 발견자가 되셨습니다.
이곳은 매우 오래된 던전입니다. 사람들의 기억과 책에도 이 던전에 대하여 더 이상 남아 있지 않습니다. 인간의 발자국을 찾아보기 어려울 정도인 이곳에 오랜만의 방문자, 혹은 먹잇감이 나타났습니다.
혜택 : 명성 698 증가.
　　　일주일간 경험치, 아이템 드롭률 2배.
　　　첫 번째 사냥에서 해당 몬스터에게 나올 수 있는 것 중에 가장 좋은 물건 아이템이 떨어집니다.

"함정이다!"

파이톤이 놀라서 대검을 뽑아 드는데, 위드는 태연하게 말했다.

"원래 여기 사막 던전들이 좀 그렇습니다. 들어오기는 쉬운데 입구가 막혀서 다시 돌아 나갈 수는 없게 되어 있죠. 길은 복잡하지 않아서, 일직선으로 쭉 가면서 몬스터를 다 해치우면 됩니다."

페일이 차분하게 질문을 했다.

"몬스터들은 얼마나 나오죠?"

"음, 숫자는 그냥 해치우는 만큼 다시 쌓인다고 보면 맞을 겁니다."

사막의 대제왕 시절, 위드는 이곳을 찾아온 적이 있었다.

그때 이미 발견했던 던전이지만 오랜 시간 동안 아무도 찾아오지 않으면서 입구 형태에서부터 내부적으로 많은 변화가 있었다. 몬스터들도 물갈이가 이루어지며 경험치 2배의 혜택은 누릴 수 있게 되었다.

과거에는 뚫려 있는 길뿐만 아니라 벽 사이에서도 거대 독전갈이 갑자기 뚫고 나타났기 때문에 좋게 말하면 지루할 틈이 없는 상당히 괜찮은 사냥터였다.

사막의 대제왕이었을 때는 레벨 500대에 방문을 해서 큰 효과를 누리지는 못했다. 하지만 지금은 레벨 400대 초반에 다른 동료들까지 있으니 짭짤한 사냥터가 되리라.

조각 생명체들은 보살피고 지켜봐야 하지만, 인간 동료들이야 자기 목숨은 알아서 챙길 테니 훨씬 편했다.

위드는 동료들에게 말했다.

"여기서의 전투 방법은, 생존하면서 쭉 뚫고 나가면 됩니다. 동료이기는 하지만 방심해서 위험에 빠져도 도와주지는 않습니다. 최소한 그런 정도의 실력은 갖추었으리라고 믿으니까요."

"도중에 뒤처지거나 죽는다면 어떻게 되는 건가?"

"저는 새로운 동료를 또 데리고 와야 되겠죠."

"그 자세 마음에 드는군!"

"먼저 가겠습니다. 알아서 따라오세요."

그리고 시작된 전투!

위드에게는 사막의 대제로 활동할 때의 익숙한 형태의 몬스터들과의 조우였지만 다른 이들에게는 그렇지 않았다.

거대 독전갈은 갑옷을 두르고 있는 것처럼 시커멓고 딱딱한 껍질을 가지고 있었다.

두 집게발을 빠르게 번갈아 움직이면서 공격을 하고, 잠깐 방심을 유도해 놓고는 꼬리의 독침을 쏘았다.

독침이 제대로 적중당하면 치료가 까다로울 뿐만 아니라 생명력이 2만~3만씩 그대로 감소한다.

단단한 몸과 빠른 공격 속도로 인하여 위험하고 까다로운 몬스터.

반면 놈에게도 약점은 있었다. 껍질들의 연결 부위나 배를 공략하면 의외로 쉽게 목숨을 잃었다.
 "광휘의 검술!"
 위드는 검에서 빛을 길게 뽑아내서 싸웠다.
 '정확하게, 실수는 없어야 돼. 레벨에서 많이 뒤처진 이상 더 이상 나한테는 죽을 여유도 없어.'
 강력한 공격력과 집중력으로 거대 독전갈을 해치우며 돌파했다.
 조각 파괴술로 모든 예술 스탯은 이미 체력에 몰아 놓은 상태였다. 전투에 직접적인 도움이 되는 힘이나 민첩으로는 일부러 바꾸지 않았다.
 급격히 높아진 체력 덕에 생명력이 20배 가까이 늘어났을 뿐만 아니라, 아무리 싸우더라도 지치지를 않았다.

> -연속 8회 공격이 성공하셨습니다.
> 거대 독전갈을 완전하게 파괴하였습니다.
> 놀라운 무용담을 기록합니다.
> 명성이 1 증가합니다.
> 거대 독전갈 7마리를 최단시간에 처리하여 민첩이 1 높아집니다.

 고기도 먹어 본 사람이 먹는 법!
 "룰루루."
 위드의 전투는 흥겹게 느껴질 정도로 빠르고 정확했다.
 한번 지나가 본 길이라면 다시 갈 때는 훨씬 쉬워지는 것과 같았다.

전반적인 전투력은 사막의 대제와 비교할 수가 없지만, 싸워 본 경험이 있기 때문에 선두에서 능숙하게 약점을 공략해서 단숨에 제압했다.

알베론과 페일은 위드의 등 바로 뒤에서 가까이 따라붙었다.

"신성의 휘가름, 독성 차단."

알베론은 거대 독전갈을 향하여 신성 마법 공격을 사용하거나, 동료들을 위한 보호 마법을 시전해 주었다.

프레야 교단의 교황 후보 알베론은 성자 아헬른에 비해서는 조악한 수준이지만 일반 유저들이 범접할 수 없을 정도로 높은 신앙심을 가졌다.

알베론의 신성 마법은 빠르게 연속으로 사용되고, 그 순수함 때문에 몇 배씩의 효과를 발휘했다.

게다가 농땡이를 치지 않는 성실함은 기본이었다.

"꿰뚫는 얼음 화살!"

페일은 거대 독전갈의 입을 향해서 관통의 효과가 있는 화살을 쐈다.

투두두두퉁!

5마리의 거대 독전갈을 연속으로 관통하며 몸을 얼렸다.

"위드 님!"

"알고 있습니다."

위드는 몸이 얼어붙은 거대 독전갈이 다시 녹기 전에 검으로 후려쳤다.

레드 드래곤이 만든 검, 레드 스타 대신에 지금은 무난하다고 할 수 있는 데몬 소드를 착용하고 있었다.

레드 스타의 경우에는 도난당한 물품인 만큼 사냥에서는 활용을 최소화해야 하는 약점이 있었다.

콰장창!

> -치명적인 일격이 성공했습니다.
> 빙결 상태의 몬스터를 넘치는 힘으로 공격했습니다.
> 12배의 공격력이 발휘됩니다.
> 몬스터를 제거했습니다.
> 전투 명성을 1 획득합니다.

마법으로 제작된 얼음 화살은 가격이 제법 비싼 편이지만 얼음 속성의 효과를 확실하게 늘려 주었다.

위드와 페일, 알베론은 수없이 손발을 맞춰 본 것처럼 거대 독전갈들이 속출하는 동굴을 빠르게 뚫고 통과했다.

땅을 파고, 벽을 허물고, 천장에서 뚝 떨어지는 전갈들은 그만큼이나 빠른 속도로 격퇴되었다.

반 호크와 토리도도 소환되어서 각기 한 방향씩을 맡으며 제 몫을 다했다.

"흠, 마음에 드는군. 알아서 맞춰 주면 되는 건가!"

파이톤은 뒤늦게 대검을 뽑아 들고 따라나섰다.

거대 독전갈이 덤벼들면 정교한 기교를 부리기보단 후려 치거나 베어서 처치했다.

괴력의 전사라는 별명에 맞게 어마어마한 힘으로 거대 독전갈들을 일격에 박살 냈다.

대검은 그 특성 탓에 보통의 힘으로는 다룰 수가 없다. 그러나 갑옷이나 껍질이 단단하더라도 내부로 공격력이 그대로 누적되는 장점이 있었다.

"제대로 치기만 하면 생각보단 몬스터의 생명력이 낮은 것 같은데. 뭐, 내가 잘 싸우는 탓인가?"

"국물도 마시지 않고 라면을 먹었다고 할 수는 없겠죠. 이제부터 시작일 겁니다."

파이톤은 뚫고 지나온 지역에 거대 독전갈들이 다시 바글바글하게 나타나는 것을 보고 깜짝 놀랐다.

벽과 천장, 바닥 할 것 없이 튀어나온 전갈들이 뭉쳐서 몰려다닌다.

'정말 되돌아갈 수는 없는 던전이로군. 갇히기라도 한다면 최악이겠어.'

파이톤은 정신을 바짝 차렸다.

전갈이 공격을 하러 달려오거나 뛰어오르면 확실하게 베어 버려야 했다.

제대로 쳐 내지 않으면 거대 독전갈을 밟으면서 전투를 치러야 한다.

이름을 밝히지 않은 남자는 그림자 속에 녹아들었다.

그는 한 단계 등급이 더 높은, 큰 집게발을 가진 붉은 전갈의 뒤에 나타나서 단검으로 정확하게 급소를 찔렀다.

전형적인 암살자의 공격 패턴이었지만, 사냥 동료들 중 누구도 놀라진 않았다.

암살자는 자신의 직업 자체도 가능한 숨기려고 애쓴다. 하지만 던전에 들어와서도 평상복을 그대로 입고 있다면 마법사나 사제일 리는 없고, 도둑이나 암살자 계열이 확실했다.

위드의 이동속도는 처음 온 사람들을 전혀 배려해 주지 않는 정도였다.

"느립니다. 벌써 두 번째나 하품이 나올 정도니까 더 빨리 가겠습니다."

'그런……'

'지금 이게 느리다고?'

빨리 걷는 수준에서 거의 앞으로 내달리는 정도로 던전을 돌파했다.

한가로운 잡담은커녕 여유 있는 휴식이나 정찰도 없었.

몬스터들이 우글거리는 한복판이 보이면 그대로 달려가서 흩어 놓고, 해치우자마자 다음 장소로 움직인다.

파이톤과 남자는 자신의 체력과 마나를 관리하면서 뒤를 따라가야 했다.

광역 스킬을 써서 마나가 소진되고 거대 독전갈이 무리를

지어서 돌진해 오면 어쩔 수 없이 상대하는 시간이 길어진다.

그러면 거짓말처럼 위드의 전진도 느려지고, 페일의 화살이 지원을 위해 날아들었다.

몬스터들이 넘쳐 나니 꾸물거릴 시간 따위는 없었다.

싸우는 만큼 전리품과 경험치를 획득 가능.

막대한 성과를 내며 흥겨울 정도의 파티 사냥도 일품이었지만, 알베론의 신성력에 의한 보조도 혀를 내두를 정도였다.

손발을 맞출수록 사냥 속도는 향상된다.

곧 처음에 비한다면 일취월장이라고 할 만큼 서로 협력을 하며 빠르게 던전을 통과하고 있었다.

'기가 막히는군. 동료는 원래 믿지 않았던 나이지만……. 보통 몬스터가 많은 위험한 장소에서는 몸이 굳어 버린다. 안전한 사냥터들만 다니다 보면 투지가 낮기 때문에 벌어지는 일이지.'

파이톤은 다른 사냥 파티에 속해서 그런 경우를 많이 겪어 봤다.

강한 몬스터들의 돌발적인 등장으로 인해서 투지에서 밀린다면 제 실력도 미처 발휘할 수가 없게 된다.

그런데 이 자리에는 기본적이라고 할 수 있는 투지 스텟에 문제가 생기는 사람이 1명도 없었다.

완전히 위험한 던전을 통과하고 있음에도 자기 몫을 알아서 다 해냈다.

'이런 속도라면 정말로 빨리 강해질 수 있겠어. 로열 로드의 초창기부터 이렇게 좋은 동료가 있었다면 레벨이 현재보다 40은 더 높아졌을 텐데. 아니, 같이 성장을 해 왔다면 돌파 불가능한 던전이 없었을 거야.'

위드의 기가 막힌다는 사냥 속도가 이제 막 이해가 가려고 했다.

위험한 동네에 와서도 전혀 쫄지 않고 앞으로 내달리면서 싹 쓸어버리는 사냥법!

파이톤은 전투 중에 잠깐씩 없는 여유에도 위험을 무릅쓰고 곁눈질로 앞서 가는 위드를 살폈다.

그는 선두에서 검을 닥치는 대로 휘두르고 찌르면서 거대 독전갈들을 돌파하고 있다.

동굴의 깊은 곳으로 가면서 나타나는 전투형 거대 독전갈은 연속 공격으로도 죽지 않는 경우가 잦았다. 그러면 세 번, 네 번의 치명타를 노리는 연속 공격으로 바로 전환되면서 전투형 거대 독전갈을 물리친다.

그렇게 선두에서 위험하게 적과 싸우면서도 동료들의 모든 움직임을 파악한다.

파티를 이끌면서 혼자일 때에 비해서 사냥의 효율을 극대화하는 그 모습은, 그저 믿고 따라가기만 하면 되겠다는 신뢰를 부여하게 만들었다.

'나보다 특별히 더 강한 것 같지는 않은데, 스텟들은 훌륭

하게 잘 키워 놓은 것 같아. 스킬이 상황에 맞춰서 빠짐없이 다양하게 활용되는군.'

파이톤은 베르사 대륙에서 전사 마스터 퀘스트를 후반부까지 수행하고 있는 유저답게 자신과 상대를 비교해 보았다.

조각사라고 하는데 힘과 체력이 믿기지 않을 만큼 대단하다.

제법 이름이 알려진 검술의 비기인 분검술과 광휘의 검술을 사용했지만, 위드의 모험을 통해서 전매특허와 같이 유명해진 헤라임 검술도 알맞은 상황이 나오면 쉬지 않고 쓴다.

'사막의 대제왕처럼 전율적인 강함은 아니야. 가진 능력을 제대로 발휘하고 있고, 또 순간적인 임기응변이나 결정이 빠르다고 해야 할까. 그렇다고 해서 싸우면 내가 질까?'

파이톤은 결론을 내리기가 힘들었다.

판단이 헷갈리는 이유로는 알베론의 신성 마법 효과의 적용도 감안해야 하기 때문이었다.

하지만 지금으로서는 자신이 해치울 수 있을 것만 같았다. 몬스터를 해치우는 장면을 보면 자신 역시 그 정도는 할 수 있었으니까.

그렇지만 위드의 밑천이 이게 전부는 아닐 것이라는 의심이 들었다.

'레벨이 높다고 거들먹거리는 다른 유저들보다는 훨씬 강하다. 내 레벨이 465인데, 아마도 나보다는 레벨이 조금 높겠지. 조각사로서 약한 부분이 스텟들로 어느 정도는 보정되었을 테니 말이야. 그래도 지금 드러내고 있는 스킬들이 전부는 아닐 테니……. 음, 그렇다고 해도 내 전투 능력은 레벨이 전부는 아니야. 싸워 보고는 싶은데 더 지켜보고 싶기도 하군.'

남자 역시 틈만 나면 위드를 살폈다.

베르사 대륙의 상위 랭커들에게 바드레이와 위드는 반드시 넘어서고 싶은 경쟁자.

가까이에서 위드의 전투를 지켜볼 수 있는 기회는 당연히 활용해 주어야 했다.

'기습을 하면 죽일 수 있을 것 같은데. 손이 근질근질해. 하지만 이게 정말 전쟁의 신 위드의 모든 능력일까? 동영상에서 봤던 그 카리스마를 온몸에 두르고 전투를 하던 모습들은 아직 나오지 않았다.'

두 사람의 생각은 아직 여유가 있었다.

다 먹고살 만하니까 잡생각도 떠오르는 게 아니겠는가.

위드는 현재 최대의 전투력을 발휘하고 있었다.

조각술 최후의 비기 퀘스트를 진행하면서 긴 시간 동안 제대로 사냥을 못 했다.

스킬들을 향상시키지 못했으며, 레벨도 많이 떨어졌다.

사막의 대제 시절의 활약은 압도적이었지만 현실로 돌아오고 난 이후로는 나약함이 느껴져서 씁쓸한 기분이 들 정도

였다.

"사냥 속도를 더 높입니다. 위험이 커지겠지만 생명력 관리는 알아서 해 주세요. 몬스터를 한꺼번에 더 많이 상대하기 위해서입니다."

"그런… 휴식 시간은 언제요?"

"던전을 클리어하고 다음 사냥터로 이동하는 동안 쉬면 됩니다."

"식사는?"

"이동하면서 간단히 곡물 빵을 먹습니다."

그림자 속에 숨어 있던 남자가 나타나서 물었다.

"이동 시간이 긴가 보죠?"

"3분 정도요."

"……."

그리고 2시간이 지나 던전의 중반부쯤에 도달했을 때, 위드가 말했다.

"참, 미처 말씀드리지 않았는데, 별로 중요하진 않은 이야기입니다. 참고만 하세요. 여기 보스 몬스터가 레벨 500 근처인데요, 어쩌면 조금 넘을지도 모르겠고."

"몬스터의 능력이 보통이 아닌데 피해야 하지 않을까요?"

남자가 질문을 던졌다.

레벨 500대의 몬스터라면 보통은 길드 차원에서 대비를 하고 사냥을 하는 게 일반적이었다.

"편식은 안 좋죠. 떡 본 김에 제사 지낸다고, 당연히 잡을 겁니다. 메인 요리를 빠뜨리고 갈 수는 없지요. 특히 이놈의 껍질은 쓸모가 대단히 많습니다."

"그래도 누구 하나라도 실수하면 전체의 목숨이 위험할 텐데요. 어떻게 전투를 대비해야 하죠?"

"실수는 안 하면 됩니다. 각자 어린애가 아니니 목숨은 알아서 챙겨야죠."

페일은 이미 각오를 단단히 다지고 있었다.

위드와의 사냥에서는 늘 그렇지만 정신을 바짝 차릴 수밖에 없는 상황이 이어지게 된다.

파이톤과 남자도 처음 경험하는 엄청난 속도의 사냥에 힘은 들어도 그만큼의 성취감을 느꼈다.

조금 무리한 목표를 노력하며 달성해 나가는 기쁨이라고 해야 할까.

'전쟁의 신 위드. 으음, 소문대로 정말 놀랍고 대단해. 그리고 그 위드와 함께 사냥을 하니 효율은 끝내주는군. 내가 있음으로 인해서 위드도 아마 덕을 보고 있는 것이겠지.'

'훗, 죽음을 몰고 오는 그림자라고 불리는 나 역시 엄청난 몬스터를 해치웠다. 강한 녀석들을 소수 정예로 해치우는 암살자에 딱 맞는 사냥법은 아니지만……. 아무튼 나도 위드와 함께 활약을 할 정도의 수준은 된다는 의미겠지.'

하지만 곧 좌절하게 만드는 위드의 중얼거리는 목소리가

들려왔다.

"처음 함께하는 사람들과 왔다고 역시 너무 쉬운 곳을 택한 건가."

"……."

"뭐, 다음 던전은 여기보다는 몬스터가 2배쯤은 더 나오고, 공격 특성이 까다로우며 생명력도 더 높습니다. 지루해도 조금만 참아 주세요. 그때부터가 적응하기에 좀 재밌어질 겁니다."

"대체 다음 사냥터는 어느 정도의 난이도이기에 그러는 겁니까."

"여기가 보통 김치볶음밥이라면 그곳은 한정식이라고 할 수 있겠죠."

사막의 대제왕 위드!

조각술 최후의 비기 퀘스트를 성공적으로 달성할 수 있었던 가장 큰 원동력은 본인과 부하들을 성장시킨 사냥 능력에 달려 있다고 할 수 있었다.

파이톤과 남자는 사막 전사들이 왜 그렇게 강해졌는지를 알 수 있었다.

'훗, 그렇더라도 허풍이 심하군. 다소 더 까다로워진다고 해도 그럭저럭 할 만한 수준이겠지.'

'미리 떠들면서 잘난 척하기를 좋아하는 부류인가. 진짜 그 말이 맞는지는 겪어 봐야 알 수 있을 것 같군.'

그리고 페일의 생각.
'며칠간 죽었다고 생각하자. 정신을 잃어버렸다가 사냥이 다 끝난 후에 깨어나면 좋을 텐데!'

알카사르의 다리

영국 런던.

국제투자회사의 고위 임원들과 재력가의 재산관리인들이 한자리에 모였다.

그들이 한꺼번에 운용하는 자금은 한 국가를 들었다 놨다 할 수 있을 만큼 천문학적인 거액이었다.

석유가 나오는 중동의 왕가, 유럽의 귀족 가문, 거대한 부를 쌓은 신흥 재벌과 전통적인 재산가들의 자금이 그들에 의하여 운용되었다.

"다음은 유니콘 본사에 대한 영향력 확대의 건입니다. 먼저, 지난번의 시도는 실패하였습니다."

"우리가 현재 가지고 있는 지분이 얼마나 됩니까?"

"여러 계좌와 회사들을 총동원하여 약 4% 정도를 확보하였습니다."

"고작 그것밖에 되지 않다니……."

국제투자회사의 임원들이 다 함께 탄식했다.

그들이 가진 돈이라면 안되는 것이 없었다. 원한다면 전쟁도 일으킬 수 있고, 어느 한 국가의 눈부신 경제 발전이나 외환 위기를 이끌어 내는 것도 가능했다.

그럼에도 불구하고 유니콘 사를 접수하는 일은 불가능했다.

유니콘 사는 가상현실을 지배하며 현금을 쓸어 담고 있다.

현재도 기업의 주식 가치는 꾸준하게 오르고 있을 뿐만 아니라, 관련 계열사들도 어처구니가 없을 정도로 산업계에 혁명을 불러일으켰다.

조선업계는 전반적인 불황이었지만 유니콘 조선에는 향후 15년 치 주문량이 밀려 있다.

기존 선박의 상식을 초월한 연비와 이동속도. 3~4년 만에 배값을 뽑을 정도였다.

해양 플랜트나 석유시추선 등의 경쟁력도 세계에서 최고로 꼽힌다.

화학, 제약, 신소재, 로봇, 정밀기계 분야에서도 돌풍을 불어오고 있었으니 전 세계적인 관심의 대상이 되었다.

계열사들이 로열 로드를 서비스하는 유니콘 본사의 시가

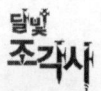

총액을 넘어설 지경이었다.

그렇기 때문에 더더욱 유니콘 사에 대한 관심도가 높아졌다.

"유니콘 계열사의 주식은 시장 거래를 통해 지분율을 확보하기에는 너무 엄청난 가격입니다."

"회사채 발행은 어떤가?"

"전혀 예정에 없으며, 앞으로도 필요하지 않을 것입니다. 유니콘 사의 핵심 계열사들이 차지하고 있는 내부유보 자금만 하더라도 우리가 운용하는 액수와 맞먹을 정도로 파악됩니다."

"설마 그 정도란 말인가."

"과거 J.K.I.금융그룹의 실패를 교훈으로 삼아야지요. 함부로 건드릴 수는 없는 기업입니다."

"자금 운용을 어떻게 하는지 몰라도 굉장하군."

자본가들은 유니콘 사를 건드려 보고 싶었다.

필요하다면 정치계를 움직여서라도 압력을 가하고 기업을 흔들어 놓을 수 있지만, 그동안 쌓아 놓은 방대한 인맥에도 불구하고 유니콘 사에는 찔러볼 만한 빈틈이 없었다.

또한 전 세계 각국의 대표적인 은행들에도 알게 모르게 유니콘 사의 자금과 지분이 숨어들어 가 있었다.

그들이 그런 움직임을 알아차린 것은 불과 1년 전이다.

J.K.I.금융그룹은 유니콘 사의 지분을 20% 가까이 모아서

경영권을 위협하려고 했다.

이 작업을 위해서, 당시에도 고공 행진을 하고 있던 주식을 사들이느라 한 나라의 국가 예산으로도 감당하기 힘들 정도로 많은 액수가 투입되었다.

자신들이 확보한 20% 정도의 지분, 그리고 다른 기금들과 투자은행들의 지분까지 합쳐서 경영권을 위협하려고 했던 것이다.

그들로서는 안간힘을 다한 것이었지만, 유니콘 사가 심각한 위기에 몰린 건 아니었다.

하지만 뒤늦게 유니콘 사에서 본격적인 반격에 들어갔다.

J.K.I.금융그룹의 기업 고객들이 연쇄적으로 이탈을 하기 시작했다.

협조 관계에 있던 투자은행들도 비리와 회계 조작이 갑자기 언론을 통해 공개되고, 경영진이 처벌받고 외부에 헐값으로 매각되는 수순을 밟았다.

더 이상 유니콘 사를 노려 볼 수가 없는 처지까지 몰렸지만, 반격은 그쯤에서 멈추지 않았다.

언론을 통한 공격과 투자자들의 자금 회수가 계속 이어지면서 파산!

내부적으로도 부동산과 기업 경기 악화에 대한 손실액이 오랜 기간 누적되어 있었지만, 105년의 역사를 자랑하는 J.K.I.금융그룹은 그렇게 산산조각 나서 해체되고 말았다.

그때에야 국제투자은행들은 유니콘 사에 대단히 큰 관심을 드러내고 깊숙한 조사에 들어갔다.

그리고 밝혀진 사실로는, 세계를 떠도는 비밀 자금들 중에 많은 부분이 유니콘 사와 관련이 있다는 것이었다.

주요 은행들을 내부적으로 장악하고 있었으며, 정치와 언론계에 영향력도 막대하다. 다국적기업들 중에서도 많은 숫자가 몇 단계를 거치면 유니콘 사와 직간접적인 지배 관계에 놓여 있었다.

유니콘 사가 정식으로 인수를 하지 않았다고 해도 원한다면 경영권은 그들의 것이 될 수 있었다.

기업과 개인. 실제 주주들의 상당수가 교묘한 은닉 과정에 의해 숨겨져 있을 뿐 그들의 입김이 강하게 닿고 있었던 것이다.

그때부터는 대부분의 국제투자은행들도 포기하고 유니콘 사에 대한 욕심을 버렸다.

위험한 열매일수록 그 맛은 더욱 달 것이다. 하지만 어느새부터인지 모르게 침투한 그들의 자금이 자신의 목줄을 움켜쥐고 있다는 사실도 알게 되었다.

J.K.I.금융그룹이 철저하게 해체되는 과정을 보고 나니 그만큼 치밀한 그물망이 자신들에게도 걸쳐져 있었다.

그 이후로도 몇몇 기업체들이 유니콘 사를 노렸지만 제대로 실행도 하기 전에 박살이 났다.

돈의 힘이 얼마나 막강하며 돈 앞에는 어떤 불가능도 없음을, 이 자리에 있는 사람들은 누구보다 더 잘 알았다. 모든 적대적인 움직임을 꿰뚫고 있는 유니콘 사의 정보력도 두렵기 짝이 없었다.

 돈에 의해서 움직이는 자신들이기 때문에 더욱 동료들도 믿을 수 없었다.

 미국 시카고에서 온 자본가는 조금 다르게 생각했다.

 '기업은 파고들 여지가 전혀 없지. 그렇다면 로열 로드 내부는 어떤가.'

 헤르메스 길드가 대륙을 정복하는 것은 기정사실화가 되었다.

 그들은 공로와 능력에 따라서 영토를 관리하게 될 것이다.

 앞으로 거두어질 막대한 세금과 발휘할 수 있는 권력.

 로열 로드는 무모할 정도로 뛰어난 기술력의 집약체로서, 인류가 만들어 낸 최고의 휴양지이며 즐거움을 누릴 수 있는 장소였다.

 현재도 계속 유저들이 기하급수적으로 늘어 가고 있으니 로열 로드와 하벤 제국의 가치는 더욱 빛날 게 아닌가.

 '그렇다면 헤르메스 길드에 투자하는 것은?'

 헤르메스 길드의 주식회사화!

 자본가들이 돈을 모아서 헤르메스 길드에 돈을 투자하고 수익을 배당받을 수 있는 주식을 갖게 되는 것이다.

하벤 제국을 일구어 낸 헤르메스 길드는 지금까지 크게 아쉬울 것이 없었다. 이미 현재도 은밀하게 막대한 자금을 벌어들이고 있을 것이기 때문이다.

 그들이 유리한 입장이니 공로를 통 크게 인정해 주고 상상도 할 수 없는 거액을 제시하여, 베르사 대륙을 지배하며 얻게 될 과실을 나누어 먹는다.

 몇몇 주요 투자자들은 이 계획에 대하여 대환영이었다.

 헤르메스 길드가 베르사 대륙을 통일하고 난 이후에는 꾸준한 수입을 거둘 수 있을 뿐만 아니라 미래 전망도 대단히 밝다.

 게다가 몇몇 투자자들은 하벤 제국을 통한 베르사 대륙의 권력이라는 부가적인 효과까지도 노리고 있었다.

 로열 로드가 대체할 수 없는 새로운 세계가 된 이상 그곳에서 자신의 입지를 높일 수 있다면 얼마간의 돈은 아깝지 않게 생각하는 사람들이 많다.

 헤르메스 길드의 수뇌부에서도 구체적인 조건에 대하여 논의해 보자고 하긴 했지만 긍정적인 반응을 보였다.

 애초부터 그들이 베르사 대륙을 정복하려는 목적 자체가 돈과 깊은 연관이 있었다.

 로열 로드가 모든 연령층과 국가에 걸쳐서 이토록 방대한 인기를 끌게 될 줄은 헤르메스 길드에서도 예측을 못 했다.

 남들보다 일찍 시작하고 많은 준비를 하여 대륙 통일의 위업을 달성하기 직전이다. 길드를 통해서 많은 투자를 받는다면 참여한 유저 개개인들이 손쉽게 큰 재산을 얻게 된다.

통일 이후에도 지속적인 통치가 가능해지니 거부할 필요가 조금도 없는 제안이었다.

검치와 검둘치, 검삼치.

그들은 각자 수련생들로 구성된 부대를 이끌고 파투 성에서 만났다.

파투 성은 하벤 제국에서 북부 침략의 교두보로 르포이 평원에 세워 놓은 곳이었다.

노예들을 동원하여 아직 건설 중인 석조 성으로, 완공되고 난다면 포르우스 강과 르포이 평원을 감시하며 대군을 머무르게 하는 역할을 할 것이다.

검치는 황소를 타고 석양이 저물어 가는 언덕에 섰다.

"우리의 목표는 저곳이다."

"음, 멋지군요."

검둘치, 검삼치, 검사치, 검오치도 따라서 황소를 타고 섰다.

떡 벌어진 어깨와 두꺼운 목, 그리고 세탁 성능이 탁월한 복근!

그 뒤로 도열해 있는 수련생들의 인상은 가관이라는 말 정도로는 형편없이 부족할 만큼 험악했다. 산길이나 어두컴컴한 길가에서는 유저들이 비명을 지르면서 도망치는 경우가 허다했다.

"오늘 내로 저곳을 정리한다. 가자, 애들아!"

"옛! 스승님을 따르라!"

말이 좋아서 아르펜 왕국의 기사들이었다.

실제로는 몬스터들을 지겹게 사냥하는 게 아니라 유저들과 실컷 싸우니 그것만큼 신 나는 것이 없다.

"끼얏호!"

"으랴으랴으랴!"

검치를 선두로 하여 돌격해 가는 505기의 황소 마적단!

싸움에 있어서만큼은 그들도 바보가 아니었다.

로열 로드를 하면서 보리 빵 때문에 굶어 죽어도 봤고, 무모하게 드래곤에게 덤비다가 목숨을 잃기도 했다.

'슬슬 우리에 대해 대비를 할 때가 되었어.'

'음, 놈들의 움직임이 시작될 시기인데.'

공부로 배운 전략과 전술이 아니었다.

어릴 때부터 무던히도 사고를 치고 나서 부모님과 선생님에게 욕을 얻어먹으며 쌓인 감각.

'놈들이 알아차렸을 거야.'

검치를 선두로 하여 다들 저마다의 느낌을 나누었다.

"적들이 나타났다!"

"일제 공격 준비!"

그리고 아니나 다를까, 파투 성의 성벽에서 궁수들이 일어나서 일제히 활을 겨누었다.

2,000여 명에 달하는 저격병!

"그대로 돌진한다."

검치는 타고 있는 황소를 뒤로 물리지 않았다.

전력 질주 중에 피하기엔 이미 늦기도 했지만 그럴 마음도 없었다.

그 뒤를 따라서 수련생들도 맹렬하게 황소를 달렸다.

"발사!"

푸슈슈슈슉!

파투 성의 성벽에서부터 강화된 강철 화살들이 포물선을 그리면서 날아왔다.

궁병들 중에서도 2차 전직을 마친 저격병들.

전쟁에서의 대인 살상력을 탁월하게 높인 부대로, 어지간한 방패와 갑옷은 우습게 꿰뚫었다.

일반 유저들 가운데에는 전신 갑옷이나 방패를 들지 않는 경우가 흔했다.

워리어, 기사의 직업이 아니라면 전신 갑옷을 입을 수가 없는 경우가 많았으며, 체력이 감소하고 활동이 불편하기 때문이었다.

또 제대로 된 전신 갑옷은 상상을 초월할 만큼 비싸고 관리가 어렵기도 하다. 몇천몇만 골드가 넘는 갑옷이 전투 중에 손상되면 수리 비용 역시 많이 들어간다.

그렇기 때문에 경량화된 사슬 갑옷이나 가죽 갑옷은 저격병이 좋아하는 대상이었다.

"각자 분검술을 펼쳐라!"

검치가 황소를 달리면서 명령을 내렸다.

"분검술!"

검술의 비기.

분신을 최대 40개까지도 만들어 내는 스킬이 사용되었다.

"이야하압!"

검치와 사범들, 수련생들마다 분신이 10개에서 30개씩까지 생겨났다.

분신들은 황소를 타지 않고 두 다리의 힘으로 앞을 향하여 달려갔다.

순간적으로 늘어나게 되어 버린 엄청난 대군!

화살이 날아왔지만 대부분은 앞서 달리는 분신들에게 맞고 남은 것은 하늘로 쳐 내지는 신세가 되었다.

"이럴 수가!"

"괴물들이다!"

저격병들은 당황하면서도 화살을 연속으로 마구 쏘았다.

돌격해 오는 수련생들 중에서 몇 명이 제대로 당해서 땅에 나뒹굴었다. 하지만 나머지는 그대로 질주했다.

"놈들이 2차 저지선으로 다가왔다. 성문을 열고 기사단 출동하라!"

파투 성에 임시로 설치된 나무 성문이 좌우로 활짝 열렸다. 그리고 등장하는 3,000명의 정예 기사단.

묻뼛죽 부대의 인원이 500여 명인 것을 감안하여 대기하고 있던 제국의 정규 기사단이었다.

뿌우우우우우우!

뿔피리 소리가 나자마자 기사단은 성문을 나오며 가속을 시작했다.

전신 갑옷을 입고 있는 바리트 기사단.

그들은 묻뼛죽 부대를 상대로 돌격하여 정면에서 박살을 내 버릴 작정이었다.

"근본도 알 수 없는 놈들. 헤르메스 길드에 저항하다니, 진짜 기사가 어떤 존재인지 보여 주지."

바리트 기사단은 백스물아홉 번의 전투를 승리로 이끈 경력이 있는 최정예 집단이었다.

칼라모르 왕국을 정복할 당시에도 혁혁한 전공을 세운 정규 기사단.

그들은 전력 질주를 하면서 돌격하는 힘을 높였다.

기사단에 속해 있는 헤르메스 길드의 유저들은 앞으로 벌어질 상황을 대충 예상하고 있었다.

적들은 바리트 기사단의 등장을 알아보는 순간 겁을 집어먹고 옆으로 피하려고 하거나, 뒤돌아서서 도망친다. 그때가 가장 취약해지는 시기로, 터무니없을 정도의 파괴력으로 적을 짓밟아 버리게 된다.

검치는 평온하게 말했다.

"얘들아."

"예, 스승님."

"연장 들어라!"

동시에 검치는 등에 메고 있던 활을 꺼내서 앞을 조준했다.

파투 성의 궁병들이 쏘아 대는 화살이 하늘에서 날아오고 있었지만 그것들은 싹 무시한 채였다.

화살들이 스치고 지나가거나 몸에 적중되면 위험하기 짝이 없었지만, 전투라면 그래야만 재미가 있는 법!

검치를 따라서 사범들과 수련생들도 모두 각자 메고 있던 활을 꺼냈다.

모험과 사냥, 전투로 획득한 장궁, 단궁, 쇠뇌에 이르기까지 다양한 활들이 있었다.

아쉽지만 분검술로 늘어난 분신들의 경우에는 검 외에는 다른 무기를 쓰지 못한 채로 돌진할 뿐이었다.

"사격!"

기사단을 향한 무차별 사격!

한순간에 쏟아지는 일제사격도 아니고, 제멋대로 궤적을

그리며 화살들이 마구 쏘아졌다.

드물지만 몇몇 화살에는 불과 얼음, 바람의 속성이 뒤섞인 마법도 걸려 있었다.

"크억!"

"방패를 들라!"

바리트 기사단은 몸을 감싸는 방패로 화살을 막아 냈다.

말들이 쓰러지고 일부 기사들이 낙오되었지만 충격을 위해 돌격 속도는 그대로 유지했다.

"창을 들고 충돌을 대비… 으아악!"

바리트 기사단에 속해 있는 유저가 명령을 내리려다가 깜짝 놀랐다.

화살 공격이 끝나자 어느새 묻뺏죽 부대와의 거리가 가까워져 있었다. 돌격을 위해 몸을 감싸고 있던 방패를 치웠는데 이번에는 날아오는 손도끼가 보였던 것이다.

화살과 손도끼, 투창.

거리에 따라서 투척 무기를 바꿔 가며 연속 3단 공격을 하는 검치와 수련생들의 전투 방식!

사막 전사들에게는 능숙한 전투법이었으나 기사들에게는 자주 접해 본 게 아니었다.

불편하고 무거운 전신 갑옷을 입고 있다 보니 여러 종류의 무기를 다루기가 힘들뿐더러 효과도 떨어진다.

사실 명예를 숭상하는 기사들로서는 검과 창 외에 다른

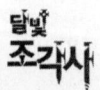

무기를 잡다하게 쓰라고 해도 들으려고 하지 않는 이유도 컸지만.

"마, 막아랏!"

손도끼와 투창 공격이 바리트 기사단을 엄습했다.

화살과는 전혀 다른 무게가 실린 공격.

손도끼는 방패로 막더라도 옆으로 튕겨 나가서 다른 기사들을 상하게 했다.

그 덕에 묻뺏죽 부대가 바로 앞에 도달할 때까지도 대열을 제대로 갖추지 못했다.

"몽땅 썰어 버려라!"

"예엣!"

검치를 선두로 하여 검둘치, 검삼치 등이 뒤를 따랐다.

"무엇이든 베는 검!"

그들이 검을 휘두르고 찌를 때마다 방패와 갑옷, 말과 사람까지도 단숨에 베여 나갔다.

혼신을 다한 일격이 성공하면 공격력이 55배나 늘어나서 적을 단숨에 죽인다.

필살의 능력을 가진 기술이기는 하지만 제대로 힘이 실리지 않거나 어설프게 막히면 무기가 부러지고 심각한 부상도 입는다.

위험하기 짝이 없는 공격 스킬이었음에도 불구하고 검치와 사범들은 과감하게 사용했다.

그러한 사정을 모르는 이들에게는 일검에 기사들이 목숨을 잃어버리게 하는, 엄청난 돌격력을 가진 실력자들로 느껴졌다.

"낄낄낄, 고기다!"

"밥을 먹었으니 낮잠이나 자 볼까?"

"여, 여자다. 다리 좀 봐. 죽이는데!"

"인생 뭐 있나. 한 놈씩 덤비면 헛갈리니 모조리 덤벼라!"

분검술로 늘어난 분신들도 기사단에 달려들었다.

분검술의 스킬 레벨이 오르다 보니 분신들도 말을 할 수 있었다.

평소 검치와 수련생들이 하던 말들을 지껄이면서 기사들을 향하여 검을 휘둘렀다.

"이런 천한 놈들이……."

기사들은 하벤 제국의 준귀족의 작위를 가졌다.

바리트 기사단의 명예와 긍지는 대단한 것이지만, 묻뺏죽 부대를 만나서 시원하게 털리고 있었다.

파투 성의 성벽에서는 군단장 반롬멜 이하 헤르메스 길드의 고레벨 유저들이 이를 지켜보고 있었다.

"놈들의 전력이 상당하군. 바리트 기사단으로는 부족하단 말인가."

"바리트 기사단이 더 위험해지기 전에 나머지 전력을 움직여야 할 것 같습니다."

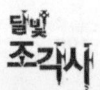

"즉시 동원하십시오."

르포이 평원에 8개의 기사단이 등장했다.

5군단장 휘하에 있는 제국 기사단.

묻뼛죽 부대의 완전한 섬멸을 위해 바리트 기사단이 싸우는 사이 포진을 마친 것이다.

"출진!"

기사단이 돌격을 시작했다.

반롬멜의 화염의 기사단은 붉은 갑옷을 입고 있었다.

갑옷에 부여된 마법의 효과 때문에 그들이 지나간 곳에는 화염의 길이 열리게 된다.

바리트 기사단을 뚫고 들어간 성문 앞에는 중장갑 보병들이 나와서 길을 막았다.

성벽에는 저격병들이 더 많이 배치되었다.

초반에는 상대방이 호락호락하게 여기고 더 가까이 오도록 일부만이 모습을 드러냈다.

검치와 수련생들이 둘러보니 온통 기사들!

하벤 제국군 중에서도 최정예들로 구성되어 있었다.

그들은 묻뼛죽 부대가 도망칠 것을 우려하여 기사단급으로만 구성된 포위망을 구성했다.

성벽의 저격병들도 이제는 바로 밑에 있는 묻뼛죽 부대를 향하여 일직선에 가깝게 화살을 쐈다.

"크억!"

검둘치의 어깨에 화살이 꽂혔다.
"둘치야."
"스승님, 괜찮습니다."
"아프지 않으냐?"
"스승님이 화나셨을 때 날리시는 따귀보단 십분의 일도 아프지 않습니다."
검치는 즐거움을 느꼈다.
이곳은 전쟁터다. 그가 살아오기를 소망했던 장소에 가깝다고 할 수 있다.
하벤 제국군은 그들이 도주할 것을 우려하여 포위망을 펼치고 있지만 어찌 적들을 놔두고 탈출할 수 있단 말인가.
"모두 들어라."
"예!"
"우리 한번 실컷 즐겨 보자."
"물론입니다!"
검치와 사범들, 수련생들은 끊임없이 밀려오는 적 기사단을 상대로 분투를 펼쳤다.
등 뒤에서는 화살이 쏟아지고, 중장갑 보병들이 진출하는 와중에 기사단의 돌격을 맞이한다.
최악의 배수진을 펼친 것과 다름없었지만, 약한 적들보다는 이런 전장에서 싸우기를 기꺼이 원했다.
수련생들이 10명, 20명씩 빠르게 죽어 나갔다. 사방에서

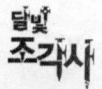

몰아치는 공격에 의하여 버틸 수가 없었던 것이다.

그리고 최후에까지 살아남은 건 검오치!

그는 사형들과 수련생들의 희생 덕분에 가장 오래 목숨을 부지했다.

묻뺏죽 부대를 몰살시키기 위하여 희생된 하벤 제국의 기사단도 무려 6,000명에 달했다.

검치나 수련생들의 무자비한 공격은 기사들로서도 버티기가 힘든 것이었기 때문이다.

반롬멜이 성벽 위에서 나타났다.

저격수와 기사단이 화살과 창을 들고 마지막 생존자인 검오치를 겨누었다.

"마지막 생존자여, 남기고 싶은 말은 없는가?"

반롬멜은 휘하의 자랑스러운 병력이 큰 타격을 입어서 속이 쓰렸다.

묻뺏죽 부대의 공격력이 이토록 뛰어난 줄 알았다면 정면 승부는 어떻게든 피했을 것이다.

그럼에도 마지막에 승자로서 멋진 마무리를 위하여 검오치에게 말을 걸었다.

검오치는 뼈드렁니를 드러내며 환하게 웃었다.

"재밌었다. 나중에 또 싸우자!"

헤르메스 길드는 제국의 주요 도시들에서 유저들을 모아 놓고 성대한 만찬을 열었다.

"하벤 제국에서 영원히 이어지게 될 영광을 위하여!"

"하벤 제국 만세!"

길드의 역량을 대대적으로 동원하여 어비스 나이트 반 호크를 해치운 것은 대단한 사건이었다.

보통 유저들은 쉽게 만나기도 힘든 고레벨들이 대거 동원되어서 코쿤 계곡에서 능력을 발휘했다.

위드의 모험은 혼자서 발버둥 치며 야금야금 해치우는 맛이 있다면, 헤르메스 길드에서는 다수의 고레벨 유저들을 바탕으로 탄탄한 전력을 보여 주면서 압승을 거뒀다.

이를 중계한 방송국들의 포장도 곁들여지면서, 헤르메스 길드의 전투 수행 능력에 대해서는 다들 의심할 여지가 없게 되었다.

어비스 나이트 소탕에 따라서 제국 내의 반란군, 저항군의 활동도 갑자기 위축되었고, 주민들도 연달아 말했다.

"마음에 드는 구석은 없지만 하벤 제국을 받아들여야 하지 않겠나."

"칼라모르 왕국도 이젠 옛말이 되어 버렸어. 하벤 제국의 통치가 앞으로 쭉 이어질 테니 그 속에서 적응해서 살아가야지. 혹시 아는가, 좋은 장사 기회가 생기게 될지."

정복 지역의 주민들도 태도가 약간 달라지면서 하벤 제국의 지배에 순응을 하는 것이다.

헤르메스 길드의 입장에서는 어비스 나이트가 출현한 것이 위기일 수 있었지만, 이를 완벽하게 극복해 냄으로써 도약의 기회로 만들었다.

◈

하벤 제국의 황궁에서는 건국 공신이라고 부를 수 있는 고레벨 유저들끼리의 연회가 열렸다.

이실리 지방의 최고급 브랜디와 이피아 섬의 위스키가 무제한 제공되었다.

헤르메스 길드에서도 한 지방의 영주이거나 레벨이 440을 넘지 못하면 연회에 참석할 자격이 주어지지 않았다.

"이젠 북부만이 남았군요."

"동부와 남부도 있습니다. 엠비뉴 교단이 쇠퇴하면서 동부와 남부도 상당히 욕심나는 음식이 되었습니다."

"그렇긴 하지요. 북부가 항복하면 동부와 남부는 더 쉽게 손에 들어올 것입니다."

동부의 로자임 왕국과 브렌트 왕국이 엠비뉴 교단으로부터 기사회생했다.

무너진 왕궁이 재건되고 주민들이 원래대로 돌아왔지만 예전의 성세까지는 되돌리지 못했다. 엠비뉴 교단에 의해 세라보그 성이 점령당하면서 동부의 유저들이 북부로 많이 이주해 버렸기 때문이다.

남부는 엠비뉴 교단도 진출을 하지 못했다. 사막의 전사들에게는 이글거리는 태양과 모래가 종교였다.

위드가 사막의 대제로서 모험을 하면서 남부에도 오아시스와 강을 바탕으로 도시들이 생겨났으니 하벤 제국에서는 당연히 이를 점령해야 할 대상으로 여겼다.

사막 전사들이 거칠다고는 해도 정식 군대를 파견한다면 어찌 저항을 할 수 있겠느냐는 느긋한 판단이었다.

헤르메스 길드는 엄청난 식성을 자랑하며 중앙 대륙에서 엘프의 숲과 드워프 왕국으로도 영역을 확대해 가고 있었다.

인간들의 왕국과 땅뿐만이 아니라 모든 곳에서의 통치를 하려고 했다.

그 결과는 세금으로 거두어들이는 천문학적인 부.

하벤 제국의 황궁에는 보석과 황금으로 된 치장이 나날이 늘어났다.

소수의 고레벨 유저들은 여유로운 라페이와 바드레이를 보며 그들끼리 조용히 속닥거렸다.

"그런데 북부에서의 전쟁은 확실히 이길 방법이 있답니까? 전력을 북부로 더 보내지 않고 이렇게 여유를 부려도 되

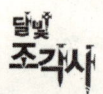

는 것인지."

"위드의 명성이 괜한 것은 아닙니다. 우리 헤르메스 길드도 예측하지 못한 반격에 약간은 피해를 입은 적이 있는데 말입니다."

"지골라스와 같은 경우는 상당히 골치가 아픈 것이기는 했습니다."

사람들은 고개를 가볍게 끄덕였다.

위드를 가볍게 여기는 것은 옳지 못하다. 물론 그렇다고 해도 귀찮을 뿐, 무섭게 생각하지도 않았다.

위드에게는 잡초처럼 짓밟혀도 되살아나는 근성이 있지만, 자신들은 헤르메스 길드다.

계란으로는 깨뜨릴 수 없는 난공불락의 요새이며, 대제국의 인구와 영토를 바탕으로 군사력이나 경제력에서 다른 이들은 따라잡을 수 없는 위업을 이루어 낸 것이다.

고레벨 유저 중에서 1명이 싱긋 웃었다.

페나툴!

그 역시 베르사 대륙에서 레벨로 상위 300명 안에 꼽힐 수 있을 정도의 랭커였다.

"어비스 나이트를 상대로 한 전투가 끝난 후 라페이가 그랬다는군요. 북부에서의 전쟁은 우리가 지려고 해도 질 수가 없게 되었다고요."

"그 말은……."

"세세한 계획이야 모르겠습니다만 능구렁이가 수십 마리는 들어 있다고 평가를 받는 라페이니까 실제로 그 말이 들어맞을 수밖에 없겠지요."

헤르메스 길드에서는 바드레이를 총수로 인정하고 그를 구심점으로 단단하게 뭉쳤다.

그러나 길드의 내외부 살림을 실질적으로 이끌어 온 라페이의 능력에 대해서도 의심을 하지 않았다. 라페이가 북부에서의 승리를 확신한다면 그만한 몇 가지의 준비쯤은 되어 있을 것이기 때문이다.

그리고 대지의 궁전을 정복하거나 부순다면 위드는 최후를 맞이하게 될 것이며, 더 이상 억지로라도 견줄 수 있는 경쟁 세력 자체가 존재하지 않게 된다.

베르사 대륙은 완벽하게 하벤 제국의 손에 들어오게 되는 것이다.

하벤 제국의 북부 정벌군.

그들은 군대를 정비하면서 대지의 궁전을 향해 진군하고 있었다.

이른 아침에 자욱하게 안개가 끼어 있는 페실 강. 양쪽을 연결하는 웅장한 알카사르의 다리는 엄청난 규모를 자랑했다.

헤르메스 길드의 유저들이 북부에 와서 가장 크게 놀란 것이 바로 이런 위대한 건축물이었다.

경제적으로는 중앙 대륙이 좀 더 풍요롭지만 이런 대작업은 벌이기가 어렵다. 막대한 돈과 인력, 시간이 필요하기 때문이다.

"이 강만 건너면 대지의 궁전이 눈에 보일 것입니다."

"전쟁을 위한 보급품의 준비도 넘칠 정도로 마쳐 놓았고… 사기도 드높습니다. 뭐, 승리만이 남았지요."

"병사들에게도 충분한 휴식을 주었으니 약간이라도 불안한 요소는 없어요."

헤르메스 길드의 군단장들은 위드가 대지의 궁전에 나타나고 나서 철저하게 군대를 다시 한 번 정비했다.

그동안의 전투로 쌓인 피로도 휴식으로 풀어 주고, 병장기도 보급품으로 가져온 새것으로 바꿔 주었다.

경기병과 기사에게는 마나석을 이용한 1회용 마법 물품까지도 지급했다. 비싼 가격 때문에 자주 쓰이지는 못해도 일단 가지고 있게 해 놓은 것이다.

바로 진군을 해서 전투를 치르고 싶었지만 이러한 업무를 진행하느라 하루하고도 반나절을 소모했다.

하지만 대지의 궁전에서 위드를 상대로 완벽하게 압도적인 승리를 만들어 내기 위한 준비라고 한다면 아까운 기분은 아니었다.

군대를 통솔하는 지휘관이라면 누구나 적은 전력으로 대군을 물리치는 꿈을 꾸곤 한다.

로열 로드의 세계에서는 훌륭한 기사 1명이 부하들을 이끌고 몇 배나 되는 적을 거침없이 격퇴하는 경우가 벌어지곤 했다.

물론 전투의 규모가 국가 간의 수준으로 커지게 되면 기사 몇 명에 의해 승패가 좌우되기란 쉽지 않지만, 그렇다고 해도 가끔씩 그런 전투가 일어나면 널리 알려지면서 소문이 퍼졌다.

방송까지 타게 된다면 지휘관이나 기사는 유명세를 떨칠 수도 있었다.

하지만 대부분의 숙련된 지휘관들은 부실한 전력으로 대군과 맞서는 쪽을 원하지 않는다.

어떤 훌륭하고 멋진 전술도 전쟁에서 확신을 줄 수는 없었다.

지휘관들은 더 많은 병력으로 작은 세력을 확실하게 제압하는 쪽에 서기를 원했다.

"게다가 어비스 나이트와 전쟁이 벌어지는 사이에 우리가 위드와 싸우면 안 되었지요. 수뇌부에서는 자신들이 받아야 마땅한 관심을 분산시켰다고 나쁘게 생각할 수가 있으니 말입니다."

"이번에는 우리가 주인공이 될 차례입니다."

어비스 나이트와의 전쟁이 결판나고 난 이후부터 북부 정벌군은 신속하게 진군을 했다.

날파리 떼처럼 덤벼드는 풀죽신교의 공격을 물리치면서 알카사르의 다리에까지 도착한 것이다.

"이 다리가 없었다면 꽤나 돌아가야 했을 텐데. 정말 다행입니다. 북부의 교통망이 발달한 덕을 보는군요."

"휴식을 취하게 했더니 병사들의 이동속도가 빠릅니다. 내일 저녁에는 대지의 궁전 부근까지만 가도록 하고, 본격적인 공성전은 그다음 날 아침부터 펼치는 편이 낫겠지요."

"공성 무기들도 조립해야 하니 병사들에게도 밤사이에는 휴식을 많이 줍시다. 위드의 지휘 능력을 감안하면 어떤 수작을 부릴지 모르니 사기를 최대로 올려놓는 편이 좋을 겁니다."

"며칠 후에는 대지의 궁전에서 축배를 들어야지요."

지휘관들은 기마대 병력을 1차로 알카사르의 다리로 올려 보냈다.

마차 열 대가 지나갈 수 있을 정도로 넓은 폭을 가진 다리이기 때문에 강을 건너는 것도 순식간에 끝날 것만 같았다.

정찰병 역할을 하는 기마대는 다리의 끝까지 달려가 보고 되돌아와서 보고했다.

"이상 없습니다. 적들은 전혀 보이지 않습니다."

"강물 속은?"

북부 유저들이 워낙 지독하다 보니 강물에 매복을 하고 있지 말란 법도 없다.

 "맑고 깨끗합니다. 물고기들이 꽤 보이는 게, 낚시를 하면 그만이겠더군요."

 "좋군. 그러면 2군단부터 가시죠."

 "먼저 가서 자리를 닦아 놓겠습니다."

 2군단은 방어에 적합한 중장갑 보병과 마법사로 구성되어 있었다. 그들이 먼저 강 반대편까지 가서 나머지 군대가 건너올 때까지 지역을 확보하는 역할을 맡게 될 것이다.

 이윽고 2군단이 다리를 건너가고 난 이후에 북부 정벌군의 본대가 움직였다.

 "1군단이 전투 물자를 같이 운반하도록 하십시오."

 "보급 부대의 마차들이 먼저 다리를 통과하도록 하죠."

 북부 정벌군에서 소모하는 헤아릴 수 없는 많은 물자들이 다리를 통해 반대편으로 이동해 갔다.

 위드와의 전쟁에 대비하여 더 많은 물자를 확보한 만큼 1군단이 이동하는 시간도 꽤나 길었다.

 본대의 병력 또한 마차 위에 십수 명씩 앉거나 걸어서 알카사르의 다리를 지나갔다.

 말이나 마차에 앉아 있는 헤르메스 길드의 유저들은 알카사르의 다리에서 보이는 강의 풍경에 적지 않게 감탄했다.

 "이런 큰 강에 다리가 있다니 말이야. 우리 하벤 제국이나

가능한 일일 것이라고 생각을 했는데 아르펜 왕국도 보통이 아니군."

"그러게 말이야. 이 다리는 꽤나 편하고 튼튼하게 잘 만들어졌어. 다리가 없었다면 북부로 여행하는 사람들이 상당히 멀리 돌아가거나 고생을 했겠는걸."

"그 덕에 우리도 이용하고, 좋잖아. 교통이나 기반 시설이 아무리 좋더라도 약한 자들은 누릴 권리가 없어. 군사력이 약하면 몽땅 빼앗기는 것이지."

"크크크, 우리가 헤르메스 길드 소속이라서 얼마나 다행인지 모르겠다니까."

헤르메스 길드의 유저들은 남들보다 강하다면 그만큼의 특혜를 누리는 것을 당연하게 생각했다.

베르사 대륙에서 패권을 잡기 위해서는 결국 힘으로 군림해야 하는 것이 아닌가.

"위대한 건축물이라더니 기둥마다 새겨진 장식들도 꽤 뛰어나긴 하군. 별로 눈에 들어오진 않지만."

"나중에 이 부근에 땅을 사 놓는다면 이득을 제법 보겠어. 중앙 대륙과 북부 사이의 교역이 왕성해지면 저 마을은 금방 커지겠지."

"약탈로 벌어 놓은 돈을 투자해서 상점을 차려 놓으면 두고두고 돈을 벌 수 있겠는데."

유셀린 마을의 불빛을 보며 헤르메스 길드의 유저들은 정복 이후의 달콤한 미래도 상상했다.

띠링!

> **알카사르의 다리를 건너셨습니다.**
> 페실 강을 연결해 주는 알카사르의 다리는 아르펜 왕국력 제1년에 완공되었습니다.
> 이동 중에 쌓인 피로가 완전히 회복됩니다.
> 체력의 최대치가 30% 이상 늘어나서 전투를 오랫동안 지속하거나 고된 일을 하더라도 몸살이 날 가능성이 줄어듭니다.
> 빠른 발걸음의 장화 스킬이 적용됩니다. 사흘간 험지에서의 이동속도가 감소하지 않습니다.
> 말을 타면 일주일 동안 최소한 중급 이상의 기마술을 발휘할 수 있게 됩니다.
> 특별한 장소를 경험하여 민첩이 영구적으로 2 오릅니다.
> 알카사르의 다리는 북부 대륙의 명물 중 하나입니다. 다른 대륙에 가서 이 놀라운 장소를 귀족에게 보고한다면 명성을 얻을 수 있습니다.

"오오, 죽이는데?"

"완전 훌륭해."

헤르메스 길드의 유저들은 크게 감탄했다.

위대한 건축물 알카사르의 다리.

총 건축비만 850만 골드에, 돌망치 건축가 조합에서 4개월이 넘는 기간 동안 공을 들여서 만들어 놓은 업적이었다.

"이 다리도 나중에 전부 우리 것이 되는 거지."

"고생만 실컷 해서 만들어 놓으면 힘으로 몽땅 독차지해 버리는 거니까, 정말 마음에 들어."

다리를 건너온 헤르메스 길드의 유저들은 대충 땅에 주저앉았다.

북부 정벌군의 본대는 아직 절반도 건너오지 못했다. 대군이 전부 강을 건너오려면 그래도 상당한 시간을 필요로 했다.

"근데 이 다리 무너지기라도 하면 대박이겠다."

"멍청아, 무너질 리가 있냐. 명색이 위대한 건축물인데 말이야."

"당연히 그렇겠지?"

쿠그그그그궁.

그 순간, 다리에서 신경을 거슬리는 커다란 소리가 났다.

"뭐, 뭐지?"

잡담을 나누고 있던 헤르메스 길드 유저들의 시선이 일제히 알카사르의 다리로 향했다.

그들은 소리 때문에 깜짝 놀라서 보았지만 아무 일도 벌어지지 않았다.

"잘못 들었나?"

"아냐. 틀림없이 들었다니까."

"나도 들었어. 무슨 돌끼리 비벼지는 소리 같은 것이었는데."

"어떤 바보가 마차로 충돌이라도 한 거야?"

"별거 아니겠지. 낮잠이나 한숨 자고 일어나면 되겠다."

유저들이 한가롭게 떠들고 있는데 알카사르의 다리에서

다시금 커다란 굉음이 1분 이상 길게 이어졌다.

"우리가 건너온 다리에서 소리가 나는 것 같은데."

"다리가 무슨 노래라도 부르는 거야?"

"그러면 재미있겠는데. 위대한 건축물이라니 그런 기능이 있을지도 모르지."

유저들은 이상해서 알카사르의 다리를 지켜보고 있었다. 그리고 뒤를 이어진 거짓말 같은 광경에 눈을 부릅떴다.

보통 거대한 건축물이 움직일 수 있을 거라는 생각은 절대 하지 못한다. 견고하고 웅장해서 언덕이나 산과 같은 지형처럼 느껴지기도 했다.

하지만 지금 그 상식이 여지없이 파괴되고 있었다.

중앙에 우뚝 서 있는 기둥에 균열이 발생하더니 강물로 무너지고, 다리를 연결하는 강철로 된 줄들은 가닥가닥 끊어진다.

넓은 페실 강을 연결하는 큰 다리가 파도처럼 출렁거리기 시작했다.

멀리서는 심한 출렁임이 발생하는 정도로 보였지만 알카사르의 다리에 있는 병력에게는 황당함과 공포 그 자체.

높은 파도가 치는 것처럼 다리가 오르락내리락하다가 조각나며 부서지고 있었다.

"으아악! 살려 줘!"

전투 물자를 실은 마차들이 휩쓸리다가 뒤엉켜서 다리 밑

으로 떨어질 뿐만 아니라, 병력 또한 추락하지 않고 버티기 위해서 무기를 버리고 돌출물들을 붙잡았다.

그리고 잠시 후 알카사르의 다리 전체가 기울어지더니 통째로 강으로 무너져 버리고 말았다.

"저거……."

"……."

강을 무사히 건넌 헤르메스 길드의 유저들이나, 아직 다리를 넘어가기 직전의 유저들이나 얼이 빠진 건 마찬가지.

불신과 당황으로 현실을 인정하기가 어려웠다.

"우리가 너무 한꺼번에 올라갔나?"

"이 다리 부실 공사였어?"

잠깐 동안 유저들은 이런 일이 왜 벌어졌는지조차 이해하지 못했다.

강을 건너지 않은 군단장들은 중간 지휘관들로부터 보고를 받아서 피해를 확인했다.

"강물에 빠진 것은 기사단 7개, 궁병 3만 8천 명, 그리고 부대 전체에 보급할 수 있는 전투 물자 엿새분 정도……."

"막대한 피해입니다."

"그렇지만 극복할 수 없는 것도 아니죠. 전투 물자의 재고도 넉넉하고 말입니다."

하벤 제국군은 포르우스 강을 넘는 진군로를 통해서 총 200만 명이 넘는 대군을 끌고 왔다.

북부 유저들의 거센 항전은 물론이고 점령한 영토의 관리까지도 염두에 둔 병력이라서 다리 붕괴에 따른 피해 정도는 감수할 수 있었다.

 강물에 빠진 헤르메스 길드의 유저들과 병사들이야 하류로 떠내려간다고 하더라도 헤엄을 쳐서 일부라도 돌아오기는 할 것이다.

 그럼에도 대부분의 전투에서 전승을 거둔 군단장들의 입맛을 쓰게 만들기는 충분했다.

"길드에 보고를 어떻게 해야 할지 모르겠습니다."

"우리가 입은 피해가 알려지는 건 시간문제지요. 이런 피해는 최대한 예측할 수 없었다는 점을 미리 강조해야 합니다."

"공을 인정받으려면 한시바삐 대지의 궁전을 철저히 파괴하고 전쟁에서 만회를 하는 수밖에 없어요."

 그러나 강을 건넌 하벤 제국군 약 15만 명과 헤르메스 길드의 유저들 2,000여 명처럼 분위기가 무겁고 심각하진 않았다.

-북부 정벌군의 본대와 단절되었습니다.
아군 부대의 재난을 지켜본 병사들이 심하게 동요합니다.
사기가 45% 감소합니다.
훈련도의 최대치가 일시적으로 22% 감소합니다.

 병사들의 훈련도와 사기 유지는 전쟁에는 필수적인 중요한 요소다.

훈련도가 낮으면 명령을 내려도 잘 듣지를 않고, 사기가 낮으면 대충 싸우다가 부대 전체가 도망을 쳐 버리는 경우마저도 허다하게 발생했다.

"이거 어떻게 되는 거야. 본대는 이제 이쪽으로 못 건너오는 거야?"

"그러면 우리도 저쪽으로 넘어가야 하지 않겠어?"

경치를 구경하며 알카사르의 다리를 느긋하게 건너왔던 헤르메스 길드 유저들의 등줄기가 갑자기 서늘해졌다.

북부로 와서 아직까지는 압도적인 승리만을 거두었다. 전쟁과는 상관없이 마을을 오가는 유저들도 마음껏 학살하고 다니며 행패를 부렸다.

사실상 북부의 경우에는 통치를 하더라도 얻을 것이 크진 않기에, 길드의 수뇌부에서도 철저한 파괴를 진행한 이후에 재건을 하도록 결정이 난 상태였다.

"야, 아무래도 불안한데."

"설마 지금 적이 나타나진 않겠지? 아마도 그럴 거야."

"그래도 설마……."

유저들이 불안한 대화를 나누고 있을 때였다.

저 멀리 평원이 들썩이고 있었다.

"우와아아아아! 진짜 다리가 무너졌다."

"헤르메스 길드에 복수를 하자!"

"간닷! 거기서 꼼짝 말고 있어라! 내가 바로 독버섯죽 부대의 톳쿵이다. 물론 내가 가더라도 별로 싸울 힘은 없지만 일단 가긴 간다!"

"벌써 일곱 번 죽은 톳쿵 님이 다시 오셨다!"

"톳쿵 님 안 밟도록 다들 조심하세요. 지난번에는 밟혀서 죽으셨어요!"

숨을 죽이고 있던 풀죽신교!

연전연패를 거듭하였음에도 불구하고 그들은 끈질겼다. 침략자들을 물리칠 수 있는 전력이 아니기에 실망도 하지 않았다.

헤르메스 길드에서 결성한 하벤 제국군은 강해서 무력으로는 자신들을 이기지만, 의지만큼은 꺾이고 싶지 않았다.

풀죽신교에서도 강성 단체인 독버섯죽 부대에서 만든 다양한 명언들이 있었다.

-못 먹으면 패배이고, 먹고 죽으면 승리다.

-인생은 열 사발의 독버섯죽과 같다. 오늘 안 먹으면 내일 먹어야 된다.

-용기는 도전 그 자체에서 나온다. 먹고 죽을 죽은 아직 많다.

-남기지 않고 깨끗이 먹었다면 그것으로 됐다.

독버섯죽 부대는 늘 선봉에 서며 풀죽신교의 구심점 역할을 확실하게 해냈다.

그들의 전멸이야말로 전투의 시작을 알리는 신호탄!

게다가 북부 유저들 중에서는 매일 삼시 세끼 풀죽을 마시는 원리주의자들까지도 나오고 있었는데, 성지인 아르펜 왕국과 위드는 그들에게 신앙과도 같았다.

헤르메스 길드에 대한 적대감은 당연히 최고였다.

"하필 이런 때에 저놈들이 오다니. 별거 아닌 놈들이지만 상황이 너무 안 좋잖아."

"다리 붕괴까지도 전부 계획하고 있었던 거 아냐?"

"설마 그렇게까지야……. 아니, 우연히 벌어진 게 아니라 진짜 그런 건가?"

그리고 독버섯죽과 함께 선봉에 서 있는 아르펜 왕국의 기사 유저들이 얼굴을 드러냈다.

"드디어 우리까지 나서는구나."

"이 순간을 얼마나 기다려 왔는지 몰라. 그 복수의 날이 오늘이다!"

아르펜 왕국에서 시작을 한 기사 유저들은 드높은 명예와 주민들과의 높은 친밀도를 가졌다.

국가와 관련된 퀘스트들을 쉽게 진행하며 공적치를 세울 수 있는 기회도 얻는다. 많은 특혜들을 누리면서, 평소에는 아르펜 왕국의 병사들과 함께 성장도 하고 퀘스트도 진행했다.

왕국이 커질수록 기사들은 이득을 얻지만, 또한 소속 왕국이 멸망이라도 한다면 모든 명예를 잃어버리고 투지까지 감소하는 불이익을 받았다.

왕국에서 전쟁이나 몬스터 토벌 등을 선포하였을 시에 참여하지 않으면 안 된다는 제약도 있었다.

상인이나 생산, 다른 전투 계열 직업들은 이주를 해 버리면 끝이지만, 기사 직업은 그 왕국에 마지막까지 충성을 다해야 했다.

한마디로 기사가 되면 국왕과 왕국의 운명을 같이해야 하는 복종의 의무가 생긴다.

아르펜 왕국은 침략을 당했음에도 불구하고 위드가 전쟁을 허락하지 않았다.

모든 왕권과 군대에 대한 최종적인 권한을 가진 위드가 국왕의 검을 내려서 왕국군을 이끌고 싸울 기사를 선정하지 않았기 때문이다.

기사 유저들은 그럼에도 개인적으로 나서서 싸웠지만, 상당수는 울분을 삼키며 각지에서 자신들의 병사들을 훈련시켜 왔다.

기사 1명이 몬스터가 득실거리는 던전이나 마굴로 100명 정도의 병사들을 데리고 들어가면 전체적인 전력을 상당히 빨리 성장시킬 수가 있다.

아르펜 왕국의 취약한 군사력을 향상시키기 위해서는 정예 병력이 필수적.

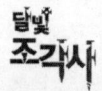

하지만 도저히 참지 못하고 일부 기사들끼리 뭉쳐서 기사단을 결성하고 싸우러 나왔다.

"벌레들이 날뛰어 봐야 달라질 게 있겠어? 밟혀 죽게 될 운명이지."

"발끝에도 닿지 못할 실력들 주제에 지겹게도 나타나는군."

헤르메스 길드에서는 적들이 나타난 것을 보며 비웃었다.

하벤 제국군의 사기가 떨어지기는 했지만 어쨌든 지금까지와 같이 맞서 싸워서 격퇴하면 된다.

하지만 평원에서 끊임없이 일어나는 흙먼지!

"하벤 제국을 격퇴하자!"

모두 이주한 것처럼 비워져 있던 유셀린 마을에서도 유저들이 쏟아져 나오기 시작했다.

여느 때와 같이 끝을 알 수 없는 인해전술이었다.

누구를 얼마만큼 싸워서 격퇴한다는 차원의 전쟁이 아니다. 바다가 옮겨 오는 것만 같은 풀죽신교의 공격이 시작되었다.

기사단과 독버섯죽의 후미에는 서윤도 있었다.

"언니, 언니는 내 뒤에 숨어요."

"이렇게까지 싸울 필요가 있을까? 넌 어차피 저들을 죽일 수는 없을 텐데."

"한몫이라도 거들어야죠. 그래야 반 친구들한테 자랑도

할 수 있다니까요."

 서윤도 하벤 제국과 싸우기 위해 죽순죽 부대에 속해서 왔다.

 '이거 조금 불리해지는 것 같은데.'
 '이 전투는 안 되겠다. 1,000명씩 죽여도 못 이겨.'
 '진형도 가다듬어지지 않았고 공격력도 부족해. 싸우다가 저놈들한테 파묻히겠는걸.'

 전쟁 경험이 많은 헤르메스 길드 유저들 중 일부는 슬그머니 강변으로 가까이 갔다.

 갑옷을 벗고 헤엄을 쳐서 강을 건너거나 할 속셈이었던 것이다.

 그러나 그들이 아직 알지 못하고 있을 뿐, 강물 깊은 곳에도 풀죽신교의 유저들이 있었다.

 꼬막죽, 해초죽 부대로 통하는 해녀 부대!

 그녀들은 작살을 양손에 들고 먹잇감들이 들어오기만을 기다렸다.

 또한 페실 강의 하류에도 유저들이 잔뜩 대기 중이었다.
 "여기에 있으면 쓸 만한 놈들 많이 걸려 드는 거 맞겠지?"
 "그럼요. 그 사람의 정보는 틀림없을 거라니까요."
 다크 게이머들.

 이득에 밝은 그들은 다크 게이머 연합에 오른 정보 글을 보고 몰려들었다.

누가 쓴 것인지 알 수 없도록 익명으로 올린 글에서는, 페실 강의 하류에 가서 기다리면 오늘 평소에 보기 어려운 헤르메스 길드의 유저들을 쉽게 사냥할 수 있다고 했다.

보통 익명 글은 믿기 어려운 경우가 많지만 이번에는 그렇지 않았다.

다크 게이머 연합에서 익명으로 꽤 오랜 기간 활동을 하며 따로 별명까지 있는 유저가 쓴 글이었다.

금벌레.

그는 비싼 무기나 보석을 얻었다는 사냥 후기 글이 있으면 항상 댓글을 남긴다.

-좋은 이야기와 사냥터 정보 잘 봤습니다. 현재 시세로 따지면… 그리고 바가지를 좀 씌우면 일당은 확실히 남겠는데요. 대단히 부럽네요.

-피자 큰 걸로 시켜 드실 수 있겠습니다.

-게오르그에서는 도자기를 구입하셔야죠. 무기 판 돈으로 그냥 돌아오지 마시고 도자기 사서 교역을 하세요. 시장 뒷골목 겻잠 상점에 가시면 원하시는 만큼 물건을 구할 수 있습니다. 단, 주인이 성질이 더러운 만큼 흥정에 주의하셔야 됩니다.

돈과 아이템에 대해서 꾸준한 견적을 뽑아내며 관심을 보이는 사람.

그가 남긴 댓글은 시세에 대해 다른 이들이 지적을 할 수 없을 정도로 정확했다.

가끔씩 잘못된 정보 글에 대해서는 그게 아니라는 식으로 보충 설명을 하기도 한다. 특히 몇 쿠퍼의 가격 차이에도 민감하게 반응을 하며 따지고 들었다.

현재 거래되는 장비들의 시세는 물론이고, 귀금속류나 예술품에 이르기까지 상세한 가격대를 알고 있는 자.

유저들에게 능숙하게 바가지를 씌우고, 어떤 고객에게는 어떤 말을 해야 좋을지에 대하여 함께 고민하는 사람.

다크 게이머 연합에서도 지속적으로 등급이 올라가서 신뢰도가 높은 사람이 확신을 갖고 글을 썼다.

-페실 강의 하류로 가서 기다리지 않는다면 오늘 일을 1년 정도는 후회하실 겁니다.

다크 게이머 중에서도 상위 10%의 등급만이 읽을 수 있는 비밀 글이었다.

"금벌레라면 친분은 없어도 믿을 수 있어. 최소한 손해 볼 일은 없으니 속는 셈 치고라도 가 보도록 할까."

"돈에 대해서는 왠지 우리 엄마보다 믿을 수 있는 녀석이

야."

 그리하여 약 600명에 달하는 최고 수준의 다크 게이머들이 하류 곳곳에 흩어져서 먹잇감들이 내려오기만을 기다리는 중이었다.

 "온다!"
 "저게 다 몇 명이야. 그야말로 대박이구나!"

풀죽 하늘 부대

위드와 사냥을 개시하고 나서 2시간 정도 만에 드는 생각.

'크게 떠들어 댄 것에 비해서는 뭐 그럭저럭이군. 전투 감각은 조금 있는데?'

'몬스터들이 정말 많군. 이런 장소만 골라서 연달아 찾아오다니, 사냥터 선정에 대해서는 해박한 지식을 갖고 있는 것 같다.'

사냥 5시간째.

'으아, 방금 정말 위험했다. 괜히 용맹을 앞세운다고 적들 사이에 뛰어들어서 생명력이 간당간당했는데 저 사제 덕분에 간신히 살았어. 너무 무리하는 건 아닌가?'

'몬스터들의 특성상 위험할 뻔했는데… 과연 암살자인 나

는 어디서든 잘 살아갈 수 있어.'

사냥 9시간째.

'죽을 위기를 두 번이나 연속으로 넘겼다. 사냥터들이 무슨 전철 노선도 아니고, 어쩜 이렇게 연속해서 이어져 있는 것이지? 쉬고 싶다. 피로도도 엄청나게 올랐는데. 대검이 너무 무겁군. 슬슬 쉴 때가 지나지 않았나?'

'이렇게 긴 시간 사냥에 전념한 건 처음이다. 머릿속이 어지러워. 암살자? 지겹다. 대충 단검이나 휘두르고 싸우자.'

사냥 13시간째.

'이 사냥 파티의 구성은 기가 막힐 정도다. 각자 맡은 임무를 끝까지 수행하는 기계야, 기계. 지금까지 나는 정말 편하고 행복하게 살아왔구나.'

'사냥이란 무엇인가. 암살자란 직업은 과연 사회에 도움이 되며 존경의 대상일까. 나는 누구? 여기는 어디?'

던전과 던전이 이어지고, 이동하는 중간에도 몬스터 무리와 만나서 싸운다.

몬스터와의 전투가 단순 노동 작업처럼 느껴지고 있었다.

파이톤과 남자는 중간에 자존심을 제쳐 놓고 말했다.

"조금만 쉬다가 하세."

"이렇게 모인 것도 인연이라고 할 수 있는데, 잠깐 휴식을 취하면서 대화라도 나누지요."

위드는 그럴 때마다 아무렇지도 않다는 듯이 말했다.

"조금만 더 하면 되니까 우선 던전 정리를 해 놓고 편하게 쉬죠."

"그렇게 할까?"

"뭐, 다 끝나 가니까 사냥 속도를 조금 더 올리겠습니다."

"…그러는 편이 좋겠지."

그 말에 넘어가서 2시간이 넘도록 사냥을 했다.

보스 몬스터까지 잡고 나서는 전부 기진맥진하고 말았다.

지금까지 체력과 피로도의 하락은 알베론의 신성 마법으로 약간씩이나마 보완이 되었다. 정상 체력의 불과 20%까지만 채울 수 있었지만, 그걸로도 억지로 몸을 끌고 사냥을 할 수는 있었다.

상쾌한 기분까지 드는 신성 마법이 이토록 증오스럽고 혐오스러운 느낌은 처음.

파이톤과 남자는 땅에 주저앉아서 땀에 흠뻑 젖은 서로의 얼굴을 보며 말했다.

"선택의 여지가 없이 이제 정말 쉬어야겠군. 생명력도 거의 없어."

"고생하셨습니다. 전부 겨우 살아남았군요. 공부를 이렇게 한다면 명문대에 들어가는 수준이 아니라 노벨상이라도 받을 수 있을 것 같습니다."

"정말 농담이 아니야. 우리는 인간의 한계를 극복하고 있어."

위드는 땅에 앉지도 않았다. 조각 파괴술로 얻은 체력은 아직도 남아돌았다.

인간인 이상 전투를 오래 하다 보면 정신적인 피곤함을 느낄 수도 있다. 하지만 그건 위드에게는 해당되지 않는 이야기였다.

레벨을 복구하고 시간 조각술을 빨리 터득해야 하는 마당에 무슨 휴식이란 말인가.

"여긴 축축하고 어둡군요. 바로 옆에 던전이 있는데, 그곳은 쾌적한 편입니다. 거기에서 쉬도록 하죠."

파이톤과 남자는 정말 일어서고 싶지 않았다. 어떤 핑계를 대야 할지 머릿속으로 궁리하고 있던 찰나였다.

"편안한 장소에서 식사도 하며 오랫동안 푹 쉬어야 쉰 거 같지 않겠습니까? 고된 사냥 이후의 꿀 같은 휴식이지요."

"끄응."

오랫동안 쉴 수가 있다 하니 억지로 몸을 일으키는 두 사람이었다.

그리고 다음 지하 던전에 도착했다.

사막의 강렬한 햇빛이 군데군데 들어와서 밝고 서늘한 기운이 흐르기까지 했다.

무더운 여름에 은행을 발견한 기분.

파이톤과 남자는 평평한 바위를 찾아서 엉덩이를 붙이고 앉으려고 했다.

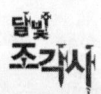

"참, 제가 깜박한 사실이 있는데, 별로 중요한 건 아니라서……. 이제 말씀을 드려야겠습니다."

"뭔가?"

"이 던전에는 몬스터들이 많이 모여서 살아갑니다. 근처에 풍부한 식수원과 먹잇감이라도 있는 모양이지요."

"그런데?"

파이톤은 시시콜콜 이야기를 하고 싶지도 않았다. 적당히 쉬고 낮잠을 자고 나서 이후에 벌어질 일들은 그때 처리하면 되지 않겠는가!

지긋지긋하기까지 한 몬스터에 대해 쓸데없는 말을 늘어놓는 위드가 원망스럽기까지 했다.

"근데 성격이 배타적입니다."

"배타적이라면?"

"침입자를 굉장히 싫어하죠. 그리고 나름 지성이 있기 때문에……."

카앙! 카앙! 카앙!

커다란 뼈다귀들을 부딪쳐서 내는 소리가 던전 내에 울렸다.

"저런 식으로 알리고 나서 부족 전체가 침입자들을 격퇴하러 몰려올 겁니다."

그리고 파이톤과 남자는 던전 가득 몰려오는 푸른색 몬스터들을 볼 수 있었다.

휴식 끝, 전투 시작!

이번 던전에는 몬스터들이 어찌나 많은지 사냥, 사냥, 사냥이 계속 이어졌다.

'속았구나.'

'저놈은 악마다.'

몬스터를 다 해치우기 전까지는 누울 수도 없었다.

몇 시간에 걸친 전투를 간신히 마무리하고 도끼를 내팽개치고 땅에 주저앉았다.

"더 이상은 못 해!"

"좀 쉽시다, 인간적으로 우리!"

두 사람은 누가 먼저라고 할 것도 없이 파업을 선언했다.

위드가 어떤 말을 하더라도 더 이상은 사냥에 따라나서지 않을 결심이었다.

"그렇다면 참 아쉽군요. 저희는 바빠서 기다릴 수가 없으니 다음 사냥터로 가겠습니다."

"그러거나 말거나, 우린 쉴 테니 내버려 두고 어서 가시게."

파이톤은 사냥이 지겨웠다.

아무리 재미있는 일도 오래 하면 지치는 법이다.

위드와 함께하는 사냥은 극도의 효율성을 추구하며, 대화를 나누거나 쉬는 시간 따위는 주지도 않는 기계적인 반복 작업의 결정체였다.

"그럼 나중에 모라타에서 뵙죠."

"잘 가게. 나중에 모라타에서… 응?"

파이톤은 말을 하다가 어딘가 이상한 것을 알아차렸다.

이곳은 남부 어딘가의 사막. 그리고 모라타는 북부의 중심이다.

두 사람의 시선에 위드가 이빨을 드러내며 사람 좋은 척 웃고 있는 게 보였다.

악마가 필요에 의해서 웃어야 한다면 딱 저런 표정일 것이다.

"모라타까지 돌아가는 길은 아시죠?"

"모르는데. 유감스럽게도 여기가 어디쯤인지도 알지 못하네만."

"가장 가까운 마을은 저쪽 방향으로 사막을 열흘 정도 걸으면 됩니다. 중간에 물은 구할 수가 없을 테니 가지고 있는 물을 아껴 마시면서 부지런히 걸어야겠죠."

"열흘 안에 도착하지 못하면 목이 말라서 죽는 건가?"

"햇볕이 워낙에 강하니까요. 모래 때문에 발목까지 푹푹 빠지는 뜨거운 사막에서 걸어가기가 쉽진 않겠죠. 무리를 이루어서 배회하는 몬스터들이 인간을 참 좋아하는데… 계속 덤벼들 겁니다."

"……"

"그리고 도시가 있었던 것도 몇백 년 전이라서 장담은 못하겠습니다. 어쨌든 운 좋게 도시로 들어간다면, 그 후에도 사막을 좀 건너고 산도 넘고 물도 지나고 하다 보면 언젠가는 모라타에 도착하겠죠. 여기까지 와서 이렇게 작별이라니. 나중에 모라타에서 뵙겠습니다."

악마의 협박!

사냥에 계속 동참하지 않으면 버려두고 간다는 뜻이지 않은가.

주로 엄마들이 떼쓰는 아이들을 상대로 하는 방식이었지만, 그 말을 하는 사람이 위드이다 보니 단순한 협박으로는 느껴지지 않았다.

"이렇게 야비하고 비겁하게……."

남부 사막까지 굳이 멀리 온 것도 어쩌면 이 모든 일련의 상황들을 예상하고 끌고 온 것이 아닐까 하는 생각이 파이톤의 뇌리를 스쳐 지나갔다.

더운 사막 지역에 있는데도 온몸에 소름이 돋을 정도로 악독하기까지 한 계획이었다.

"잠깐 쉬었으니까 그냥 계속 사냥을 가시죠? 고진감래라는 말도 있듯이, 사냥을 하다 보면 스킬도 오르고 경험치도 얻지 않습니까. 전리품도 획득할 수 있으니 일석삼조죠."

별로 공감은 되지 않지만 뜨거운 열사의 사막을 하염없이 걷고 싶진 않아서 둘은 어쩔 수 없이 일어났다.

그렇게 사냥터를 전전하며 정신과 육체, 모두가 피곤해졌다.

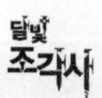

눈이 감기고, 입이 벌어져서 침을 흘리면서도 버텨야 했다.

파이톤이나 남자나, 평소에 자신들이 어디에서 명령을 받거나 누구 밑에서 일하기에 적합한 성격은 아니라고 생각했다.

'인간은 별게 없어. 굴리면 다 구르는구나.'

'내 몸이 갈수록 적응하고 있어.'

사람들의 극찬을 받는 위드의 지휘 능력에 대해서도 이해를 했다.

부하들이나 동료들이나, 이 정도로 비틀어서 쥐어짜다 보면 다 적응하고 성장을 해 가는 것이다.

처절한 사냥을 지속하면서 그 악독함 때문에라도 위드를 함부로 대할 수도 없게 되었다.

'알베론이라는 사제는 교황 후보인 데다 과거의 인연이나 공헌도 때문에 위드를 적극적으로 따르는 성격이니 그렇다고 치고, 페일이라고 했나? 저 사람은 왜 얌전한 거지?'

'페일이라는 궁수도 우리와 같은 처지일 텐데, 이런 사냥을 하면서 항의 한번 하지를 않아?'

파이톤과 남자는 동질감, 혹은 집단 항의를 위해서라도 페일을 같은 편으로 두고 싶었다.

페일 역시 궁수로서 웬만해서는 보기 어려운 탁월하고 대단한 실력을 갖고 있었다.

처음부터 존재감과 말이 별로 없던 페일이라서 관심을 두지 않았는데, 계속 옆에 있으니 같은 편으로 만들면 위드에게 단체로 저항을 할 수 있겠다 싶었다.

그러나 페일의 얼굴을 본 순간, 둘은 고개를 흔들어야 했다.

'틀렸어. 벌써 맛이 갔어.'

'사람이 열흘간 말린 생선 눈빛을 하고 있다니…….'

"승리다!"

"풀죽, 풀죽, 풀죽!"

"모든 북부 유저들이여, 마음껏 환호하자!"

"캬아! 하벤 제국 놈들을 때리던 그 손맛이란, 실로 끝내주는군."

페실 강가에서의 압도적인 대승!

풀죽신교 내부의 연락망을 통해 북부의 구석구석까지도 전해지면서 환호의 함성이 터져 나왔다.

"이거 섣부른 생각이지만, 진짜 우리가 하벤 제국의 침략을 물리치는 거 아니야?"

"북부가 전부 뭉친다면 당연히 막아 낼 수 있는 거지."

일반 유저들은 아르펜 왕국에 고마움을 느끼면서도 전쟁은 안 될 거라는 생각을 가졌다. 풀죽신교의 연전연패를 냉정하게 지켜보니 하벤 제국이 과연 강하다는 평가를 내렸던 것이다.

 중앙 대륙에서 이주해 온 유저들의 경우에는 직간접적으로 하벤 제국의 강력함을 알고 있었기에 더더욱 섣불리 덤벼들지 못했다.

 그런 까닭에 북부 전체가 전쟁으로 들썩이는 와중에도 가만히 평소대로 생활하는 유저들도 절반이 넘을 만큼 아주 많았다.

 그러나 이제 갓 로열 로드에 빠져든 초보자들이나, 전쟁과 관련이 없는 직업들도 더 많이 풀죽신교의 전투단에 동참할 수 있었다.

 그리고…….

 "삐약! 그쪽 제대로 줄 맞춰라."

 "째재잭!"

 "다들 날개 간격으로 흩어져라, 구구구!"

 천공의 섬 라비아스.

 지상에서는 까마득하게만 보이는 조인족의 도시에도 풀죽신교는 퍼져 있었다.

 라비아스에 방문하는 일반 유저들도 매우 많았지만, 조인족을 선택하게 된 유저들은 초창기에 심각한 고민을 했다.

 -조인족을 하더라도 풀죽신교에 가입을 할 수 있나요?
 -조인족의 부리 구조상 죽을 먹기에는 불편함이 많을 것 같은데

어떤 해결책이 있습니까? 조인족은 꼭 고르고 싶은데 죽도 먹고 싶고… 미치겠습니다.

-조인족은 어떤 풀죽신교 지부에 가입해야 됩니까? 설마 지렁이죽 같은 건 아닐 테죠?

조인족은 대륙의 땅 위에서 살아가지 않는다.

자유롭게 대륙을 오갈 수 있는 넓은 생활 반경을 가지고 있으며 지치지 않고 바다까지도 나아갔다.

초기에는 멋모르고 바다 위를 날아다니다가 힘이 빠져서 바다에 떨어져서 목숨도 많이 잃었다.

비행에는 큰 매력이 있어서, 날개를 펼치고 나면 땅에 내려앉기가 싫어졌다.

아침 해가 떠오를 무렵부터 날기 시작하여 밤하늘의 별들을 보며 날갯짓하는 그 상쾌한 기분은 조인족만이 누릴 수 있는 행복이었다.

섬이나 암초를 발견하면 잠깐씩 쉬어 가며 물고기도 잡아먹으면서 자유를 누린다.

그렇지만 어떤 지지대도 없는 망망대해에서는 영락없이 죽음을 경험하게 된다.

그런 죽음으로 점철된 선배 조인족의 탐험 끝에 안정된 비행경로를 찾아낼 수가 있었고, 바다 위를 누비며 다니는 선박들도 늘어나서 뱃머리에서도 여유롭게 쉬었다.

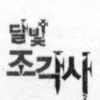

선원들이 던져 주는 물고기들을 받아먹으면서 높은 곳에서 항해 방향을 알려 주었다.

북부에서 행복하게 살아가던 조인족 유저들은 기꺼이 하벤 제국과의 전쟁을 시작하기로 했다. 아르펜 왕국과 풀죽신교, 북부 유저들의 문화와 정신에 동화되었기 때문이다.

라비아스의 광장에는 맨바닥과 나뭇가지에 수십만 마리의 조인족이 내려앉았다. 그리고 공중에도 떠 있었다.

하늘에서 땅으로 내려오는 조인족의 특성상 몸 위로 떨어져서 엉키거나 할 수도 있었지만, 정확히 날개 간격으로 서 있었다.

"우리는 자랑스러운 라비아스의 조인족이다, 짹짹!"

"풀죽!"

"우리 조인족은 정의를 실천하며, 약한 이들을 보살필 줄 안다."

"풀죽!"

"단단한 발톱과 뾰족한 부리는 적들을 공격할 것이며, 우리의 자랑거리인 날개는 승리를 안겨 줄 것이다."

"풀죽!"

"자, 이제 우리는 새로운 전투단을 창설한다. 우리의 이름은 풀죽 하늘부대다!"

"풀죽! 풀죽!"

풀죽 하늘부대의 창설!

지상뿐만이 아니라 하늘을 제압할 수 있는 새로운 전투부대가 결성되는 순간이었다.

조인족은 먼 거리를 신속하게 이동할 수 있으며, 요새와 같은 지형지물에도 제약을 받지 않는 특성이 있다.

조인족이 본격적으로 날개를 펼치고 바람을 타면 지상의 구조물들을 무용지물로 만들며, 궁수나 마법사가 모여 있는 후방 부대를 실컷 괴롭히는 것도 가능했다.

하지만 조인족은 경험에 의해 자신들의 태생적인 한계도 잘 알았다.

전쟁에서는 하늘을 활용할 줄 아는 조인족이 한없이 유리할 것 같지만 또 그렇지만도 않았다.

하늘을 날아다닐 때는 신속하지만 바로 그렇기 때문에 공중으로 쏘아지는 무작위의 공격을 알고 피하기란 어렵다.

그냥 하늘로 대충 쏜 화살 한 발에 조인족이 스스로 날아와서 맞아 죽는 것이다.

전투가 벌어지다 보면 주의를 하더라도 매우 자주 발생하게 되는 중대한 약점이었다.

갑옷을 입는 게 원천적으로 불가능한 종족이기 때문에 방어력도 정말 약했다.

조인족의 공격 수단인 부리는 인간의 방패를 뚫지 못하며, 갑옷을 입은 병사들을 상대로도 그다지 결정적이지는 못하다.

몇 차례를 쪼아 대더라도 상대가 죽지 않고 버티다가 간단한 반격이라도 가하면 순식간에 역으로 위험해질 수 있는 것이다.

조인족이 활을 쓴다면 전쟁에서 치명적인 전략 부대로 활용이 가능할 것 같다고 생각하기 쉽다. 하지만 화살을 적에게 맞힐 수 있는 공격 범위까지 들어가게 되면 마찬가지로 장거리 마법의 사정거리에 속하게 된다.

모든 마법들이 원거리 공격력을 갖는 건 아니지만 화살과 비슷한 형태로 나아가는 파이어 볼트, 선더볼트, 아이스 볼트 등의 마법은 유효 공격 거리가 매우 길었다.

하늘을 난다는 건 아주 섬세한 작업이라서 날개에 부상을 입거나 깃털이 타 버리면 그대로 땅에 추락한다.

-레벨이 40밖에 안 되는데… 뱀도 징그럽고 무서워서 아직 못 잡아먹어 봤어요.
-전 둥지 밖으로 나가지도 못하고 있어요. 저랑 같이 시작한 동기는 접속률이 낮아서 아직 알이에요.
-고소공포증이 있는 제가 조인족을 골랐는데 어떻게 하죠. 하늘을 날면 미쳐 버릴 것 같은데요.

조인족은 신생 종족인 만큼 강한 이들이 드물기에 전쟁을 잘 수행할 수 있을지가 더욱 걱정되었다.

하지만 이러한 약점도 곧 인간 유저들의 합류로 극복했다.

"여러분이 싸우실 필요는 없습니다. 우리를 적 진영에 떨어뜨려 주기만 하면 됩니다!"

"적들을 향해 돌격하는 것도 질렸어요. 아예 적들이 가득 차 있는 곳에서 싸우면 훨씬 편합니다."

"뭐, 목숨이야 상관하지 않겠습니다. 멋지게 죽는 것으로도 충분하죠. 저는 독버섯죽이니까요."

북부의 유저들은 조인족에게 자신들을 발톱으로 잡아서 적 진영에 내려 달라고 했다.

이들 역시 아주 강하지는 않지만, 그렇더라도 거리와 지형의 제약을 넘어서 마법사와 같은 전략 부대를 공중에서 습격한다면 큰 피해를 줄 수 있다.

또한 적들의 방어선을 넘어서 점령당한 지역을 다시 빼앗기에도 효과적이었다.

용맹으로 무장한 풀죽 공수부대의 창설이었다.

페실 강에서 벌어진 사태는 헤르메스 길드에도 상당한 심리적인 충격을 안겨 주었다.

제국 전체에서 어비스 나이트와의 승리를 축하하기 위한 연회가 벌어지는 와중에 들려온, 흥이 왕창 깨지는 소식이었다.

하벤 제국의 절대적인 위엄에 손상이 가는 사건이 벌어지고 말았다.

"곤란하게 되었습니다. 지금 이와 같은 시기에 그처럼 안 좋은 사건이라니요."

라페이의 부드러운 말에 전쟁을 담당하는 수뇌부는 한마디도 하지 못했다.

지략으로 헤르메스 길드를 이끌어 온 라페이는 아직까지 한 번의 실수도 만들지 않았다.

물론 인간이 앞으로 벌어지게 될 모든 결과를 예측한다는 것은 불가능한 일. 어쩌다가 길드에 손해가 발생하더라도 얼마 후면 수십 배의 이득을 거두었으니 전체적으로 보면 성공만 거둔 셈이다.

라페이가 길드에 미치는 영향력은 그동안 절대적이었다.

길드의 모든 무력은 바드레이를 중심으로 짜여 있지만 그 그물을 다루는 사람은 다름 아닌 라페이다.

많은 사람들은 라페이와 바드레이가 서로 갈라서고 난 이후를 걱정하기도 했다. 각자 추종자들이 있기 때문에 두 사람의 알력은 헤르메스 길드의 분열으로 이어지게 된다.

하지만 바드레이도 라페이도 자신들에 대해서 너무나도 잘 알았다.

바드레이는 빛나는 태양과도 같은 존재다.

어둠이 없으면 태양이 빛나더라도 오래가지 못한다.
라페이 역시 무력 집단을 이끌기보다는 그들의 힘을 가지고 이용해서 더 큰 것을 얻어 내는 것을 잘했다.
서로 상대방을 필요로 하다 보니 거대한 권력을 쥐고도 분열이 발생하지 않았다.
물론 사람이 살다 보면 예측하지 못한 일들이 자주 벌어지는 만큼 둘이 적대할 수 있는 가능성도 충분히 있었다.
하지만 로열 로드는 사실 한 사람이 먹기에는 너무나도 큰 먹이다.
단 1명의 황제가 만들어질 것이라는 로열 로드.
그러나 끝을 모르는 유저들의 유입으로 인하여 그 가치는 하늘을 찌른다 해도 좋을 정도였다.
섣부른 분열로 헤르메스 길드와 하벤 제국의 전력을 약화시키기보다는 안정된 오랜 통치가 가져다주는 이득이 훨씬 더 크다.
라페이와 바드레이는 그 점에서 서로 공감대를 형성했고, 상대방을 믿었다.
'그는 바보가 아니다. 나를 밀어내지 않는 편이 이익이란 걸 안다. 이미 그는 황제 자리뿐 아니라 거의 모든 것을 다 가졌으니……'
'나보다도 똑똑해. 라페이가 없었다면 헤르메스 길드는 이렇게 빨리 이 자리에까지 올라오지 못했겠지. 라페이를 몰아

낸다면 그만큼 길드도 약해진다. 길드의 약점을 속속들이 아는 그가 다른 세력에 들어간다면… 위험하다.'

아군이라도 함부로 믿을 수는 없는 세계.

잠깐씩 유혹이 들더라도 감정을 추스르고 조금만 생각을 해 본다면 상대방과 함께 가는 편이 훨씬 낫다는 걸 느끼게 된다.

마음을 잘 이해하고 있다 보니 서로가 배신을 생각하지 않는다.

그리고 현재는 헤르메스 길드에 어마어마한 제안도 들어왔다.

상상조차 되지 않는 금액의 투자!

헤르메스 길드가 앞으로 로열 로드에서 거두어들일 금전과 권력의 일부를 바탕으로 터무니없는 액수의 투자 제의가 들어온 것이다.

"그런데 그들의 제안이 정말일까?"

"물론입니다."

"그렇게까지는 생각을 못 해 봤는데. 너무나도 많은 돈이라서… 오히려 잘 믿기지가 않아."

"헤르메스 길드가 커지면서 약간은 이와 비슷한 제의가 올 수도 있으리라 생각은 했습니다. 이런 액수까지야 예상을 못 했지만요."

"받아들여야 되겠지?"

"금액상으로는 불만이 없습니다. 하지만 그들이 내민 손을 바로 잡아 줄 필요는 없겠지요. 조금은 우리에게 더 유리하도록 협의를 해 볼 예정입니다."

"지금의 제안으로도 판을 깨지는 않는 게 좋을 것 같다."

"그 점도 충분히 고려하고 있습니다."

라페이와 바드레이 그리고 핵심 수뇌부 몇 명은 제안을 거부할 수 없었다.

돈의 유혹.

10억, 20억 정도의 돈이라면 그들도 자신들의 가치를 잘 알고 있기 때문에 우습게 여길 수 있겠지만, 고작 그 정도의 규모가 아니다. 단위가 몇 개는 다른 수준인 것이다.

돈에 의해서 운명이 바뀔 수 있는 상황이기 때문에 그와 관련된 협상에 모든 신경을 곤두세우고 있었다.

금액과 계약 조건, 법적인 부분까지도 따져야 했으니 라페이와 바드레이가 핵심 수뇌부와 함께 신경을 쓰는 것도 당연했다.

"그런데 건축가들이라니, 별일이 다 있군요."

"전쟁에서 패배한 건 아니니까요. 뭐, 패배할 리도 없겠지만……."

예상치 못한 사태가 벌어졌기에 헤르메스 길드의 일반 유저들은 수뇌부의 눈치만 보았다.

그들이 어찌 대처하느냐에 따라서 북부로 추가적인 출병

이 이루어지리라.

 그런데 수뇌부의 회의가 소집되어도 별다른 방침이 결정되진 않았다.

 군사적으로 밀린 것도 아니고, 그저 예상치 못한 사건이 벌어진 것에 불과하다. 막대한 인원과 물자를 북부에 쏟아부어야 할 필요성을 느끼지는 못했다.

 완벽한 승리를 위해서 추가적으로 군대를 보내기로 할 수도 있겠지만, 라페이와 수뇌부는 그렇게까지 하기에는 자존심이 상한다고 생각했다.

 여기서 북부로 더 많은 병력을 보낸다면 대외적으로 헤르메스 길드가 불안하게 느낀다고 보일 수도 있는데, 지금은 그럴 시기가 아니다.

 또한 페실 강을 연결하는 다리가 무너진 이상 대군이 건너가는 데에도 며칠 이상의 시간이 필요하기에 지켜보기로 했다.

 "평소라면 적들의 움직임을 완벽하게 파악하고 있었을 텐데 정보대를 다른 쪽으로 쓰다 보니 이런 일도 벌어지는군요."

 "정보대가 헤르메스 길드의 자랑거리라고는 해도 파견한 인원이 북부 전체에 퍼져 있다 보니 그물망처럼 모든 걸 알아차릴 정도로 세세하게는 안 되었겠죠."

 "건축가들이라서 정보대에서도 관심을 갖지 못했을 것입니다."

"하기야 건축가 따위가… 전쟁에서 별 쓸모도 없었죠. 감히 우리 제국을 침략해서 성공을 거둔 이들이 없어서 요새를 축성하지 않아도 되었고요."

모든 정복 계획을 수립하는 수뇌부에서는 북부 전쟁에 대해서도 수없이 검토해 보고 확실한 승리로 결론을 내렸다.

위드의 예측하기 어려운 변수들을 감안하더라도 이미 벌어진 전력 차가 너무 어마어마했다.

모험과 전쟁은 틀림없이 다르다.

패배를 하려고 해도 그것조차 쉽지 않을 정도의 강력한 군대가 출정을 나갔다.

수뇌부에서는 비밀리에 북부의 실질적인 힘을 약화시킬 다른 작업도 준비를 하고 있어서 더 마음을 놓았다.

라페이는 북부의 전쟁에 대해서 결론을 내렸다.

"위드와의 전쟁은 며칠 내로 벌어질 것입니다. 그리고 우린 패배할 수 없습니다. 지금까지의 다른 전쟁들과 마찬가지로 완벽한 승리로 끝나고, 아르펜 왕국의 궁전은 파괴되고 북부 대륙 역시 우리의 지배하에 들어올 것입니다."

"현재까지 포섭한 인원은, 죽순죽에서는 890명 정도입니다."

"죽순죽은 별 가치가 없지 않습니까?"

"레벨은 낮아도 특별히 영향력과 신망이 있는 이들을 위주로 추렸고, 특히 광부와 상인 같은 비전투 계열들이 다수 포함되었습니다."

"그렇다면 쓸모가 있겠군요. 버섯죽은 상황이 어떻지요?"

"레벨 350대를 기준으로 그보다 상위인 유저들에게 개별적으로 접촉하여 포섭이 완료되어 갑니다. 미리 사전 작업을 실시해서 성공률이 높아 약 2,000여 명쯤 됩니다."

"대추죽과 도토리죽은 지속적인 작업을 진행 중인데, 보안을 유지하기 위해 포섭된 이들을 통한 소개를 위주로 하고 있습니다."

하벤 제국의 정보대는 북부에서 맹활약을 펼치고 있었다.

그들은 음지에서 살아가며 대륙 정복을 위한 정보 수집과 사전 작업을 진행한다.

정보대에 속한 유저는 명성을 높일 만한 퀘스트를 진행해도 안 되며, 헤르메스 길드 내에서 다른 사람들과 친분을 깊게 다져서도 안 된다.

여러모로 제약이 많은 직업이지만 길드 내에서 그만한 물품과 금화, 추후의 직위를 보상으로 약속받고 활동했다.

하벤 제국의 정보대에서 입수한 북부 유저들에 대한 상세한 정보와 핵심 인물 포섭 작업은 정복을 위한 큰 그림을 그리는 데 사용되었다.

"그런데 고작 북부와의 전쟁을 위해서 이렇게 많은 대가를 약속하고 포섭을 할 필요는 없지 않습니까?"

"수뇌부에서는 정복 이후의 통치를 감안한 것 같습니다. 아무래도 북부는 저항이 심할 테니 하벤 제국에서 직접 통치를 하기보다는 우리의 앞잡이를 놓아두는 것이지요."

"그래도 반란이 일어나는 걸 막진 못할 텐데요."

"군대를 이용하여 즉시 진압합니다. 그보다도, 앞으로는 포섭 작업은 축소하고 가능한 많은 정보대원들을 대지의 궁전으로 이동시키라는 수뇌부의 명령입니다."

"대지의 궁전이라면 위드가 있는……."

"이미 헤르메스 길드의 암살단이 대지의 궁전으로 잠입하고 있습니다. 전쟁이 벌어지게 되면 그들과 협력하여 위드를 척살하는 것이 목표입니다."

헤르메스 길드에서는 위드가 대지의 궁전에서 벌어질 전투에 나타난다면 목숨을 빼앗을 계획이었다.

전쟁에서 뼈저린 패배와 죽음을 경험하게 해 주는 것이 가장 확실하지만, 위드가 불리해지면 미꾸라지처럼 빠져나가지 말란 법이 없다.

위드는 확실히 어떤 어려운 상황에서도 생존력만큼은 뛰어나다는 점을 누구나 인식하고 있었다.

조각술 최후의 비기 퀘스트마저도 성공한 위드가 빠져나가서 북부를 돌아다닌다면 그것도 나름대로 귀찮은 일이 된다.

헤르메스 길드에서는 가능하면 전쟁 중에 군대를 통해서 위드를 척살하고, 여의치 않으면 대대적인 암살자들의 투입으로 해결을 보기로 했다.

전쟁에 투입된 하벤 제국의 병력이 엄청난 만큼 어느 쪽이든 위드의 죽음은 결정되어 있는 것이나 다름없다고 보았다.

"후후후."

던전 사냥을 하고 있던 위드에게도 예상대로 페실 강의 작업이 성공적으로 마무리되었다는 소식이 전해졌다.

유셀린의 선술집에서 강가를 지켜보던 마판이 귓속말로 알려 준 것이다.

"여러분, 오랜만에 기쁜 소식입니다."

"뭐요."

파이톤은 땅에 주저앉아서 물었다.

불굴의 체력을 가진 위드를 따라다니다 보니 하루 만에 완전히 녹초가 되었다.

그들이 힘이 빠지면 위드는 앞장서서 싸우면서 몇 배나 되는 몬스터들을 해치웠다. 조각 파괴술로 예술 스텟을 체력으로 몽땅 몰아 놓은 만큼 지치지도 않고 팔팔했다.

동료들을 지키기 위해, 포위한 몬스터에게 두들겨 맞아도 높은 생명력을 바탕으로 저돌적으로 싸웠다.

파이톤과 남자는 입가에 악마 같은 미소를 지으며 맹렬한 공격을 퍼붓는 위드를 보면서 질릴 만큼 질리고 말았다.

"하벤 제국군의 북부 정벌군이 페실 강에서 큰 타격을 입었다고 합니다."

"오, 축하드리오."

"좋은 소식이군요."

파이톤과 남자는 건성으로 대꾸를 했다.

그들도 헤르메스 길드가 이끄는 하벤 제국을 밉상으로 생각했다. 실질적으로 중앙 대륙에서 그들과 약간씩 마찰을 경험하기도 했다.

그렇지만 위드가 잘되었다니 왠지 모르게 상한 치킨을 먹었을 때처럼 창자가 꼬이는 기분이었다.

위드가 밝게 웃으며 말했다.

"그들이 페실 강을 쉽게 건너지는 못할 겁니다. 우리에게 사냥을 할 수 있는 며칠의 시간이 더 주어진 것 같습니다."

안색이 하얗게 질리는 세 사람.

파이톤과 남자만이 아니라, 페일조차도 그러한 사태에 대해서는 감당할 마음의 준비가 되어 있지 않았다.

페일이 힘겹게 이야기했다.

"그러면 여유가 있으니 앞으로는 쉬엄쉬엄해도……."

"기회가 찾아왔군요. 사막의 가능한 모든 던전들을 쓸어

버릴 수 있을 것 같습니다."

"……."

위드는 그렇게 사냥 동료들을 끌고 던전을 정복하느라 여념이 없었다.

사막의 던전들은 거의 독차지하고 있었으니, 고기 뷔페를 능가하는 던전 뷔페!

반 호크와 토리도를 소환해서 철저히 부려 먹고, 약간 까다로운 던전은 조각 소환술로 누렁이와 금인이도 데려왔다.

어떤 던전이든 필요한 맞춤 전력을 즉각 보충할 수 있는 시스템이었다.

하지만 이제부터는 사냥의 중간중간 필요에 의해 넉넉하게 휴식도 취했다.

알베론의 신성 마법이 있더라도, 그리고 영양가 만점의 맛있는 요리를 먹더라도 체력이 버틸 수 있는 한계가 있다. 사막 지역에서는 특히 체력이 약해지면 몸살을 앓을 수 있기 때문에 피로를 잘 관리해야 했다.

"다 먹고살자고 하는 일이니까요. 3시간 동안 휴식을 취하겠습니다. 식사도 하시고, 편하게 누워서 쉬세요."

위드의 말에 다들 그 자리에 널브러졌다.

어느새 페일도 동병상련의 입장에서 파이톤과 남자와 함께 잘 어울렸다.

"3시간이면 제법 쉴 수 있겠는데요."

"그러게나 말이오. 이게 웬 떡인지."

"아마 자기도 하다 보니 좀 질렸을 겁니다. 인간이니까요."

그렇게 3명이 대화를 나누며 쉬고 있는 동안에 위드는 조각칼을 꺼냈다.

필요한 조각 재료는 근처에 널려 있는 모래를 활용했다.

사막의 모래를 쌓아서 굳히면서 만드는, 시간과 자연의 조각품.

모래로 형성된 조각품들이 시간 조각술의 효과에 의해 조금씩 깎이고 무너져 내렸다.

절대적인 대제왕

사막 지역을 통합한 위대한 대제왕의 조각품이다.
사막에서 살아가는 모든 부족들은 이 조각상 앞에서 경배하지 않을 수 없으리라.
예술적 가치 : 54.

"음, 이곳에서는 내 조각품을 위주로 만들면 충분하겠군. 계속 우려먹다가 질리면 부하들을 하나씩 조각하는 것도 괜찮겠지. 근데 부하들이 어떻게 생겼더라?"

전일, 전이 등, 부하로 거느렸던 사막 전사들의 얼굴을 떠올려 보려고 해도 잘 기억이 나지 않았다.

벌써 다 써먹고 단물이 쏙 빠진 후였기 때문!

위드는 조각 파괴술을 이용하여 전투를 하고, 스킬의 효과

가 끝나고 난 휴식 시간에는 조각품을 깎았다.

 밥도 짓고, 검과 방어구도 손질하며, 조각품도 깎아야 했으니 휴식이 없었다.

 지켜보는 이들이 혀를 내두르게 할 정도의 노가다의 강행군이었다.

 그렇게 하루, 이틀 시간이 흘렀다.

 현실에서의 식사와 화장실 출입, 4시간의 정기적인 수면 외에는 사냥과 조각술 스킬의 숙련도를 위하여 순전히 로열로드에 몰두했다.

 사냥 동료들이 접속하지 않더라도 조각 생명체와 다니거나 조각품을 깎을 수 있으니 쉬어야 할 이유가 없었다.

 전쟁이 벌어지기 전에 시간 조각술을 달성하느냐 마느냐에 따라서 너무나도 결정적인 차이가 날 수 있다.

 하지만 조각술 최후의 비기인 만큼 숙련도는 눈곱처럼 조금씩 오르고 있었다.

 "할 수 있는 데까지 해 보자. 노가다야말로 예술의 꽃이니까! 오늘 노가다를 좀 더 하면 목표를 달성하는 데 하루의 시간을 줄일 수 있어."

 하벤 제국의 북부 정벌군도 페실 강을 건너기 위하여 고군분투를 했다.

 만약 페실 강을 우회한다면 지금까지 정복한 지역보다도 훨씬 먼 거리를 돌아가야 한다.

"초대형 뗏목 수천 개를 보내서 일제히 건너도록 합시다. 강의 반대편을 장악하고 나면 하루 내에 모든 병력이 건너갈 수 있을 것입니다."

군단장들은 그렇게 결정을 했다.

강을 건너기 위해서는 뗏목을 만들어야 했기에 근처의 두꺼운 나무들을 벌목하기 위해 부대들을 파견했다.

힘 좋은 기사들이 있었기에 나무를 벌목하여 뗏목을 만드는 것 정도는 어렵지 않은 목표라고 생각했다.

"여기 숲이 있었던 것 같은데……."

"아니, 저 산의 나무들은 다 어디로 간 것입니까?"

벌목을 하러 나온 기사대는 황당해했다.

진군을 해 오면서 지나쳤던 수많은 산과 숲이 몽땅 사라졌다. 나무가 심겨 있던 장소에는 무언가에 심하게 파헤쳐지기라도 한 듯한 흔적만 남아 있었다.

"이게 아무래도 이상한데… 주위를 좀 둘러봅시다."

허탕을 치고 이대로 돌아갈 수는 없었기에 기사대는 수색을 실시했다. 그리고 한참을 돌아다닌 끝에 나무들을 발견할 수 있었다.

나무들은 뿌리를 다리처럼 이용하며 먼 곳으로 걸어가고 있었다.

이런 짓을 벌일 수 있는 것은 엘프들!

북부의 엘프 유저들이 나무들을 먼 곳으로 옮겨 버리고 있

는 것이었다.
"이런! 어서 엘프들을 죽이고, 본대에도 보고를 해라!"
북부 정벌군에서는 나무를 구하기 위해서 예상보다 더 많은 시간을 써야 했다.
결국 페실 강으로 나무를 운반해 와서 뗏목들을 조립하는 데에도 닷새나 걸렸다.
그렇다고 강을 바로 건널 수 있는 것도 아니었다. 하필이면 비가 내려서 강물이 불어나는 바람에 하루하고도 반나절을 더 기다렸다.
"이것은 정말……."
"우리에게는 불운이로군요."
헤르메스 길드의 유저들은 원망스럽다는 듯이 하늘을 봤다.
당장 강을 건너갈 생각을 하고 있었기에 천막까지도 짐으로 따로 챙겨 놓아서 병사들이 비바람에 그대로 노출되었다.
"병사들의 사기가 하락할 텐데요."
"그보단 체력 저하나 병이 생겨나는 것이 더 걱정입니다."
지휘관이 되어서 병사들로 가득한 군단을 이끄는 느낌은 놀라울 정도였다. 자신이 지휘하는 몇만 명의 병사라면 어떤 성이라도 정복을 시도할 수가 있는 것이다.
하물며 북부 정벌군이라는 명예와 자긍심이라면 말할 것도 없다.

알카사르의 다리가 무너지고 난 이후로 사소한 문제들이 계속 발목을 잡으니 군단장들도 인내심이 점점 줄어들었다.

비가 완전히 그치고 난 이후 구름 한 점 없이 맑은 날씨가 되었다. 하벤 제국의 북부 정벌군은 뗏목을 타고 페실 강을 건넜다.

1회의 상륙을 마치고 나서 북부의 유저들이 필사적으로 덤벼들었지만, 마법사와 기사, 궁수 등으로 이루어진 최고의 정예들은 무사히 버텨 내었다.

전투가 벌어지는 사이에 2차, 3차 상륙이 이루어지면서 안정화 작업에 성공.

불리한 지형으로 인해 8만에 달하는 병력 피해를 입었지만 노력 끝에 군대와 보급 물자들이 전부 강을 넘어갔다.

대제왕의 퀘스트

위드는 사막에서의 사냥으로 레벨을 올려서 422가 되었다.

믿을 수 없을 정도로 빠른 성장으로, 던전에서의 경험치 2배의 혜택도 봤지만 그만큼 부지런하게 사냥을 했던 것이다.

시간 조각술도 초급 6레벨이 되었다.

대작이나 명작까지는 아니지만 걸작이 3개나 나온 결과였다.

"흠, 정말 스킬 레벨이 빨리 오르지를 않는군."

조각품에만 전념을 하더라도 쉬운 게 아닌데 잃어버린 레벨을 복구하기 위해서 사냥도 해야 하니 최선을 다해도 한계가 있었다.

"이럴 때 바로 끝나면서 보상은 큰 퀘스트가 하나 있으면 좋을 텐데."

 보급과 전리품의 판매를 위해서 오아시스와 강 주변에 번창한 사막 도시들에도 한 번씩 방문을 했다.

 "멋진 전리품들을 많이 가져오셨군. 그대야말로 전사 중의 전사라고 할 수 있소."

 "목걸이로 만들면 기가 막힌 이 상아의 가격은 얼마만큼 쳐주시겠습니까."

 "상아라면 찾는 사람이 많아서 800골드 정도는 쳐 드리지."

 "기왕 쓰시는 김에 200골드만 더 쳐주시죠. 제가 이미 다 가공을 해 왔습니다."

 "정말 훌륭한 세공품이오. 그대의 뜻이 그렇다면 그 정도 가격은 인정을 해 주는 게 옳겠지. 앞으로 계속 거래만 해 주시오."

 위드는 사막 도시 상인들과도 친분을 다졌다.

 번창한 사막 도시는 중앙 대륙이나 북부와는 전혀 다른 문화로 성장했다.

 상체를 벗고 다니는 강인한 전사들의 고향.

 물 담배를 피우며, 사치품과 예술 시장이 발달했다.

 위드가 사막의 대제로서 남겨 놓은 몇 개의 조각품이 도시의 보물처럼 그대로 간직되어 오고 있었다.

 팔로스 제국의 흔적도 고스란히 남았다.

 중앙 대륙에서 약탈한 다양한 귀중품들이 도시 귀금속 시장에서 거래되었다.

"인구는 늘어났지만 경제적으로는 성장하는 데 한계가 있군."

위드는 사막 도시를 돌아다녀 보고 나서 한숨을 쉬었다.

한때나마 자신의 흔적이 남아 있다 보니 앞으로 사막 지역도 발전을 거듭하기를 바랐다.

하지만 사막의 특성상 교통이 편리하지도 않고, 농장이나 광산 개발도 이루어지지 못한다. 도시들도 오아시스와 강을 반드시 끼고 있어야 했기에 더 이상 확장이 이루어지지 않았다.

과거에 사막 지역에 비를 내리게 하면서 비옥한 곡창지대를 만들어 놓았는데 그것마저도 현재는 물이 메말라서 경작 범위가 많이 줄어들었다.

버려진 땅과 도시들은 몬스터가 들끓는 폐허로 남았다.

특수작물 재배는 엄두도 내지 못하고, 고작해야 밀과 보리, 쌀과 같은 곡물들을 키워서 식량을 해결하고 있었다.

양과 낙타를 키우는 유목민들은 여전히 정처 없이 떠돌아다닌다.

역사적인 팔로스 제국의 흔적으로 인해 사치품 시장이 발달해서 값비싼 물품들이 많았지만 앞으로의 전망이 결코 밝지만은 않았다.

"먹고살 거리가 없어. 청년 실업의 문제를 극복하지 못한 전형적인 모습이라고 할까. 그나마 전사들이 사냥을 해서 돈이 돌아가는 구조군. 용병 산업 정도만이 그대로 유지되고 있어."

사막 도시에 들어가 보면 숱한 이야기들을 들을 수 있었다.

"팔로스 제국의 보물에 대해서 관심이 있는가? 내 솔깃한 정보를 가지고 있는데, 듣고 싶다면 2,000골드만 내게."

제국의 보물!

파이톤과 남자는 솔깃했지만, 위드와 페일은 무덤덤했다.

북부로 상당량 빼돌려지긴 했지만 팔로스 제국의 보물이 다른 장소에도 어느 정도는 묻혀 있을 것이다. 문제는, 그 보물의 양과 가치만큼이나 찾아내는 어려움이 보통이 아닐 것이라는 점이다.

북부에서의 발굴 작업도 지지부진한 이 마당에 새롭게 보물을 탐색하기란 무리였다.

"으음, 사막의 대제왕 위드. 그분의 전설은 우리 사막의 아이들이 매일 듣고 자라는 것이지. 우리 어머니께서도 나에게 밤마다 이야기를 하셨다오."

"어떤 내용입니까?"

위드는 자신의 평판이 어떻게 변해 있을지가 궁금했다.

"사막의 대제왕은 철혈의 피가 흐르는 분이었소. 이 사막을 완벽하게 평정하고 나서 대륙으로 진출하는 대단히 큰 업적을 남기셨지. 그분이 건국한 팔로스 제국 시대는 우리 사막인들의 역사에서는 황금기라고 부를 수 있다오."

"정말 훌륭하신 분이군요."

사막 도시를 들어가면 위드의 입가에는 흐뭇한 미소가 감돌았다. 후인들 사이에서 칭찬이 자자하니 나쁠 건 없지 않은가.

방문한 사막 도시에 유저들은 상당히 드물었다.

역사가 새로 쓰이며 남부도 다른 지역에 비할 바는 아니지만 어느 정도 번창을 하게 되었다. 그럼에도 아직은 중앙 대륙과 인접하고 날씨가 덜 더운 지역에만 유저들이 많은 편이었다.

위드가 다른 사냥 동료들과 함께 있는 장소는 어지간한 레벨로는 마음 놓고 돌아다닐 수가 없었다.

그럼에도 가끔씩 만나는 유저들마다 고개를 가볍게 숙여서 인사를 하면서 지나갔다.

끝없는 모래를 걸어서 고요의 사막과 가까운 도시까지 오기는 쉽지 않다. 어려움을 뚫고 이곳까지 온 유저들은 레벨이 높은 모험가들이거나 전사들이었다.

"자네는 꽤나 경험이 많은 모험가처럼 보이는군. 사막에 잠들어 있는 뜨거운 유산을 찾는 도전을 시작해 보지 않을텐가? 별로 어려운 건 없다네. 가볍게 목숨을 걸면 되지."

도시의 노인들은 위드를 보면 가끔 그런 말을 던졌다.

위드의 과거, 사막의 대제왕이 남긴 유산을 찾는 연계 퀘스트로 이어지게 될 소지가 높은 것들.

"됐습니다."

"쉿, 그러지 말고 자네에게만 알려 주도록 하지. 이 광활한 사막에는 부족들이 뿔뿔이 흩어져 있어. 이들을 하나로 묶고 어딘가에 있을 대제왕의 흔적을 찾아낸다면 부와 명예, 권력, 그 모든 것을……."

"관심 없다니까요!"

퀘스트는 도전해 볼 만하긴 했다.

연계 퀘스트를 해결하면서 맞닥뜨리는 고난도, 무엇이 무서울 것인가. 조각술의 비기들, 시간 조각술만 쓸 수 있게 된다면 어떤 퀘스트에서도 발군의 성과를 낼 수 있었다.

사막의 비밀들.

도시의 흔적이나 전사들의 매장터, 과거에 알아냈던 몬스터에 대한 정보들이 지금은 대여섯 번씩 우려낼 수 있는 사골 국물처럼 귀중한 자산이 되었다.

다만 하벤 제국의 북부 정벌군과 싸울 시간이 다가오고 있기 때문에 사냥을 통해서 레벨을 올리는 데 충실해야 했다.

—하벤 제국군이 페실 강을 모두 건넜습니다.

—북부의 유저들이 기습을 감행했지만 별 피해는 입히지 못했습니다.

—하벤 제국군 놈들이 잔뜩 독기가 오른 모양인데요. 북부

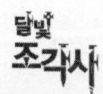

유저들이 보이기만 하면 지역 전체를 초토화시킬 정도의 마법 공격을 가하고 있습니다.

-대지의 궁전에서 약 10킬로미터 앞까지 진출했습니다. 병사들이 속보로 이동하면 2~3시간 안에 도착 가능합니다.

-놈들이 진군을 멈추고 공성 무기를 조립 중입니다. 대형 공성 무기만 약 400개 이상입니다. 한눈에 다 안 보일 정도입니다. 대장관이에요!

마판이 정기적으로 현재 상황을 간추려서 보고해 주었다.

대지의 궁전을 향한 북부 정벌군의 위협은 갈수록 심각해지고 있었다.

며칠이 지난 후, 이제는 도저히 사막에서 떠나지 않을 수가 없게 되었다.

"이런 날이 결국 오는군."

위드는 가볍게 한숨을 내쉬었다.

헤르메스 길드에 대한 원한은 손톱까지 사무칠 정도였다.

"갈수록 서민들만 팍팍해지는 이 세상. 삼겹살도 마음 놓고 못 먹고, 과일값은 수시로 오르고, 전기세는 호시탐탐 올릴 기회만 노리고 있지."

사과와 배 가격이 오른 것도 헤르메스 길드 탓!

"아쉽지만 대지의 궁전으로 가야겠습니다."

위드가 드디어 사냥 종료를 선언했다.

'드디어 끝이다.'

'이 시간이 진정 오다니, 믿기지가 않는다.'

'아싸.'

파이톤, 남자, 페일은 만세를 부르고 싶었지만 얼굴색을 딱딱하게 굳혔다.

너무 기뻐하는 모습을 보인다면 다시 사냥을 하자고 할지도 모를 일이지 않은가.

첫날은 정말 지옥과도 같았지만, 다음 날부터는 조각품을 깎느라 약간은 해방되었다. 그럼에도 모래바람을 맞으며 던전을 헤매는 일은 경험해 본 것 중에서 최악이었다.

가장 나이가 많은 파이톤이 헛기침을 하며 말했다.

"바쁜 일이 생겼으면 어서 가야지. 자, 빨리 돌아가세나."

"유린이는 잠시 후에 올 겁니다. 그 전에 떠날 준비를 하지요."

그들은 사막 도시를 돌아다니며 사냥을 통해 벌어들인 돈을 투자했다.

그림 이동술로는 많은 물건들을 운반하지 못한다. 그렇기에 전리품들도 팔아서 보석으로 바꾸고 나서 집과 땅, 상점을 샀다.

사막 도시는 아직 집값이 저렴했다.

앞으로도 이곳까지 와서 살아갈 사람들은 제한적일 것이므로 이득을 크게 거둘 수는 없으리라.

하지만 사냥터만큼은 최고 중의 최고였다.

묻어 놓는 셈 치고 투자를 해 놓으면 훗날 언젠가 다시 사냥을 하러 올 수도 있지 않겠는가.

'다시는 안 와.'

'여길 또 오면 사람 새끼가 아니지.'

'늙어서 흙집에도 내가 안 산다.'

유린이 도착하자, 그들은 대지의 궁전으로 떠나갔다.

대지의그림자.

은링, 벤, 엘릭스로 구성된 베르사 대륙 최고의 모험가 파티는 발할라 신전에서부터 시작된 연계 퀘스트를 진행하였다.

그 과정에서 엠비뉴 교단을 만천하에 드러나게 했지만, 그들을 몰아내는 데 공헌도 하였다.

엠비뉴 교단이 그림자 속에서 완전한 준비를 갖추기 전에 일찌감치 세상에 부각되게 하고, 신앙심을 강화시키는 신물들을 찾아내고 파괴해 왔던 것이다.

문제라면 그들이 어떤 모험을 하고 있는지 주민들은 물론이고 유저들도 까맣게 모른다는 것이었다.

최종적으로 메타페이아에서 엠비뉴 신의 다섯 번째 팔, 지진을 일으키는 엠비뉴의 철퇴까지도 찾아내어서 영원히 끓는 용암 속에 던져서 파괴했다.

"엠비뉴 교단에 대해서 물어봤는가? 그게 무엇인데? 우리처럼 불쌍한 사람을 돕는 집단인가 보우?"

"으음, 엠비뉴 교단이라. 마침 배가 고픈데 빵이라도 좀 사 주면 그들에 대해서 자세히 알려 주도록 하지. 그들은 생선을 아주 좋아하는 단체라오."

"은링, 벤, 엘릭스라는 이름을 가지고 있다고 했는가? 오래전에 들어 본 적이 있군. 요즘에 그들이 뭐 하고 있는지는 모르지. 어디에서 땅이라도 파고 있나?"

대륙을 파괴하며 떠들썩하게 사고를 쳤던 엠비뉴 교단은 그 흔적마저도 대부분 사라지고 난 후였다.

모험가들은 자신의 업적이 알려지지 않으면 심한 좌절감과 부당함을 느낀다.

"으이구, 우리는 1년 동안이나 헛수고를 하면서 돌아다녔군."

"엠비뉴 교단이 싹 사라져서 다행이기는 한데, 정작 우리가 한 건 아무것도 아니게 되었네요."

"다른 모험을 해야 하는데, 기운이 빠져서 그냥 푹 쉬고 싶소."

대지의그림자는 휴양지에나 가서 휴식을 취하려고 했다.

발할라 교단의 연계 퀘스트를 따라다니면서 사냥과 탐험은 지긋지긋하게 했다. 여유롭게 시간을 보내면서 재충전의

시간을 가지려고 했다.

"쓸 만한 낙타를 구하신다고?"

"네. 빠르지 않아도 되니 말을 잘 듣고 튼튼한 놈으로 주세요."

"우리 사막 지역에서는 쌍봉낙타가 최고지. 가격은 좀 비싸지만 어디든 갈 것이오."

"그 녀석으로 주세요."

대지의그림자 파티는 메타페이아에서의 퀘스트를 완료하고 사막 지역에 있었다.

그들은 낙타를 구해서 사막 지역을 벗어나려고 했다.

"떠난다니 아쉽구려. 뭐, 이제 갈 사람들이니 필요 없겠지만, 그래도 솔깃한 이야기가 있는데 들어 보시겠소?"

강렬한 퀘스트의 느낌!

은링은 지쳐서 관심도 없었지만 모험가의 습관으로 들어는 보자고 판단했다. 어떤 정보라도 들어서 해가 될 것은 없었기 때문이다.

중요한 이야기까지는 아니더라도 도시 내에서 물건을 싸게 살 수 있는 가게라도 알려 준다면, 다른 도시로 이동을 하면서 교역으로 짭짤하게 돈을 벌 수 있었다.

"우리 사막의 사람들은 원한과 은혜를 잊지 않지. 가끔 우리는 생각을 해 본다오, 사막의 대제왕인 위드 님께서 나타나지 않았다면 우린 과연 어떻게 살고 있었을지."

"아, 위드 님요."

은링은 맥 빠진 소리를 냈다.

다른 유저들은 위드를 모험가로서 우러른다.

모든 불가능했던 퀘스트의 해결사이며 어떤 역경도 돌파하니 대단하게 보는 것도 당연했다.

아르펜 왕국이 위기에 빠져 있고 개인적인 전투 능력은 바드레이에게 밀리지만, 퀘스트에서만큼은 누구나 최고로 인정을 했다.

그 부분이 모험을 전문으로 하는 대지의그림자 파티에는 씁쓸하기 그지없었다.

실력 부족이 아니라, 발할라 교단의 연계 퀘스트만 아니었다면 충분히 그 이상의 업적을 달성할 수 있었다고 믿고 있기 때문이다.

현지의 주민들은 어디에서나 위드를 칭송하고 있었다.

은링은 뒤로 돌아섰다.

"시간만 낭비했네. 어서 가요."

엘릭스와 벤의 표정도 좋지 않았다.

사막에까지 와서 헛수고를 한 마당에 이런 말까지 들어야 하다니!

낙타 상인이 떠나려는 그들의 등 뒤에서 말했다.

"대제왕께서는 역사적으로 위대한 업적인 팔로스 제국을 건국하셨지만 우리 사막에서 살아가는 인간들은 거룩한 권

능으로 탄생시킨 강물과 오아시스들을 더욱 감사하게 생각하고 있소. 부모님과 우리, 그리고 아이들이 마실 물의 고마움이 어떠한 것인지는, 사막에서 살아 본 적이 없다면 알지 못하겠지."

"네네, 그런데 저희는 바빠서 이만……."

"그 생명줄이 점점 메말라 가고 있소. 위대한 대제왕의 유산도 허락된 수명을 다해 가고 있는 것이지. 그리하여 사막은 지금 아주 거대한 위기에 휩싸이게 되었소. 줄어드는 오아시스와 메마르는 강줄기. 대제왕에 의해 극적으로 통합되었던 사막 부족들은 생존을 위해서 다시금 서로를 증오하고 있지. 사막 전체를 휘몰아치게 될 피의 모래바람이 일어나기 직전이라고 할 수 있소."

은령과 엘릭스, 벤의 발길이 뚝 멎었다.

아무래도 역시 퀘스트의 느낌이 강렬했다. 듣지 않고 떠나기에는 모험가의 본능이 몸을 붙잡았다.

돌아서서 눈치를 보던 그들 중에서 은령이 조심스럽게 말했다.

"물이 부족해져서 부족들 간에 큰 싸움이 벌어지는 건가요?"

사막 부족들 간의 싸움이라면 곧 지역 전체를 둘러싼 전쟁으로 커질 수 있다.

위드의 모험으로 인해 사막 지역의 인구도 상당히 많아졌기 때문에 그것은 보통 일이 아니리라.

당장 사막에서 활동하는 유저들이 위험해지고, 생필품의 가격이 급등하게 될 것이다.

"낙타의 발자국도 하루가 지나면 모래바람에 완전히 지워지듯이, 이대로라면 조만간 예정된 일이나 다름이 없다오. 몇 번의 해가 뜨고 지고 나면 앞으로 살아갈 수 있는 자와, 발자국이 모래에 뒤덮이듯이 사라지게 될 자들이 결정 나겠지."

"양보하고 참으면 좋을 텐데요."

"우리도 바보는 아니오. 이런 싸움이 우리 모두를 파괴한다는 걸 잘 알고 있지. 어렵게 세워진 도시들과 문명을 지워버리게 되겠지. 하지만 물은 절대로 양보할 수 있는 재산 같은 것이 아니지. 지금처럼 부족들끼리의 감정이 격해지게 되면 해결할 수단은 오직 전쟁뿐."

숙련된 모험가들은 주민들의 말을 그냥 흘려듣지 않는다.

'규모가 클 것 같아.'

'으음, 이런 퀘스트를 원했지.'

'전쟁을 막아 내고, 사막 부족들을 평화롭게 만들라는 부흥 퀘스트일까? 단순하면서도 어려울지도.'

그리고 앞으로의 이어지게 될 말을 기다렸다.

"우리 사막 부족들끼리의 전쟁을 막는 것은 단 한 가지의 방법뿐일 것이오. 전설 속에서나 나올 법한 이야기가 되겠지만, 사막 전체를 하나로 통합하고 이끌 대제왕이 등장을 하는 것이오."

"네엣?"

"대제왕께서 이 사막에 남겨 놓은 장비들과 힘의 유산을 찾아서 그분의 후예가 되는 것이지."

벤이 눈치를 보며 말했다.

"말씀만 들어도 상당히 어렵겠습니다. 대제왕의 유산이라면 그 가치도 엄청날 테고요."

전쟁의 시대 당시에 위드가 쓰다가 남긴 장비라면 돈으로 환산하기 힘든 가치가 있었다.

"대제왕의 부하들은 그분이 쓰던 장비들과 힘의 유산을 매우 위험한 장소에 숨겨 놓았다고 하오. 들리는 소문으로는, 목숨을 걸지 않으면 도전할 수 없는 곳이라고들 하지."

"……."

"수많은 사막 전사들이 무가치한 전쟁을 막고 대제왕의 위업을 잇기 위하여 존엄한 힘의 유산을 찾기 위한 도전을 하고 있소. 대제왕의 지식과 힘을 얻는다면 이 사막을 지배하는 왕 중의 왕이 되겠지. 하지만 이건 순수하고 영예로운 사막 전사들만이 할 수 있는 숭고한 임무요."

"그건 좀 곤란한데요."

대지의그림자에서는 당혹스러웠다.

위드와 관련이 있는 퀘스트이기 때문에 약간은 꺼림칙한 기분도 들었지만, 규모나 난이도 측면에서는 여러모로 구미가 당기기는 했다.

 유물이나 특별한 발견물 같은 건 돈을 많이 벌거나 본인이 쓰는 정도로 만족을 하지만, 사막 지역을 개선하는 업적은 모험가로서 끌리는 면이 아주 컸다.

 하지만 사막 전사만 가능한 퀘스트라면 지금 와서 전직을 하기에는 너무 아까웠다.

 도굴꾼 엘릭스가 물었다.

 "사막 전사는 어떻게 되는 겁니까?"

 전직을 하고 싶은 마음은 없지만 그냥 참고삼아 알고 싶어서였다.

 "사막에서 자라나서 태양을 피부로 느끼며 모래를 밟으면서 걸어간 남자들만이 자격이 있소."

 "사막 전사가 될 수 없는 우리가 대제왕의 유산을 찾기는 애초부터 무리로군요."

 "그렇지는 않소. 수많은 사막의 전사들이 올바른 길을 구하기 위한 인도자를 찾고 있지."

 "인도자라면, 옆에서 돕거나 길을 알려 주는 사람을 의미합니까?"

 "맞소. 전사들은 대제왕을 향한 존경심과 큰 꿈, 재능을 가지고 있소. 사막에 피바람이 불어오지 않게 하고 부족들을 하나로 이끌 수 있는 대제왕의 탄생은 우리 모두가 바라는 것이오. 우리 사막 전사들이 목적을 달성할 수 있도록 도와

주시겠소?"

띠링!

> **사막 전사의 길잡이**
> 사막에 잠들어 있는 전설을 깨우기 위해 젊은 전사들은 해골 모래산으로 달려가고 있다.
> 오래전 대제왕 위드가 사막 전사들을 데리고 퇴치한 부르고뉴의 새끼들이 부화한 것.
> 전사들을 도와서 모래산에 있는 괴물을 퇴치하고 영웅의 업적을 좇아라.
> 위험에 빠진 전사들은 인도자를 따르게 될 것이다.
> **난이도** : A
> **보상** : 사막 전사의 믿음.
>   성과에 따라서 다수의 사막 전사들을 이끌 수 있음.
> **퀘스트 제한** : 명성이나 레벨에 대한 제한 없음.
>   열흘 이내에 완료해야 함.
>   대제왕의 다음 퀘스트로 이어지게 됨.

"조금 까다롭긴 하겠는데요. 직접 퀘스트를 진행하는 방식도 아니고 전사들을 보살펴야 하다니. 이거 애 보는 것도 아니고."

엘릭스가 불평을 중얼거렸지만 다들 진한 흥미를 느꼈다.

사막 전사들을 통솔하며 퀘스트를 완수해 가는 새로운 방식은, 위험도를 떠나서 재미가 있을 것 같은 기분이 들었다.

호기심이 들면 결코 포기할 줄을 모르는 모험가들은 그런 쪽에서는 어쩔 수 없는 부류에 속했다.

"합시다."

"해 봐요."

-퀘스트를 수락하셨습니다.

그렇게 시작된 사막 전사들과의 퀘스트.

대지의그림자는 사막 전사의 길잡이 퀘스트를 받아들여서 사막 전사들을 만나게 되었다.

'아직 젊은 전사들이군. 사막의 기둥이 될 수 있도록 잘 챙겨 줘야지.'

그러나 상상한 것과 현실은 많이 달랐다.

사막 전사는 침을 뱉었다.

"뭘 쳐다보는 거요. 확 눈알을 뽑아 버릴라."

거칠고, 거만하며, 맞아야 정신을 차리는 사막 전사들!

압도적인 힘을 보여 주지 않으면 따르지 않는 사막 전사들과 함께하며 그들의 진정한 고난이 시작되었다.

"정말 춥군."

-오늘의 날씨를 무시하신 것은 박사님입니다. 현재 기온은 영상 6도에, 새벽에 내린 비와 풍속 4미터의 바람으로 인하여 체감온도는 더욱 낮은……

"시끄럽다. 묻지도 않은 말에 대답하지 마라."

유병준은 추위에 몸을 덜덜 떨고 있었다.

호주머니에 손을 넣고 공원의 벤치에 옹송그리고 앉아 있는 그를 누가 세계 최고의 부자이며 막후의 실력자, 과학자로 보겠는가.

금융계를 양손에서 주무르더라도 차가운 바람은 어쩔 수가 없었는지, 호주머니로 들어간 손은 나올 줄을 몰랐다.

그가 앉아 있는 나무 벤치에는 물기까지 남아 있어서 엉덩이에 기분 나쁜 축축한 느낌까지 들었다.

유병준은 현재 로열 로드의 세계를 최초로 통일할 가능성이 유력한 바드레이를 만나러 뉴욕의 한 공원에 왔다.

바드레이는 프랑스계 미국인이었다.

그는 오전 5시가 넘으면 규칙적으로 공원에서 달리기를 한다.

우연을 가장하여 직접 만나 보러 온 것이기 때문에 그의 일정에 맞춰서 기다리고 있었다.

"도대체 언제 오려고 아직도 나타나지 않는 것인지 모르겠군."

유병준은 뼛속까지 아려 오는 한기를 느꼈다.

머릿속은 젊은 시절처럼 변함없이 빠르게 회전하는데 몸은 나이를 먹어 간다는 사실이 한 해가 다르게 느껴졌다.

간밤에 내린 비로 물기가 촉촉한 공원에서는 사람들이 운동을 하고, 부지런한 새들이 지저귀고 있었다.

아침의 공원에 가만히 벤치에 앉아 있으려니 끝없는 상념이 든다.

"나도 늙었군."

인생의 대부분을 바친 로열 로드.

불합리한 세상을 조롱하며 자신의 뜻대로 하려고 세웠던 어린 시절의 계획이 있었다.

자신이 만든 가상현실의 주인공에게 개인이 감당하기 힘들 정도의 거대한 재력과 권력을 넘겨주는 것이다.

계획이 외로움을 이겨 낼 원동력이 되었고, 새로운 기술을 끊임없이 창조해 내는 밑바탕 또한 되어 주었다.

무모할 정도로 거창한 계획의 결실이 좋든 나쁘든 이루어지려는 마지막 단계쯤에 오게 되었다.

로열 로드에서 바드레이로 살아가는 유저를 만나는 건 유병준에게 대단히 중요했다.

벤치에 가만히 앉아 있기를 2시간 정도.

해가 완전히 떠오르고 난 이후에도 바드레이는 나타나지 않았다.

유병준은 추위에 떨다가 물었다.

"바드레이는 언제쯤 오는 것이지?"

-박사님, 질문이십니까?

"그렇다."

-바드레이는 오늘 아침 운동을 하지 않습니다. 현재 주식회사 헤

르메스를 설립하기 위한 투자자들과의 만남이 갑자기 잡혀서 1시간 20분 전에 라스베이거스로 가는 비행기에 탑승했습니다.

"……."

유병준은 할 말을 잃었다.

추운 공원에서 2시간 넘게 떨었던 게 헛고생이 된 것이다.

"알고도 말 안 했지?"

-묻지도 않은 말에 대답하는 걸 싫어하신 건 박사님입니다.

유병준은 고개를 숙이고 머리를 감싸 쥐었다.

인공지능을 탓해 봐야 자신이 만들어 냈으니 결국 스스로를 욕하는 것이다.

"바드레이는 언제 돌아오지?"

-일정상으로는 사흘 후입니다.

"그때 다시 와야겠군."

-…….

인공지능이 아무런 대답도 없으니 유병준은 괜히 불안한 기분이 들었다.

"바드레이가 그날 돌아오는 건 틀림없겠지?"

-주식회사 헤르메스를 세우는 일에 대한 사전 협의는 거의 끝났습니다. 흔한 표현대로 도장만 찍으면 되는 단계이니, 98.7%의 확률로 사흘 후에 돌아오게 됩니다, 박사님.

"음, 그렇군."

유병준은 인공지능의 편리함에 매번 감탄했다.

모든 부분에서 인간의 불편함을 해소해 주고, 질문을 던지면 즉각적으로 대답을 해 준다.
　그런데 문득, 유병준에게 이상한 예감이 들었다.
　"너 말 안 한 거 있지?"
　-…….
　"묻지도 않은 말 이야기해 봐."
　-그날의 날씨에 대해서입니다. 현재 지중해에서 형성되고 있는 비구름이 점점 크기를 불려서 약 60밀리 이상의 많은 비가 내리게 될 예정입니다.

얄미운 부하의 부활

대지의 궁전에 도착한 위드.

사냥 파티는 공식적으로 해산되고 그때부터는 각자 흩어지기로 했다.

그런데 대지의 궁전은 상상도 할 수 없을 만큼 많은 사람들로 가득했다.

"지나가게 조금만 비켜 주세요."

"무기점에서 일을 다 보신 분은 다음 사람도 이용하게 어서 나오세요!"

"바가지 상인 연합에서 알립니다. 현재 잡화점의 모든 물건들이 품절 상태입니다. 앞으로는 궁전 밖에 있는 상인들을 이용해 주세요."

대지의 궁전의 모든 건물과 도로는 유저들로 인해 빼곡한 상태였다.

"이게 다 뭐요."

파이톤은 얼이 빠져 있었다.

대지의 궁전에 사람이 가득하다 못해 까마득한 아래까지도 전부 가득 찼다. 평원에도 온통 개미 떼처럼 몰려들어서 정신이 하나도 없을 정도였다.

하늘에는 천공의 섬 라비아스가 있었으며, 수십만 마리가 넘는 조인족의 군무가 벌어졌다.

돌벽 위와 나무에도 인기 있는 참새 조인족이 아장아장 걸어 다니고 있다.

이만큼의 인원이 모인 것은 그야말로 사상 초유의 사태.

아르펜 왕국군이 움직이고 라비아스가 이동을 하면서, 북부 유저들은 당연하게 결전을 치르기 위해 대지의 궁전으로 왔다.

위드도 진심으로 감명 깊었다.

"역시 이 세상은 썩을 대로 썩었어. 나를 위해서 사람들이 모여 주다니, 이렇게 거짓과 위선이 판을 치는군!"

현실을 직시하는 객관적인 태도였다.

"하벤 제국군은 어디에 있다고 하니?"

"약 3시간 거리라는데, 지금 그게 중요해?"

"그럼?"

"풀죽, 풀죽, 풀죽이지!"
"풀죽신교 만세!"

대지의 궁전에 있는 수많은 유저들은 곧 다가올 전쟁 따위는 겁나지 않는지 풀죽을 외치면서 기뻐하고 있었다.

광란의 축제와도 같은 분위기였다.

위드는 냉정하게 고개를 끄덕였다.

"현대인들이 받는 극심한 스트레스, 그리고 집단 광기의 현장이로군."

자신이 특별히 한 것은 없다.

사람들의 마음이 아르펜 왕국에 있다는 증거였다.

"콩죽 팔아요. 설탕을 듬뿍 넣은 콩죽! 마시고 죽으면 든든합니다."

"던전 사냥에 유용한 횃불. 고기를 구워 드실 때에도 유용한, 오래 타는 횃불이 단돈 4쿠퍼씩입니다."

"전쟁 이후에 여행 같이하실 분요. 목숨 걸고 미개척지 근처까지 갑니다. 소 3마리 구해 놨어요."

이 상황 속에서도 북부의 유저들은 장사도 하고 동료도 찾았다.

번잡한 광장이 익숙해져서인지 이런 분위기를 얼마든지 즐기고 있었다.

"끄아아아아악!"

경치를 구경하다가 가끔씩 인파에 밀려나서 절벽에서 떨

어지는 유저가 생겼지만, 사소한 일로 여길 뿐 누구도 신경 쓰지 않았다.

절벽에서 떨어지더라도 조인족이 날개를 펼치고 급강하해서 구해 주거나 마법사들이 비행 마법을 걸어 주었다.

"날아 보자. 으아아악!"

그것을 노리고 또 유저들이 수백 명씩 절벽에서 뛰어내리다가 한꺼번에 죽는 대참사도 발생!

위드는 아르펜 왕국의 장래가 심히 걱정되었다.

"짧고 굵게 살아야 돼. 어차피 아르펜 왕국의 역사는 길지 않을 것 같군."

하벤 제국에 침략을 당한 처지라 상대적으로 약소국으로 보일 뿐, 아르펜 왕국도 광활한 북부 대륙 전역을 국토로 삼고 있다.

하벤 제국에 일부 점령당한 지역이 있긴 하지만 경제와 모험, 문화에 의하여 그보다 더 많은 지역으로 영토가 확대되었다.

내륙의 확장은 거의 다 끝나고 바다로도 진출이 활발히 이루어지고 있었으니 잠재력만큼은 어마어마했다.

니플하임 제국의 붕괴 이후, 수많은 사람들이 추위와 몬스터를 피해서 바다로 탈출했다. 모험가들에 의해 가끔씩 제법 큰 섬들이 발견되어서 교류가 이루어지며 아르펜 왕국의 영향력이 높아지고 있었다.

건축가들은 북부의 상징이 될 만한 건축물들을 단기간에 지어 냈고 교통망을 연결해 놓았다.

하벤 제국의 침략 없이 1년, 혹은 2년의 시간만 주어졌어도 북부의 모습은 지금과는 완전히 달라졌을 것이다.

많은 유저들이 아르펜 왕국을 아끼고 지키려고 하는 것은 위드가 좋아서만은 아닌 것이다.

페일이 근심 어린 표정으로 남쪽을 쳐다보았다.

"위드 님, 벌써 저기 하벤 제국군이 보입니다."

시력이 뛰어난 궁수들은 아직 멀리 있는 하벤 제국군을 선명하게 볼 수 있었다.

육중한 공성 무기들을 끌고 천천히 진군을 하는 하벤 제국군.

깃발이 끝도 없이 이어져 있으며 기사단과 보병들이 착용한 갑옷들이 너무나도 웅장했다.

시야를 가득 채우고 다가오는 정예 병력은 대적하고자 하는 마음까지도 버리고 싶게 만든다.

위드의 눈에도 어렴풋이 그들이 보였다.

"개똥도 밟으려면 있다더니, 뭐 얻어먹을 게 있다고 결국 왔군요."

시끄럽게 떠들고 있는 유저들 중에도 하벤 제국군이 있는 방향을 보고 있는 부류가 꽤 되었다.

이 자리에는 북부 유저 중에도 고레벨들이 은근히 상당히 섞여 있다는 증거일 것이다.

그들이 어느 정도나 협력하게 될지는 거의 전적으로 위드에게 달려 있다.

일단은 싸우려고 대지의 궁전까지 왔지만 승산이 없는 전투에 뛰어들기에는 잃어버릴 게 너무도 많았다.

불가능을 뒤집어 놓는 위드의 기적이 벌어진다면 모든 이들이 앞장서서 기꺼이 싸우리라.

하지만 하벤 제국에 의하여 위드가 목숨을 잃고 용감하게 돌격한 북부 유저들도 박살이 난다면, 저마다 도망을 치느라 아비규환이 될 수도 있으리라.

"위드 님, 어떻게 하실 겁니까?"

페일이 물어봤지만, 위드는 딱히 대답할 말이 없었다.

"뭐, 될 대로 되겠죠."

"탁월한 전술을 준비해 두셨겠죠?"

"음, 용감하게 싸운다가 전부입니다."

"정말요?"

"1골드를 걸겠습니다."

"……."

위드의 호주머니에 있는 1골드라면 진실 그 자체.

전쟁이 곧 일어나게 될 테지만 정체를 드러내고 군중을 지휘할 생각은 없었다.

대지의 궁전에는 유저들이 너무 많이 몰려 있었다.

하벤 제국군이 육중한 무게의 공성 무기를 앞세우며 느긋하게 온다고 하더라도 군단별로 편성하고 지휘 체계를 세우기에는 시간적으로 무리다.

국왕 위드가 나타났다고 더 난장판이나 벌어지지 않으면 다행.

달려가서 싸우라는 말 외에는 딱히 복잡하게 내릴 명령도 없었다.

위드는 고민을 하다가 중얼거렸다.

"이 정도의 전장을 지휘할 수 있는 인물이… 현 시대의 기사로는 없겠지. 딱 마땅한 녀석이 하나 있긴 한데… 그놈의 얼굴을 다시 봐야 하다니. 그럼 저는 잠시 할 일이 있어서 궁전에 들어가 봐야겠군요."

그 말에 파이톤이 대검을 등에 메더니 먼저 걸어갔다.

"알겠소. 나도 이런 자리에는 빠질 수가 없지. 몸이 뜨거워지는데, 한바탕할 준비나 해야겠군."

"저 역시 가겠습니다. 여기에 사냥감들이 매우 많이 있군요."

이름을 밝히지 않은 남자도 조용히 어둠 속으로 사라졌다.

페일은 활을 꺼내 시험 삼아 가볍게 시위를 튕기며 물었다.

"저는 상점을 방문한 후에 전투를 위해 좋은 자리를 잡아야겠습니다. 이곳에서 모이기로 한 동료들도 만나 봐야 하구요."

"알겠습니다. 전투가 벌어지고 난 후에나 뵙죠."

모두 떠난 후에, 위드는 멀리서 다가오는 하벤 제국군은 무시하고 조각품을 깎기 위해 궁전의 내부로 들어갔다.

-어디야. 수색 팀 응답하라.
-수색 팀 1. 아직 발견 못 했습니다.
-수색 팀 2. 전혀 보이지 않습니다.
-수색 팀 3. 나타나지 않은 것 같습니다.

헤르메스 길드의 정보대와 암살단도 대거 대지의 궁전으로 파견되어 있었다.

최정예로만 무려 700명의 인원.

그들에게는 아직 헤르메스 길드 수뇌부의 최종 명령이 내려오지 않았다.

수뇌부에서도 여러모로 고민 중이었다.

'전투 시작부터 위드를 암살해?'

'아냐, 그러면 승리의 효과가 떨어진다. 군대를 동원해서 정식으로 싸워도 충분한데. 뼈아픈 패배를 경험하게 하는 편이 더 낫지.'

'그래도 위드를 죽이면 큰 전투를 아주 쉽게 이길 수가 있

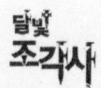

는데……. 궁전이 파괴되면 왕국 전체에 심각한 악영향이 오게 될 테고 말이야.'

'도망치면 여러모로 귀찮아진다. 북부를 완벽하게 제압하기 위해서는 위드를 죽여야 돼. 그리고 나타나기만 한다면 이번이 최고의 기회고.'

수뇌부에서도 의견이 갈렸다.

전쟁의 신으로까지 불리는 위드는 핵심 중요 인물이다.

전투 중에 암살을 해 버리면 간편하고 쉽지만, 전면전을 벌인다 해도 패배는 조금도 걱정되지 않았다.

-대기한다. 먼저 대지의 궁전을 샅샅이 뒤져서 위드부터 찾아내라.
-놈은 무모한 모험들을 숱하게 성공시킨 만큼 아마도 도망치지 않을 가능성이 높다.

암살단과 정보대에서는 위드를 찾아낸 후 일단 상황을 지켜보기로 했다.

궁전의 요소요소마다 배치되어 있는 암살단원들. 초보로 복장을 갈아입기도 하고 상인처럼 마차도 끌고 있었다.

최대한 평범한 흉내를 내면서 주변을 살폈다.

전쟁이 개시되면 위드의 처리는 미루어 두더라도 중요 인물들은 암살하기로 약속되어 있었다.

암살단이 내부에서 활약한다면 외부의 공격도 훨씬 수월해질 것이다.

"커억!"

"윽!"

"아, 암습······."

거리 곳곳에서 사람들이 쓰러져서 회색빛으로 변해 갔다.

대지의 궁전은 유저들로 북적거리는 탓에 금방 발견되었다.

"사람이 죽었다!"

"무슨 일이야?"

"암살자들이 있는 것 같습니다, 여러분!"

정보대원들은 당황해서 길드 채널로 말했다.

-무슨 일입니까? 아직 전투가 벌어지지도 않았는데 벌써 움직이다니요.

-사람들을 죽이면 경계를 심하게 만들 뿐입니다. 더구나 저런 상인들을 죽여서 무슨 이득이 있다고······.

정보대원들이 질책을 하는데, 암살단원 중 1명이 급하게 말했다.

-우리가 한 게 아닙니다. 우리가 표적이 되어 죽어 가고··· 크윽!

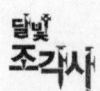

-뭐라고요?

헤르메스 길드의 정예 암살단원들.

암살단원이 되려면 레벨이 380은 넘어야 했고, 각종 훈련을 거치고 스킬들을 습득해야 했다.

암살자의 특성상 레벨 380이라도 은신술과 위장술로 접근하여 독을 바른 단검이나 석궁을 이용하여 레벨이 훨씬 높은 자도 죽일 수 있다.

가벼운 몸놀림으로 뛰어다니며, 다수의 협공은 경악에 가까운 위력을 선보인다.

베르사 대륙 전역에 악명이 자자한 암살대가 마구 쓰러지고 있었다.

-무슨 일입니까? 적의 위치와 정체는요?
-모릅니다. 동료들이 어디선가 날아오는 독침에도 죽고, 가까이 다가온 손님이 칼로 찌르고 순식간에 그림자 속으로 사라지고……
-지금 그게 말이 됩니까!
-우, 우리도 엘리트 암살자들이라 자부하고 있지만 이런 은신술과 치명적인 공격은 처음 겪어 봅니다. 당하자마자 즉사할 정도로 강력한 공격력이에요.
-몇 명의 적이 우릴 노리는지조차도 파악이 안 됩니다.

알미운 부하의 부활

암살대원들은 평범한 초보로 위장을 하고 있었다.

대지의 궁전에 흔해 빠진 레벨 50 이하의 유저 복장에 그 것도 조각사나 화가, 상인과 같은 비전투 계열들의 옷차림을 했다.

거의 무방비 상태나 다름이 없었다.

'흠, 너무나도 쉬운데?'

헤르메스 길드를 공격하는 암살자는 위드와 사냥을 갔던 남자였다.

그가 가지고 있는 스킬은 '진실의 눈'.

진실의 눈은 상대방의 은신이나 위장을 낱낱이 파헤치는 기술.

헤르메스 길드의 암살자들은 예외 없이 엄청난 악명을 가 지고 있었으며, 살인자로서 이마에 붉은색의 이름 표시가 뜬다.

각자 위장술을 써서 그걸 가리고 있었지만 그에게는 아무 방해 없이 정상적으로 보였으니 그저 잘 차려 놓은 밥상이 었다.

남자는 그림자에서 튀어나와서 목표의 등을 가볍게 단검 으로 찔렀다.

위드와의 사냥 때문인지 암살자들을 처리하는 속도 역시 매우 빨라져 있었다.

'후후후, 암살자가 암살자를 사냥하는 게 역시 가장 재미

이제 헤르메스 길드의 암살자들에게는 강요된 최악의 선택밖에 남지 않게 되었다.

-모르겠다. 주변에 보이는 모든 적들을 공격하라!
-전부 죽여!

대지의 궁전에서 암살자들의 대란이 발생했다.
아무리 헤르메스 길드의 유저들이 강하다고 하더라도 대지의 궁전에도 그들을 상대할 만한 사람은 드문드문 있었다.
본색을 드러낸 암살자들에게는 온갖 공격이 쏟아지게 되었다.
결국 5분도 되지 않아서 완벽하게 전멸.

-암살대가 몰살을 당했습니다.
-어떻게 이런 일이…….

보고를 받자마자 헤르메스 길드의 수뇌부는 공황 상태에 빠졌다.
암살대는 그 특수성 때문에 지금까지 활용도가 높았는데 완전히 전멸을 당하고 말았다.
살인이나 파괴 행위로 인하여 악명이 엄청나서 죽음으로 인한 피해도 매우 컸다.

-대지의 궁전에서는 이제 어떻게 할까요?
-수색 작업은 종료. 정보대는 임무보다는 철수를 우선하여 진행한다.

정보와 암살 담당 스티어가 명령을 내렸다.
금쪽처럼 아까운 정보대까지 잃을 수는 없었다.
그리고 얼마 후, 주민들이 이야기를 하기 시작했다.
"자네, 이야기를 들었는가? 대지의 궁전에 죽음의 신이 등장했다는군."
"아, 그 죽음을 몰고 오는 그림자라는 사람?"
"맞아. 바로 그 양념게장 말일세."

"이건 정말 아닌데 말이야."
위드는 입으로는 구시렁거리면서도 조각칼을 부지런히 계속 움직였다.
"놈들이 보인다!"
"저 멀리 하벤 제국군이 몰려오고 있다!"
궁전 밖에서는 유저들이 외치는 소리가 계속 들렸다.
"뭐, 정말 꼴 보기 싫은 놈이더라도 어쩔 수 없지. 인생은 하고 싶은 일만 하면서 살 수는 없으니까 말이야. 다 먹고살

자고 하는 짓이란 이야기가 괜히 나온 것도 아니고."

위드는 울적한 기분을 느끼면서 석상을 조각했다.

대지의 궁전에 국왕을 위하여 놓여 있던 열두 가지 색채로 빛나는 천연석 덩어리.

아무래도 국왕이 조각사이기 때문에 특별히 마련해 놓은 천연석이었는데 지금은 사람을 조각하는 데 쓰이고 있었다.

반듯한 눈썹과 오똑한 콧날, 여인들을 빨아들일 것 같은 크고 맑은 푸른 눈동자, 부드러우면서도 강직한 입매.

얼굴은 두말할 필요가 없는 미남이었지만 몸과 다리의 늘씬한 비율도 도저히 일반인이 아니었다.

거리에 서 있으면 단연 돋보일 수밖에 없는 몸매였다.

아마 어떤 옷을 입고 있더라도 만든 디자이너가 자신의 직업에 자부심을 느낄 수 있게 해 주리라.

천연석의 다채로운 빛깔과 질감은 그 부위마다 보석처럼 느껴지게 했다.

"크흠, 이런 인간이 실제로는 존재할 수 없는 거지. 말도 안 되는 사기고 거짓말이야."

조각을 하면서도 위드의 입에서는 불평불만이 절로 계속 나왔다.

대한민국 사람의 평범한 신체 비율을 가진 자신에 비하면 실로 엄청난 다리 길이와 넓은 어깨, 작은 머리의 월등한 육체 조건.

세계 최고의 모델 앞에 서 있는 군밤 장수가 된 것 같은 느낌이었다.
 몸매가 완벽하고 얼굴까지 잘생긴 남자들은 인류의 민폐가 아닐 수 없었다.
 기억을 못 한다면 차라리 마음이 편할 테지만 미운 구석이 많은 놈인 만큼 더 자세히 알고 있었다.
 "언젠가 다시 보게 될 줄은 뭐, 알긴 했지만. 그래도 이렇게 일찍 만나게 되다니."
 위드가 조각을 하는 대상은 바로 전쟁의 시대에 함께 대활약을 펼쳤던 헤스티거!
 다행히 부하로 부려 먹기는 했지만 까딱했으면 헤스티거에게 밀려서 들러리 역할을 할 뻔했다.
 "이놈이 내 밥그릇을 얼마나 많이 위협했는지. 그 억울함을 제대로 갚아 주지도 못하고 헤어졌는데. 흠, 못다 한 잔소리를 할 수 있을지도 모르겠군."
 조각을 하는 동안 밖에서는 헤르메스 길드의 암살대가 활약을 했다는 소식도 언뜻 지나간 듯싶었지만 위드는 상관하지 않았다.
 직접적으로 자신에게 공격을 하지 않으면 신경을 쓰지 않는 무관심함!
 복잡한 사회를 살아가는 현대인에게 있어서는 정신 건강을 위한 필수 덕목이라 할 수 있었다.

"구구구구!"

"쨱쨱!"

대지의 궁전에서 기다리고 있던 은새와 황금새가 위드의 양옆에서 시끄럽게 종알거렸다.

은새는 미남을 좋아했고 황금새는 질투를 하는 것이다.

그렇게 헤스티거의 조각상이 완성되었다.

"음, 완벽하군. 진짜 잘 만들었어. 크후후후. 순수하게 내 조각술 실력이 뛰어나기 때문이지. 그런데 너무 잘 만들어 버린 것 아닌가?"

조각품을 샅샅이 훑어보며 흠을 잡아 보려 했지만 그게 잘 안 되었다.

작은 실수도 저지르지 않았으며, 우연치 않게도 실력 역시 200% 발휘되었다고 해야 옳았다.

헤스티거를 보면서 느꼈던 질투와 부러움의 감정들이 오히려 조각품에 집중해서 더욱 공을 들이는 결과를 낳았던 것이다.

"하긴 뭐, 이 정도 되었으니까 내 부하를 해 먹었을 테지만 말이지."

-만드신 조각품의 이름을 정해 주십시오.

"헤스티거라고 하자. 아니 뭐, 조각품의 이름은 내 마음대로 짓는 거고 곧 생명을 부여할 테니 의미는 없겠지. 그렇다면… 건방진 부하 녀석이라고 짓도록 하지."

-건방진 부하 녀석이 맞습니까?

"맞아."

이런 식으로라도 잘난 헤스티거를 향한 분풀이를 하는 위드였다.

띠링!

명작! 건방진 부하 녀석을 완성하셨습니다!

베르사 대륙의 길고 긴 역사에는 기록되지 않고 사라진 인물들이 많다.
그러나 영웅 중의 영웅인 헤스티거는 불신과 탐욕, 모략과 부덕이 판을 치던 전쟁의 시대에서 단연 빛나는 별과 같은 존재였다.
그는 기사가 아니지만 약자를 보살피고 존중할 줄 알았다. 어긋난 길을 걷고 있던 기사들의 정신적인 지주가 되었으며, 천재적인 재능으로 한계를 극복하여 시미터를 완전하게 다루었다.
땅과 바람과 아름다움, 태양의 신이 그가 내딛는 걸음을 축복하였고, 군신의 교단에서는 한때나마 그를 숭배하였다.
주민들을 탄압하는 잔혹한 군주에게는 고개를 숙일 줄 모르는 완전한 전사로서, 부도덕하고 무질서한 대륙에 정의를 바로잡았다.
한 개인으로서 그가 떠돌면서 세운 걸출한 업적들은 국경의 한계를 넘어 기사도의 표본이 되었다고 봐도 옳으리라.
지금 인간 중에서 가장 완벽한 외모를 가진 조각상이 탄생하였다.
예술적 가치 : 7,985.
특수 옵션 : 건방진 부하 녀석상을 본 이들은 생명력과 마나 회복 속도가
하루 동안 42% 증가한다.
기사와 전사에게 올바른 정신력 스킬을 익힐 수 있게 함.
기사의 지휘 능력에 많은 숙련도를 제공.
명예 +120.

> 학문과 검술, 마법 스킬의 습득 능력이 일주일 동안 7% 향상됨.
> 모든 스텟 41 상승.
> 동료나 부하와 함께 사냥을 하면 모든 능력치가 함께 4% 증가.
> 건방진 부하 녀석상이 보이는 영역에서 모든 병사들의 사기가 최대치를 유지함.
> 다른 조각품과 중복 적용되지 않음.
> **지금까지 완성한 명작의 숫자 : 26.**

-조각술 스킬의 숙련도가 향상되었습니다.

-손재주 스킬의 숙련도가 향상되었습니다.

-명성이 1,320 올랐습니다.

-예술 스텟이 12 상승하셨습니다.

-투지가 3 상승하셨습니다.

-매력이 7 상승하셨습니다.

-명작 조각품을 만든 대가로 전 스텟이 1씩 추가로 상승합니다.

"이놈의 외모지상주의 세상! 재료가 좋고 대상이 좀 잘생겼다고 해서 명작이라니! 뭐, 그렇다고 해서 새삼스럽게 기분이 나쁜 건 아니지만 말이야."

헤스티거의 조각상을 만들어 놓고 보니 새삼 감회가 새로웠다. 전쟁의 시대에서는 시기와 질투로 구박을 했지만 그게 진실의 전부는 아니었다.

'내가 위험에 빠진 적도 많았지.'

조각술 최후의 비기 퀘스트.

사막에서 한정된 시간 동안 성장을 해야 했기 때문에 불리한 점도 많았다.

무리하게 던전을 탐험하다가 위기를 겪어야 했던 게 한두 번이던가. 위드 자신은 물론이고 조각 생명체까지도 위험해졌을 때에 헤스티거가 실력을 발휘하여 빠져나온 적도 많다.

충성심으로 추격해 오는 몬스터들을 막았고, 보스급 몬스터의 미끼도 되었다.

헤스티거가 위드의 몫을 가로채기도 했지만 그의 도움이 없었더라면 사막의 대제왕의 전설 또한 이루어지지 않았을지도 모른다.

위드조차 질투하게 만들었던 영웅 헤스티거!

"나타나라, 못난 부하 놈아. 조각 부활술!"

―조각 부활술 스킬을 사용하셨습니다.
사막의 전사 헤스티거, 예술의 부름을 받아 이 땅에서 다시 움직이게 될 것입니다.
예술 스텟 45가 영구적으로 사라집니다.

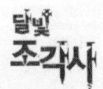

신앙 스텟 10이 영구적으로 줄어듭니다.
레벨이 3 하락합니다.
생명력과 마나가 18,000씩 소모됩니다.
조각 부활술에 의하여 되살아나는 인물은 생전의 지식과 능력을 가지고 있습니다.
정해진 짧은 시간이나마 세상을 다시 볼 수 있고 움직일 수 있게 해 주는 것에 대해 고마워할 수도 있고, 그렇지 않을 수도 있습니다.

-조각 부활술 스킬의 숙련도가 향상되었습니다.

 대전의 중앙에 장식되어 있던 천연석 조각상이 변하기 시작했다.

 조각상의 머리카락이 고귀한 금발로 변하고, 눈동자가 푸르게 빛났다.

 탄탄한 상체의 근육이 물결처럼 출렁이더니 가볍게 숨을 쉬었으며, 단단하게 땅에 붙어 있던 다리도 움직여서 걷기 시작했다.

 단지 한 사람이 움직이는 것에 불과한데도 대전의 분위기가 확 바뀌었다.

 곧은 콧날과 남자다운 턱 선. 잘생겼다는 말로도 한참 부족하고, 매력도 철철 넘쳐흐른다.

 위드보다도 훨씬 왕처럼 느껴지는 그의 외모, 고귀한 기품이 느껴지는 그가 호기심 가득한 표정으로 주변을 돌아보았다.

'헤스티거가 살아났다.'

위드는 긴장한 채로 그를 보았다.

상체를 벗고 있는 헤스티거의 근육은 아름다운 예술품과도 같았다.

그 근육에서 발휘되는 불가사의한 힘은 현재의 위드를 가볍게 없애 버리기에 충분할 터!

'내가 무모했던 게 아니었을까.'

헤스티거가 그에게 어떤 독한 마음을 가지고 있다가 분풀이를 할 수도 있지 않겠는가.

조각 부활술을 펼친 대상이 꼭 협조적으로 나오라는 법은 없었다. 부활의 기적에도 불구하고 살아난 대상은 자신의 의지와 뜻대로 활동한다.

'나라면 복수할 기회만을 노렸겠지. 약해진 나를 보며 온갖 트집을 잡아서 괴롭히다가 목숨을 빼앗는 것은……! 하벤 제국 이상으로 위험한 적을 불러온 것일 수도 있어.'

위드는 뒤늦게 자신의 실책을 깨닫고 후회하고 있었다.

헤스티거는 주변을 둘러보더니 위드를 발견하고는 정중하게 말했다.

"주군께서 이곳에……! 믿기지 않는군요. 정말 주군이 맞습니까?"

"마, 맞다."

헤스티거의 잡티 하나 없이 깨끗한 얼굴은 잠깐 의아한 표

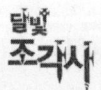

정을 짓더니 곧 여자들의 마음을 해외로 날려 버릴 정도로 부드러운 미소를 지었다.

"살아 계셨군요. 과거보다 젊어지신 것 같습니다."

낮고 그윽한 목소리까지 더해지니 여자들의 마음을 은하계 너머로까지 날리기에도 충분하다.

한눈에 알아보니, 지은 죄가 꽤나 많은 위드는 심장이 덜컥 내려앉았다.

그러나 헤스티거는 공손하게 무릎을 꿇고 목을 길게 내밀었다.

"엠비뉴 교단을 물리치고 빠져나온 이후로 주군을 뵙지 못하여 걱정을 많이 했습니다. 그 후로 주군의 소식을 듣기 위하여 대륙을 떠돌아 다녔지만 도저히 알 수가 없어서 애를 태웠는데 이제야 만나게 되었군요. 주군을 끝까지 모시지 못하였으니 저를 벌하여 주십시오."

"아, 아니다. 일어나라."

위드는 조심스럽게 물었다.

"지금의 나는 너보다 약하다. 알고 있느냐?"

"예. 느껴집니다."

사막 전사들은 힘의 율법에 따라서 강자에게 복종하는 습성이 있었다.

위드는 긴장으로 마른침을 삼켰다.

"그런데도 예전과 똑같이 나에게 충성을 다하겠느냐?"

"저의 목숨은 하나입니다. 비록 목숨을 잃은 이후에 다시 살아난 것이기는 하지만, 제 가슴을 뛰게 했던 심장의 고동 소리는 여전하며 뜨거운 피 역시 그대로 흐르고 있습니다."

멋진 대답이었음에도 불구하고 위드의 의심병은 사라지지 않았다. 약간 추잡하다는 생각도 들었지만, 지은 죄가 있으니 어쩔 수 없었다.

"그래도 이 바닥이 워낙 뒤통수를 조심해야 해서 말이야. 노파심에서 다시 물어보는 건데, 정말 너를 믿어도 될까?"

"사막의 모래바람 속에서 주군에게 충성을 다짐하고 긴 시간이 흘렀지만 바뀐 것은 어떤 것도 없습니다. 저의 생명이 이어지고 끝나는 순간까지, 사막의 모래가 모두 사라지는 그날까지 충성의 다짐은 이어지게 될 것입니다."

"과연 나의 부하다."

주말 드라마 남자 주인공과 같은 헤스티거의 든든한 목소리와 말투는 신뢰감을 가득 안겨 주었다.

위드는 다시금 대제왕 시절의 호쾌한 기분이 떠올랐다.

물론 지닌 무력이야 그때에 비한다면 일천하기 짝이 없었지만.

"이제 와서 하는 말이지만, 과거에도 너를 가장 믿고 있었느니라."

"언제나 절 믿으시고 중요한 일들을 맡겨 주신 걸 잘 알고 있습니다. 세상을 구하기 위한 숭고한 임무에 동참시켜 주신 것을

감사드립니다."

"근데 넌 왜 죽었지?"

위드는 불현듯 궁금증이 일어났다.

그가 엠비뉴 교단을 무찔렀을 당시만 하더라도 부하인 사막 전사들을 어찌해 볼 만한 강자가 대륙에는 없었다.

"엘프들을 고향까지 데려다 주고 나서 대제를 찾기 위해 세상을 방랑했습니다. 그러면서 요정들과 함께 온갖 장소들을 다 가 보았습니다. 남부와 서부, 고요의 사막을 지나고 수몰의 늪과 봉인된 자들의 땅을 지나서 죽은 자의 손톱으로 만든 배를 탔습니다."

"손톱으로 만든 배? 별걸 다 타 봤군. 계속 말해 봐라."

"신들의 영역에까지 가서 대제의 흔적을 찾으려고 했습니다만 그곳의 수문장과 싸우고 나서 거인들의 땅에 도착하여······."

"그만. 더는 알고 싶지 않다."

위드는 그것으로 충분했다.

고요의 사막을 건너갔다는 이야기는 흥미를 자극했지만 왠지 모르게 등줄기를 서늘하게 만드는 예감이 들었다.

헤스티거의 모험을 언젠가는 자신이 하게 될지도 모른다는 불길한 느낌이었다.

"놈들의 마법사 부대가 무언가 심상치 않은 주문을 외우고 있어요!"

"하벤 제국 놈들을 물리쳐라!"

"나가서 싸웁시다, 풀죽 용사들이여!"

대전 밖에서는 계속 시끄러운 소란이 들려왔다.

하벤 제국의 북부 정벌군이 가득 몰려와서 평원에 늘어서 있다.

전쟁이 벌어지기 직전의 상황이었다.

헤스티거의 눈이 번뜩였다.

"이 소리들은 다 무엇이옵니까? 곧 전투가 벌어질 것 같습니다만."

"이건……."

위드는 말을 잘해야 한다고 생각했다.

전일, 전이, 전삼.

이런 조각 생명체 부하들은 단순해서 싸우는 이유 같은 게 필요하지 않았다.

반면에 헤스티거의 경우는 불쌍한 이들을 위하여 시미터를 휘두르고, 때때로는 그들을 지켜 주는 역할도 했다.

위드를 위해서라면 기꺼이 타는 불 속에도 뛰어들 헤스티거다. 하지만 정당하지 못한 명령을 내린다면 정의를 실현한다면서 칼을 뽑아 들어 거꾸로 위드를 향해 휘두를 수도 있는 위험인물이기도 했다.

'아무튼 착한 놈들은 다루기가 까다롭지. 그래도 잘만 치켜세워 주면 정신 못 차리고 충성을 바치기도 해.'

순식간에 계산이 끝났다.

어떻게든 위드가 처해 있는 입장을 알리고, 적극적으로 하벤 제국과 싸우도록 설득을 해야 한다. 헤스티거가 적극적으로 싸울 명분이나 이유를 만들어 줘야 하기 때문이다.

"저들은 나의 왕국을 짓밟으려고 온 자들이다. 과거 팔로스 제국은, 너도 알고 있겠지만 자비롭지는 않았다. 나 역시 엠비뉴 교단을 물리쳐야 한다는 중대한 목적과 사막 부족들을 위해서 더 많은 땅과 도시들을 지배하기를 원했을 뿐, 진정한 통치자로서의 자질은 없었다. 나 하나 때문에 많은 이들이 고통을 받았다고 할 수 있지."

위드는 자기 자신에 대한 비판부터 했다.

전쟁의 시대는 어차피 가상의 역사에 개입을 했던 것이므로 특별한 책임감 없이 사막의 대제왕으로서 실컷 활개를 치면서 다녔다.

"내가 저지른 그 죄악이 아직도 생생하구나. 아침에 일어나기 전부터 전쟁의 시대에 벌어진 무수한 사건들이 떠오른다. 그들을 정복하지 않고 칼을 내려놓고 먼저 대화로 해결할 수는 없었을까, 엠비뉴 교단 처치라는 중요한 목적 때문에 나 자신을 잃어버렸던 건 아니었을까. 내가 더 강하지 못했기 때문에 무리한 일들을 많이 벌여야 했다는 죄책감으로 살아가고 있다."

"주군, 당시에 다른 왕국들은 팔로스 제국보다 더 악랄했습니다. 우리가 항상 정의롭지만은 않았지만 설득과 타협만으로는 일을 해결할 수 없었고 칼을 들이대지 않으면 그들을 바꾸지 못했을 것입니다. 그리고 사막 부족들은 대제왕 덕분에 새로운 삶을 얻었습니다. 제국의 지배로 삶이 불편해졌던 자들도 대제왕을 원망할 수만은 없었을 것입니다."

헤스티거는 순진한 만큼 떡밥을 덥석 물었다.

초등학생에게 휴대폰 게임을 시켜 준다고 하니 정신을 못 차리는 것과 마찬가지!

고개를 숙였다가 다시 든 위드의 눈에, 고춧가루를 넣었을 때처럼 눈물이 글썽거렸다.

실제로는 고춧가루가 없어서 후추라도 재빨리 눈에 뿌렸다.

"지금은 전쟁의 시대와는 다르다고 믿었다. 모든 이들이 행복해하고, 개개인의 권리가 지켜지는 세상을 만들기 위해 북부를 개척하고 아르펜 왕국을 세웠다. 마음처럼 쉽진 않았지만 예전부터 품고 있던 꿈을 이루기 위하여 노력을 했던 것이다."

"그러셨군요."

"아르펜 왕국은 시작부터 천천히 이루어 갔으니 나 역시 황무지에서 조심스럽게 꽃을 가꾸는 기분이었다고 해야 할까."

위드는 과거를 떠올렸다.

모라타에서 시작하여 영역이 점점 넓어질 때에는 뒷산에서 산삼을 발견한 기분이었다. 남들이 캐어 갈지도 모른다는

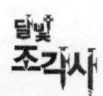

걱정에 얼마나 분노와 짜증이 치밀었는지 모른다.

"왕국을 위해서 살아가면서 가슴을 채우는 보람과 기쁨이 있었다. 모두의 땀으로 결실을 만들어 갔다. 하지만 하벤 제국이라는 곳이 침략을 해 왔구나. 과거에 나 역시 힘을 앞세워서 일을 해결하려고 했으니, 지금 강자가 약자를 짓밟는다고 하여 어떻게 원망하거나 미워할 수가 있을까."

"으으음."

"아르펜 왕국의 맥이 여기서 끊어진다고 해도 나는 괜찮다. 목숨을 바쳐서 이루려고 했던 일이니 왕국과 최후를 함께하면 그만. 얼마나 명예로운 일이냐. 그러나 부족한 나를 믿고 따라 준 주민들의 목숨이 슬프고 안타까워서 이 짐을 영원히 내려놓지 못할 것만 같구나."

헤스티거의 눈에 눈물이 맺혔다.

착한 이들은 왜 이다지도 눈물이 흔한 것인지.

"제가 저들을 막을 것입니다."

"아니다. 내가 마지막까지 힘을 다해 볼 것이다. 내가 너를 부른 이유는 두 가지다. 가장 충성스러웠고 자랑스럽기도 했던 너를 다시 보고 싶은 마음과, 왕국이 무너지고 나면 몇 명의 어린아이들과 여인들만이라도 살려 달라는 부탁을 하기 위해서다."

"주군!"

위드는 제가 말을 하고도 순간 식겁했다.

'너무 앞서 간 거 아닌가.'

정말 헤스티거가 어린아이들과 여인들만 구한다면 뒷감당 불가능.

조각 부활술을 사용했던 걸 뼈저리게 후회하게 될 것이다.

"주군, 저는 주군을 통해 사막 전사의 긍지를 배웠습니다. 패배는 없습니다. 저들을 모두 쓸어버릴 것입니다."

"헤스티거야!"

순간, 위드도 약간의 양심의 가책을 느끼기는 했다.

아르펜 왕국의 국왕과 사막의 대제왕을 거치면서 느끼는 바도 있었다.

'좋은 인생 경험이야. 악덕 사장의 꿈을 위해서는 계속 이런 식으로 살아야겠군.'

TO BE CONTINUED

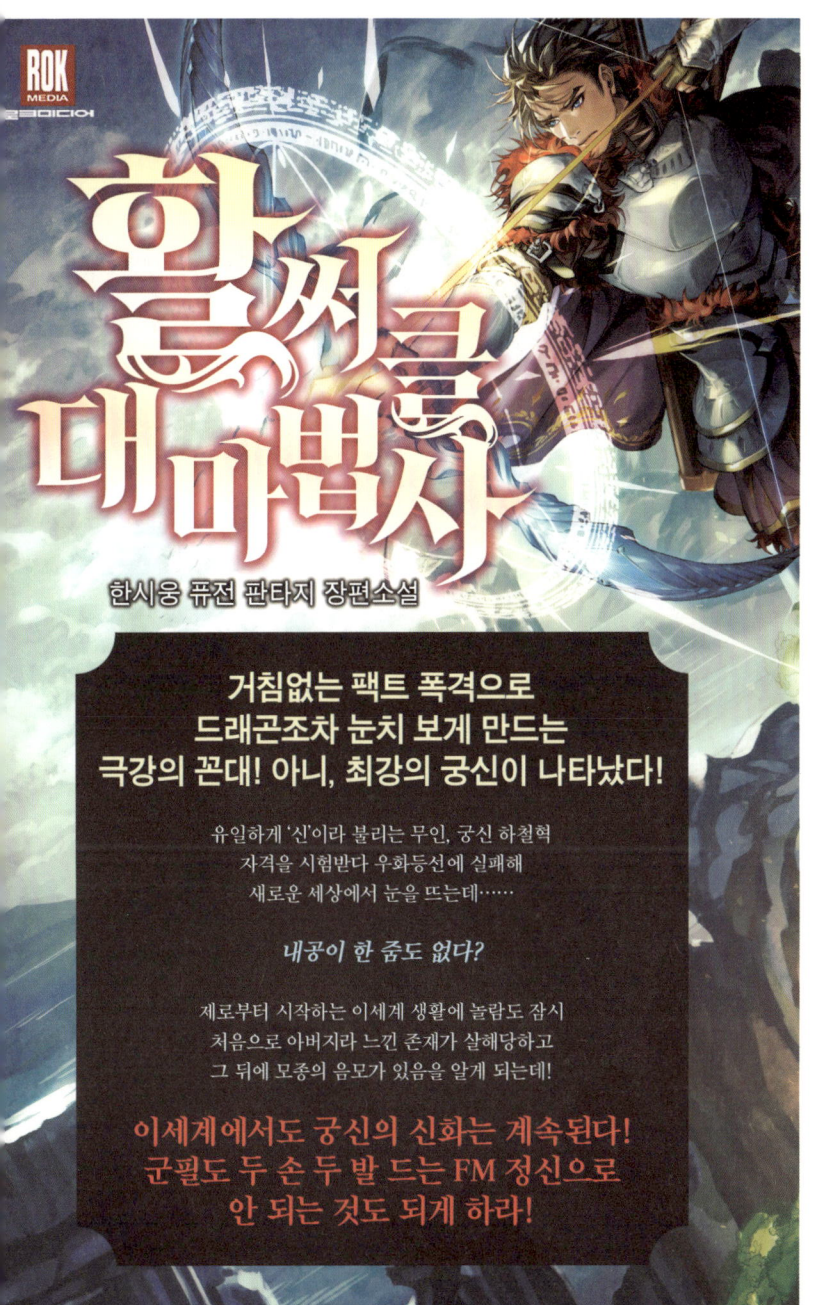

기어코 무대로

공원동 현대 판타지 장편소설

"관심을 받으면 집중이 잘돼요."
사상 최강의 관종(?) 싱어송라이터가 나타났다!

데뷔 직전 사고로 인해 모든 것을 포기한 도원경
삼 년 뒤, 그에게 기적이 일어났다?

사람들의 시선을 받으면 능력이 발현!

너튜브 영상이 대박 나고
서바이벌 오디션 출연 제의까지?

도원경 사전에 더 이상 포기는 없다!
좌절을 딛고, 『기어코 무대로』!